Die Hüter des Sternentors

Für Ceylan

SILKE ALAGÖZ

Die Hüter des Sternentors

Bibliografische Information der Deutschen Nationalbibliothek: Die
Deutsche Nationalbibliothek verzeichnet diese Publikation in der Deutschen
Nationalbibliografie; detaillierte bibliografische Daten sind im Internet über
dnb.dnb.de abrufbar.

© 2022 Silke Alagöz
Lektorat: Jutta Ehmke
Cover: Detlef Klewer, Kritzelkunst
Satz/Layout: BoD – Books on Demand, Norderstedt
Herstellung und Verlag: BoD – Books on Demand, Norderstedt

ISBN: 978-3-7568-4123-3

Prolog

Was, wenn die Geschichte Ägyptens ganz anders verlaufen wäre? Nicht so, wie unsere Geschichtslehrer es uns beigebracht haben.

Was, wenn all die Mythen und Legenden tatsächlich einen wahren Kern hätten?

Wenn es die Götter von den Sternen wirklich gegeben hätte?

Wie würden wir Menschen dann wohl reagieren?

1. KAPITEL

In einem längst vergessenen Tempel unter dem Wüstensand ereignete sich nach jahrtausendelanger Dunkelheit etwas Außergewöhnliches: Wie aus dem Nichts begannen die Gemälde und Hieroglyphen an den Wänden geisterhaft zu glühen. Zuerst war es nur ein sanfter Schimmer, der sich jedoch rasch ausbreitete und die von Säulen gestützte Halle in ein grünes Dämmerlicht tauchte.

Ein riesenhafter Mann betrat den Raum. Seine Haut war blau wie der Himmel Ägyptens, und er trug eine mit Pfauenfedern geschmückte Krone auf dem Kopf. In seiner Rechten hielt er einen langen goldenen Stab, ein Was-Zepter. Langsam schritt er auf zwei Behälter zu; metallene Kryotanks in Form von Sarkophagen, versiegelt durch schwere Abdeckungen aus Panzerglas.

Der Riese betrachtete die Gesichter der mannshohen Wesen, die darin lagen, und richtete das Was-Zepter auf die Tanks. Türkisfarbenes Licht trat aus dem Tierkopf an dessen Spitze hervor, ließ die Abdeckungen zur Seite gleiten und sprang dann auf die Wesen über, umschmeichelte ihre Körper wie ein glitzernder Fluss.

Der Blick des Riesen war unentwegt auf die beiden Gestalten gerichtet, deren mandelförmige Augen nach einer Weile aufleuchteten. Wie Irrlichter durchdrangen sie das Zwielicht und füllten sich nach und nach mit Leben.

Mit machtvoller Stimme befahl der Riese: »Erhebt euch aus dem Eisigen Schlaf und seid bereit, eure Aufgabe zu erfüllen.«

Er führte das Was-Zepter zurück an seine Seite und verfolgte, wie die beiden sich zu regen begannen. Mit ungelenken Bewegungen stiegen sie aus ihren Kryotanks, warfen einander einen kurzen Blick zu und senkten respektvoll die Häupter vor ihrem Gebieter.

»Eure Zeit ist gekommen. So macht euch auf den Weg.« Mit einer herrischen Geste entließ er die beiden, die sich daraufhin wortlos von ihm abwandten. Sie schritten auf eine Gestalt zu, die außerhalb des Dämmerlichts auf sie wartete, und schlossen sich ihr an.

Während die drei Seite an Seite den Tempel verließen, erlosch das Licht und ließ die Halle in tiefster Dunkelheit zurück.

2. KAPITEL

Ich sah aus dem Flugzeugfenster – und mir wurde schlecht. Der Versuch, meine Höhenangst zu überwinden, war gründlich danebengegangen.

Eilig wandte ich mich ab und versuchte, mich auf den vollgekritzelten Block zu konzentrieren, der vor mir auf dem winzigen Klapptisch lag. Von den vier Stunden Flug war gerade mal eine verstrichen. Es würde noch eine Weile dauern, bis ich wieder festen Boden unter den Füßen hätte. Ich atmete tief durch.

»Alles in Ordnung, Emily?«, fragte mein Bruder Rafael, der direkt neben mir saß und mich besorgt musterte.

»Ja ..., ähm ..., nein. Es ist nur ... du weißt schon«, erwiderte ich, wobei ich inständig hoffte, dass meine Spucktüte heute unberührt bleiben würde.

Finian, unser großer Bruder, beugte sich zu mir herüber und reichte mir eine Tablette gegen Übelkeit.

»Nimm einen Schluck Wasser, dann wird es besser«, hörte ich Mamas Stimme hinter mir. Über den Sitz hinweg reichte sie mir eine Flasche mit Stillem Wasser.

Ich zerkaute die Tablette und trank in kleinen Schlucken. Wider Erwarten wurde die Übelkeit schon nach wenigen Minuten besser und verschwand schließlich komplett.

Mit geschlossenen Augen sank ich in meinen Sitz zurück und versuchte, an etwas anderes zu denken als an die zahllosen Kilometer, die sich unter mir auftaten. Nach einer Weile gelang es mir wieder, mich so richtig auf unseren Ägyptenurlaub zu freuen. Noch drei Stunden, dann würden wir in Kairo landen und mit dem Bus zu unserem Hotel im Stadtteil Gizeh fahren. Das würde ganz sicher eine tolle Reise werden.

Das Coolste aber war: Meine Brüder und ich bekamen ein eigenes Hotelzimmer. Inzwischen waren wir aus dem Alter raus, in dem wir uns mit unseren Eltern ein Familienzimmer teilen mussten. Finian war seit ein paar Monaten achtzehn, und auch Rafael war mit seinen fünfzehn Jahren kein Kind mehr. Ich als Dreizehnjährige war das Nesthäkchen der Familie Distler – und damit ebenfalls alt genug.

Unsere Eltern hatten das Zimmer neben uns reserviert, um in der Nähe zu sein, falls wir etwas brauchten. In unserer Familie wurde Vertrauen großgeschrieben, was ich als ein dickes Plus empfand. Die beiden wussten genau, dass meine Brüder gut auf mich achteten. Auch wenn wir drei uns oft zankten, so waren wir doch die besten Freunde und hielten zusammen wie Pech und Schwefel.

Wer uns von außen sah, glaubte eine typisch deutsche Familie vor sich zu haben, in der die Eltern im Büro arbeiteten und der Nachwuchs ins Fußballtraining und zur Ballettstunde ging. So hatten uns schon viele eingeschätzt. In Wirklichkeit war meine Mutter von Beruf Leichenbestatterin, und mein Vater war Konditor. Beide waren selbständig mit ihren eigenen Unternehmen. Auf den ersten Blick ein krasser Gegensatz, doch trotz allem miteinander harmonierend: Mama arrangierte die Beerdigungen, und Papa backte die Torten für die Feiern danach. Eine äußerst fruchtbare Zusammenarbeit.

Mein Blick wanderte zu Finians honigblondem Wuschelkopf. Gerade in letzter Zeit wirkte er ziemlich erwachsen. Sein Gesicht war nun kantiger, sein hoch gewachsener Körper nicht mehr so schlaksig wie früher. Doch ein Sonnyboy würde er wohl immer bleiben. Mit seinen smarten Sommersprossen und dem stets charmanten Lächeln verzauberte er die Mädchen an unserer Schule.

Die Sommersprossen waren ein Markenzeichen der Distler-Familie. Etwas, das meine Mutter, meine Brüder und ich gemeinsam hatten.

Mein Blick fiel auf Rafael. Im Gegensatz zu Finian hatte er kastanienbraunes Haar und war ein bisschen stämmig. Unter seiner unscheinbaren Fassade schlummerte ein wandelndes Lexikon, ein Nerd mit seltsamen Interessen, für die sich die meisten Menschen nicht die Bohne interessierten. Viele seiner Mitschüler nannten ihn »Klugscheißer«, obwohl das nicht stimmte. Ein solcher wollte er nach eigenen Angaben nie sein.

Und was mich betraf: Ich war die, die immer alle süß fanden – die es jedoch faustdick hinter den Ohren hatte. Was ich durchaus als Vorteil empfand, denn niemand vermutete hinter meinem zierlichen Äußeren die flinke Kickboxerin, die fiesen Mitschülern Saures gab, wenn diese mich oder meine Freundinnen dissen wollten. Wegen meiner stacheligen Art hatte man mir den Spitznamen »Distel« verpasst, passend zu unserem Familiennamen.

Von wegen Fußball und Ballett, dachte ich amüsiert.

Ich nahm meinen Bleistift, beugte mich über meinen Block und zeichnete dort weiter, wo ich vor einer Viertelstunde aufgehört hatte.

»Oh, nee. Schon wieder deine ollen Schrumpelmumien?«, stöhnte Finian, als er einen Blick auf das Papier erhaschte.

Ich unterdrückte ein Grinsen. Seitdem feststand, dass unser Familienurlaub nach Ägypten gehen sollte, kritzelte ich meine Schulhefte voll mit Schrumpelmumien. Ich malte, was das Zeug hielt: Schrumpelmumien in allen Größen, Variationen und »Lebenslagen«. Aus dem Sarkophag steigend, an einem Eis nuckelnd und sogar mit einer Zeitung auf dem Klo. Und wenn ich beim Kritzeln auch noch bunte Kaugummikugeln im Mund hatte und schmatzte wie ein Nilpferd, konnte ich die Nerven meiner Familie regelrecht zerreißen hören.

Kurze Zeit später versorgte eine Stewardess uns mit einer kargen Mahlzeit. Ich legte den Stift beiseite und verdrückte das matschige Sandwich. Seit heute Morgen hatte ich nichts mehr gegessen. Ein sehnsüchtiges Lächeln huschte über mein Gesicht, als ich an das üppige Hotel-Buffet dachte, das ich auf den Fotos im Reisekatalog gesehen hatte. Im Hotel würde ich mir erst mal richtig den Bauch vollschlagen – und den Block mit den Schrumpelmumien zur Seite legen. Schließlich gab es ja genug davon im Ägyptischen Museum zu bestaunen.

3. Kapitel

Die Sonnenfinsternis kam völlig überraschend, wie aus dem Nichts. Wie gebannt starrten meine Brüder und ich zum Himmel, wo der Mond sich in unheimlich raschem Tempo vor die Sonne geschoben hatte. Vor nicht einmal drei Stunden war unser Flugzeug in Kairo gelandet, und kaum hatten wir unser Hotelzimmer betreten, wurden wir von einem derart seltenen Naturereignis überrascht. Dabei hatten die Medien überhaupt keine Sonnenfinsternis angekündigt. Nun standen wir auf der Terrasse unseres Hotelzimmers und staunten nicht schlecht.

»Wow ... Das ist echt gruselig«, flüsterte Finian. »Gerade eben war es noch taghell, und jetzt haben wir auf einmal Dämmerung.«

»Als würde gleich ein UFO auftauchen. Wie in *Independence Day*.« Rafael runzelte die Stirn.

Ich dagegen hegte einen anderen Gedanken, der mir prompt herausrutschte: »Der Fluch der Schrumpelmumien ...«

Schnell biss ich mir auf die Zunge, doch es war zu spät. Mit einem entnervten Stöhnen wandten sich meine Brüder mir zu. Ihre Blicke spießten mich regelrecht auf.

»Mensch, Emily! Hör endlich auf damit. Ich kann das Wort *Schrumpelmumie* nicht mehr hören. Du bist echt die größte Nervensäge, die die Welt je gesehen hat.« Finian rollte mit den Augen und verschränkte die Arme vor der Brust. Seit er volljährig war, fühlte er sich besonders erwachsen.

Dies war ein deutliches Zeichen, von jetzt an besser den Mund zu halten. Wenn sogar mein ältester Bruder von mir genervt war, hatte ich den Bogen eindeutig überspannt, denn Finian hatte normalerweise Nerven wie Drahtseile.

Anstatt zurückzuschießen, biss ich mir lieber auf die Unterlippe und schaute erneut zum Himmel, wo die verdeckte Sonne einen weißen Strahlenkranz um den Mond herum gebildet hatte.

Was Finian über mich sagte, stimmte. Ich konnte in der Tat eine Nervensäge sein. Vor allem in letzter Zeit. Da entsprangen meiner lebhaften Fantasie nicht nur Schrumpelmumien-Karikaturen, sondern ganze Comics, festgehalten in meinen Schulheften. Ein Spaß, den in meiner Familie leider nur ich cool fand.

Ich wischte eine honigblonde Strähne aus meinem Gesicht, die sich aus meinem Haargummi gelöst hatte und mich an der Wange kitzelte. Ein kühler Wind hatte die Nachmittagshitze vertrieben und streifte meine nackten Unterarme. Ich bekam eine Gänsehaut.

Mein Blick fiel auf die drei Pyramiden, die seit Jahrtausenden das Gizeh-Plateau beherrschten und nun in einem schattigen Dämmerlicht dalagen: die berühmten Bauwerke der Pharaonen Cheops, Chefren und Mykerinos. Eine seltsame Vertrautheit überkam mich, und ich hatte plötzlich das Gefühl, schon einmal hiergewesen zu sein. Was jedoch nicht sein konnte, da dies mein erster Urlaub in Ägypten war.

Ein kalter Windstoß wehte mir ins Gesicht und zerrte weitere Strähnen aus meinem Haargummi, als meine Aufmerksamkeit auf eine einzelne Gestalt fiel, die an einer Palme im Hotelpark lehnte. Inzwischen war es etwas heller geworden, so dass ich wieder Einzelheiten in der Umgebung wahrnehmen konnte. Ich kniff die Augen zusammen und sah genauer hin. Es war ein Mann in einem freakigen schwarz-gelben Anzug. Seine Größe schätzte ich auf mehr als zwei Meter. Schwarze, sanft gewellte Haare fielen ihm bis auf die Schultern. Er blickte direkt in unsere Richtung – und ich wurde das Gefühl nicht los, dass er uns beobachtete.

»Was ist das für ein Typ?« Ich wies mit dem Kinn in Richtung des Fremden. »Der da drüben, der uns so blöd anguckt.«

Finian folgte meiner Geste, dann zuckte er mit den Schultern. »Keine Ahnung. Aber in diesen komischen Klamotten sieht er aus wie ein Feuersalamander.«

»Ha, stimmt«, kicherte Rafael.

Mir dagegen war eher unwohl bei alldem. »Irgendwie hab ich ein komisches Gefühl«, murmelte ich. Noch immer starrte der Typ zu uns herüber, als wären wir interessanter als der restliche Hotelpark.

Dann hob er die Hand und winkte uns zu, wobei er sich lächelnd von der Palme löste und in Richtung Ausgang davonschlenderte. Ich wusste nicht, warum, aber etwas an dem Kerl gefiel mir nicht. Es war ein Gefühl, das ich nicht richtig einordnen konnte, irgendetwas zwischen Unbehagen und Grusel.

Ich hab mich also nicht geirrt. Dann hatte dieser Mr Feuersalamander also wirklich uns im Auge. Mir schauderte.

Ich war so in Gedanken vertieft, dass ich zusammenzuckte, als Rafael mich an der Schulter berührte.

»Alles in Ordnung, Emily?«, fragte er. »Du siehst ziemlich blass aus.«

»Ja, alles okay«, meinte ich und zwang mich zu einem Lächeln. Erst jetzt bemerkte ich, dass meine Hände sich fest um das Terrassengeländer geschlossen hatten und mir nach dem Loslassen wehtaten.

»Kommt, wir gehen rein«, schlug Finian vor. Er schlenderte an uns vorbei und verschwand im Hotelzimmer. »Die Sonne ist gleich wieder da und wird uns brutal verbrutzeln, wenn wir weiter draußen bleiben. Und außerdem«, er drehte sich zu uns um und verzog den Mund zu einem schiefen Lächeln, »kann ich es kaum erwarten, unsere erste eigene Sommerresidenz abzuchecken und meinen Kumpels ein paar Fotos zu mailen.«

»Okay.« Gemeinsam mit Rafael folgte ich Finian ins Innere unserer selbsternannten Sommerresidenz. Dort ließ ich mich auf mein Bett fallen und sah zur Decke hinauf, wo eine Klimaanlage für angenehme Kühle sorgte. Ohne die wäre die heiße ägyptische Luft wohl kaum zu ertragen. Mir war nicht klar, warum, aber irgendwie war ich erleichtert, dieser Sonnenfinsternis zu entkommen.

»Ich bin gespannt, was wir hier in Ägypten alles zu sehen bekommen«, murmelte ich.

»Na, Hauptsache keine Schrum – pel – mu – mien.« Rafael kniete auf seinem Bett und hüpfte ein paarmal auf und ab, bevor er es sich ebenfalls gemütlich machte.

»Oh nein. Bloß nicht«, seufzte Finian. Er checkte kurz die Minibar, öffnete dann seinen Koffer und verfrachtete dessen Inhalt in den Kleiderschrank.

Ich kuschelte mich tiefer in die nach Waschmittel duftenden Kissen. Die lange Reise hatte mich müde gemacht, weshalb ich noch keine Lust hatte, Finians Beispiel zu folgen und meinen Koffer auszupacken. Dafür war ich im Moment schlichtweg zu faul.

Mit geschlossenen Augen dachte ich über das nach, was mir vorhin passiert war. Die Sonnenfinsternis und die Pyramiden hatten einen starken Eindruck bei mir hinterlassen, doch der unheimliche Typ hatte mich fast schon aus der Ruhe gebracht. Vom ersten Augenblick an hatte ich das Gefühl, dass es sich bei ihm um keinen der Hotelgäste handelte, sondern um jemanden, der nicht hierhergehörte.

Wer weiß? Vielleicht war der Typ ja der Geist eines längst verstorbenen Herrschers? Was, wenn es möglicherweise doch alte ägyptische Flüche gab, die jeden treffen konnten, der sich zu nah an die heiligen Stätten der Pharaonen heranwagte? Unser Hotel lag am Rand des Gizeh-Plateaus. Die Pyramiden und die große Sphinx waren zum Greifen nah. Ob der Mann ein geheimer Wächter der Pharaonengräber war?

Ich schüttelte den Kopf über mich selbst. Was hatte ich nur für eine blühende Fantasie.

Ich überlegte, ob es vielleicht besser wäre, nicht weiter darüber nachzudenken. Ich würde mir damit nur den Kopf zerbrechen, und eine sinnvolle Antwort würde bei alldem bestimmt nicht herauskommen. Wer wusste schon mit Sicherheit, ob die Flüche dieser längst verstorbenen Könige wirklich funktionierten?

»Schaut, jetzt ist es draußen wieder ganz hell«, holte Rafael mich aus meinen Gedanken.

Ich warf einen Blick durch die Terrassentür, und tatsächlich: Die Sonne schien wieder, als sei nichts geschehen.

»Zum Glück haben wir diese Klimaanlage. Sonst hätten wir längst 'ne Sauna hier drinnen.« Finian klappte seinen leeren Koffer zu und schob ihn ins unterste Fach des Kleiderschranks. Dann warf auch er sich auf sein Bett und streckte seine drahtigen Arme und Beine aus. »So, und jetzt wird gechillt.«

»Hat die Sonnenfinsternis euch auch so krass ... beeindruckt?« Ich setzte mich auf und schaute zu meinen Brüdern hinüber. »Und die Pyramiden? Habt ihr euch da nicht irgendwie ... anders gefühlt?«

»Anders ... gefühlt?«, murmelte Finian mit einiger Verzögerung, so als hätte er erst einmal über seine Antwort nachdenken müssen.

»Du meinst, wegen deiner Schrumpelmumien, die da drüben in den Pyramiden hausen und nur darauf warten, dass Leute wie wir unvorsichtig genug sind, sich in ihr Gebiet zu wagen?«, witzelte Rafael, wobei er jedoch leicht unsicher auf mich wirkte.

»Ach ... Schon gut. War nur so ein Gedanke.« Ich sank zurück in die Kissen und schloss die Augen, wobei ich das Gefühl hatte, in diesem Zimmer nicht die Einzige zu sein, die das eben Erlebte nervös gemacht hatte.

Wie gern würde ich jetzt meine beste Freundin anrufen und ihr alles erzählen, doch leider war der Empfang hier ziemlich mies. Ich vermisste

Kimberly sehr. Seit der fünften Klasse waren wir unzertrennlich und standen beinahe täglich in Kontakt.

Kimberly war immer für mich da, wenn es darauf ankam – wie auch vor einer Woche, als sie meine Cousine Vera vor versammelter Mannschaft zur Schnecke gemacht hatte.

Eine unliebsame Erinnerung stieg in mir hoch. Ich biss die Zähne zusammen und ballte die Hände zu Fäusten. Veras Verrat klebte an mir wie Pampe. Bis kurz vor den Sommerferien hatte sie noch zu meinen engsten Freundinnen gehört, doch seit sie sich so schamlos an meinen Schwarm herangemacht hatte, war sie für mich gestorben.

Eigentlich hatte ich nicht vorgehabt, dieses Problem mit in den Urlaub zu nehmen, doch leider hatte es die unangenehme Eigenschaft, mich auf Schritt und Tritt zu verfolgen.

Wäre echt super, wenn das Karma eines Tages zurückschlagen und Vera einen saftigen Tritt verpassen würde. Ein grimmiges Lächeln huschte über mein Gesicht. Wenn es auf dem Basar in Kairo irgendwelche kleinen, gemeinen Pharaonenflüche zu kaufen gäbe, wäre ich eine der Ersten, die zuschlagen würde.

Schade, dass es so was wie Magie nicht in Wirklichkeit gibt, dachte ich und schloss die Augen.

***

Das Frühstücksbuffet war üppig und sehr ansprechend. Die Brötchen waren knusprig, der Kakao lecker-süß und die frischen Datteln ein Traum.

Gemeinsam saßen wir auf der Frühstücksterrasse des Hotels und genossen den Ausblick auf die Pyramiden. Zumindest meine Eltern taten dies; ich hingegen betrachtete den kunstvoll geschnitzten Melonen-Vogel, der in der Tischmitte hockte und mich mit seinen schwarzen Knopfaugen zu beobachten schien. Ich streckte ihm die Zunge raus und gönnte mir mein inzwischen drittes Honigbrötchen.

Zum x-ten Mal kam mir der schwarz-gelb gekleidete Fremde in den Sinn. Ich wusste nicht, warum, aber ich fühlte mich jedes Mal unwohl, wenn ich an Mr Feuersalamander dachte.

Papa verfolgte gerade ein Nachrichtenvideo auf seinem Smartphone, wobei die Stimme des Reporters zu mir herüberwehte. Dieser berichtete über die Sonnenfinsternis und bestätigte mich in meiner Vermutung, dass es damit tatsächlich etwas Unheimliches auf sich hatte. Denn kein Mensch hatte damit gerechnet. Sie sei ein Ereignis, das die Astronomen weltweit in großes Erstaunen versetzte. Laut ihnen hätte es diese Sonnenfinsternis gar nicht geben dürfen ...

Obwohl ich mich von ihnen abgewandt hatte, erschienen für die Dauer einer Sekunde die Pyramiden vor meinem inneren Auge, und wie gestern überkam mich dieses Gefühl von Vertrautheit. Und im selben Augenblick ahnte ich, dass die gestrigen Vorfälle noch nicht alles gewesen waren.

Noch längst nicht alles.

Schon mein Leben lang hatte es eine unerklärliche Sehnsucht in mir gegeben, eine Sehnsucht nach Was-auch-immer. Woher sie kam, wusste ich nicht. Im Großen und Ganzen war ich immer ein glückliches Mädchen gewesen, das überhaupt keinen Grund hatte, etwas zu vermissen ... Und doch hatte ich manchmal das Gefühl, dass mir etwas fehlte.

Plötzlich wurde mir bewusst, dass ich wie hypnotisiert auf die Pyramiden starrte. Mit einem Schaudern wandte ich mich ab und überlegte, womit ich mich beschäftigen könnte, doch leider fiel mir auf die Schnelle nichts ein.

Während meine Eltern nach dem Essen munter schnatterten und Finian wie üblich an seinem Smartphone spielte, zupfte ich gelangweilt an meiner Serviette herum. Gerade, als ich Kimberly vermisste und über das Karma meiner Cousine nachdachte, stieß Finian ein »Wooow!« aus und hielt erst Rafael, dann mir sein Smartphone unter die Nase. Darauf zu sehen war ein Foto, auf dem das Pyramidengebiet von Gizeh aus schwindelerregender Höhe abgebildet war.

»Wie krass ist das denn? Zwei Typen sind einfach mal so auf die Spitze der Cheops-Pyramide geklettert und haben in alle Richtungen fotografiert! Das Ding ist ganze einhundertneununddreißig Meter hoch!«

»Das ist verdammt gefährlich«, äußerte sich Rafael, wobei er jedoch nicht weniger beeindruckt wirkte.

»Hauptsache, ihr macht das nicht nach«, sagte Papa mit Nachdruck. Er nahm einen Schluck aus seiner Kaffeetasse und sah jeden von uns mahnend an.

Ich verzichtete darauf, mir eine Kletterpartie auf die einhundertneununddreißig Meter hohe Cheops-Pyramide vorzustellen. Mit einem Anflug von Übelkeit dachte ich an gestern, an meinen kurzen Blick aus dem Flugzeugfenster. Meine Höhenangst quälte mich schon seit Jahren. Allein bei dem Gedanken, dass es Menschen gab, die nur wegen ein paar Erinnerungsfotos auf riesige Pyramiden kletterten, drehte sich mir fast der Magen um.

Seufzend sah ich zu Rafael, der mir gegenübersaß. Mit zusammengezogenen Brauen starrte er auf seinen halbvollen Kaffeebecher, der direkt vor seiner Nase stand. Mein Mund verzog sich zu einem frechen Grinsen. *Wenn du ihn weiterhin so streng anglotzt, wird er noch vor dir weglaufen!*

Gerade wollte ich ihn damit necken, als mir das Grinsen aus dem Gesicht rutschte. Mit angehaltenem Atem schaute ich auf den Kaffeebecher. Er hatte sich bewegt, obwohl mein Bruder ihn nicht einmal angefasst hatte! Innerhalb einer Sekunde hatte er sich ruckelnd um mehrere Zentimeter von Rafael fortgeschoben. Der restliche Kaffee schwappte gegen die Innenseite des Gefäßes.

»Was zum –«

Rafaels Augen wurden groß vor Erstaunen. Mit offenem Mund starrte er den Kaffeebecher an und schien darauf zu warten, dass dieser erneut über die Tischplatte rutschte.

Schon wieder war etwas Ungewöhnliches geschehen!

Verwundert sahen wir uns an.

4. Kapitel

Wie in jedem Urlaub bestand Mama darauf, sich mit einer Ladung Souvenirs einzudecken. Am liebsten tat sie das gleich am Anfang, damit ihr auch nichts durch die Lappen ging. So landeten wir schließlich über Mittag auf dem berühmten Basar Khan-el-Khalili in der Altstadt von Kairo.

Neugierig verfolgte ich das rege Markttreiben. Die Luft war erfüllt vom Geruch verschiedenster Gewürze und Süßspeisen. An jeder Ecke gab es etwas zu bestaunen, so dass ich nicht müde wurde, mit meiner Familie durch die Straßen und Gassen mit den unzähligen Marktständen zu schlendern. Hier gab es farbenfrohe Tücher und Kleider, dort mehr oder weniger kitschige Dekorationsgegenstände, und anderswo Antiquitäten, Schmuck, Lampen und Wasserpfeifen.

Über das Kaffeebecher-Phänomen hatten wir uns bisher noch nicht unterhalten. Zwar kicherte auch Rafael über die kleinen Späße, die wir untereinander austauschten, doch ich merkte schnell, dass er nicht ganz bei der Sache war. Seine Blicke wanderten nur oberflächlich über die Marktstände und es schien, als wäre er mit den Gedanken woanders.

»Schau mal, Manfred!«, rief Mama, ein bunt gemustertes Halstuch in Händen. »Das würde doch wunderbar zu meinem neuen Outfit passen.«

Obwohl sie den ganzen Tag im Bestattungsinstitut arbeitete, war sie privat ein sehr fröhlicher Mensch, der sich gern mit Farben umgab.

»Das steht dir sehr gut«, meinte Papa, der im Gegensatz zu Mama ein eher ruhiger Typ war. »Schau mal, was es noch so gibt.«

»Okay ... Bis gleich!«, flötete Mama. Voller Begeisterung wirbelte sie von einem Stand zum anderen, betrachtete die Auslage und kaufte mal hier, mal da etwas von dem Schnickschnack.

Meine Brüder und ich steckten derweil die Köpfe zusammen und stellten uns Mama als einen wild gewordenen Derwisch vor, aus dessen Tanz ein Wirbelwind entstand, der den gesamten Basar durcheinanderfegte. Papa bekam unsere Witzeleien mit und zwinkerte uns gutmütig zu.

Seine Blicke hefteten sich vor allem auf die Marktstände mit den Süßspeisen; nicht umsonst nannten seine Freunde ihn »Mampfred«. Wenn niemand hinsah, machte es ihm großen Spaß, heimlich von der Buttercreme für seine Torten zu naschen. Im Gegensatz zu unserer zierlichen

Mama hatte Papa einen stattlichen Bauch, der ihm bis über den Gürtel hing.

»Was willst du dir denn kaufen, Schwesterchen?«, fragte Finian, der gerade eine mit Ornamenten bemalte Wasserpfeife begutachtete.

»Ganz bestimmt nicht so ein Ding«, erwiderte ich. »Lieber was Kleines, das in den Koffer passt.«

Ich trat an den Nachbarstand und betrachtete die zahlreichen altägyptischen Figuren und Amulette aus Stein, Keramik oder Messing. Archäologische Gegenstände faszinierten mich, auch wenn jeder wusste, dass es sich bei diesen hier lediglich um Nachbildungen handelte. Mein Wunsch war es, später selbst einmal Archäologin zu werden – neben einer ebenso erfolgreichen Karriere als Kickboxprofi und Wicca-Hexe.

Ich griff nach einer Kette mit einem runden blauen Glasauge daran und betrachtete sie in meiner Hand. *Die werde ich Kimberly mitbringen. Sie wird sich bestimmt darüber freuen.*

In Gedanken an meine beste Freundin nahm ich meinen Geldbeutel aus der Tasche und zog ein paar Ägyptische Pfund hervor. Während ich bezahlte, wurde er mir plötzlich aus den Händen gerissen.

»Heeeyyy!«, brüllte ich, als ich den Dieb davonrennen sah. Es war ein Junge von etwa zehn Jahren, und er war verdammt flink.

Die Kette war vergessen. Ohne zu zögern setzte ich ihm nach.

Die Menge der Marktbesucher gestaltete die Verfolgung schwierig. Schon nach kurzer Zeit stand mir der Schweiß im Gesicht, als ich kreuz und quer durch die Menschenmenge wieselte und den Dieb immer wieder aus den Augen verlor. Jedes Mal, wenn ich ein Stück aufgeholt hatte, trat mir entweder eine Gruppe Touristen in den Weg, durch die ich mich hindurchzwängen musste, oder einheimische Männer mit ihren Mopeds blockierten die halbe Straße, so dass ich gezwungen war, einen Haken zu schlagen.

Schließlich blieb ich keuchend und durchgeschwitzt auf einer Kreuzung stehen und drehte mich einmal um mich selbst. Nirgends fand sich eine Spur von dem Dieb. Ich musste mir eingestehen, ihn verloren zu haben. Wütend stampfte ich auf.

»Verdammte Sch ...«

Ich spürte, wie das Blut in meine Wangen schoss. Es war mir äußerst peinlich, dass ich mich so leicht hatte beklauen lassen. Von einem kleinen Jungen! *Adlerauge, gib Acht,* lautete eines meiner Mottos, das ich jedoch hier, auf dem Khan-el-Khalili, leider nicht befolgt hatte.

Ausgerechnet!

Mit zusammengebissenen Zähnen stapfte ich weiter, in der Hoffnung, den Langfinger vielleicht doch noch dingfest zu machen. Mein Blick wanderte unruhig umher. »Wenn ich dich in die Finger kriege, du gemeiner Pimpf, dann –«

Wie gebannt blieb ich zwischen all den Leuten stehen, als meine Augen an der lebensgroßen Statue einer Katzengöttin hängenblieben. Sie war aus schwarzem Material gefertigt, mit einem goldenen Skarabäus auf der Brust. Ihre Gesichtskonturen waren mit goldener Farbe nachgezogen. Der Name *Bastet* stand in kritzeligen Buchstaben auf einem Pappschild darunter.

»Bastet«, murmelte ich, wobei mich dieselbe Vertrautheit wie beim Anblick der Pyramiden überkam. Gleichzeitig meldete sich meine Sehnsucht zurück. Irgendetwas brachte dieser Name in mir zum Klingen. Doch sobald ich versuchte, dieses Etwas zu erhaschen, entzog es sich mir wie der Zipfel eines Traumes.

Ich atmete tief ein, schob die Gefühle beiseite und versuchte, mich wieder auf den Dieb zu konzentrieren.

Eine weiche Berührung am Bein holte mich aus meinen Gedanken. Ich blickte an mir hinunter und sah eine magere kleine Straßenkatze, die ihren Kopf an meiner Jeans rieb.

Meine Lippen verzogen sich zu einem Lächeln. Ich liebte Katzen!

»Hey, Süße!« Ich sank in die Hocke und streichelte dem Tier über den Kopf. Ein Schnurren war die Antwort.

Eine weitere Katze kam auf mich zugetrottet. Sie musterte mich aus ihren großen grünen Augen und reckte sich mir entgegen, um ebenfalls ein paar Streicheleinheiten abzubekommen. Nun hatte ich beide Hände voll zu tun.

»Im Gegensatz zu dem Langfinger raubt ihr mich wenigstens nicht aus«, plauderte ich drauflos, auch wenn mir klar war, dass die Tiere mich nicht verstanden. »Stellt euch vor, da hat doch tatsächlich gerade so ein kleines Würstchen meinen Geldbeutel gestohlen.«

Eine dritte und vierte Katze gesellten sich hinzu und betrachteten mich aufmerksam, als würden sie meinen Worten folgen.

»Und jetzt ist mein Geldbeutel weg und ich kann sehen, wie ich ihn zurückbekomme.« Ich tätschelte die Köpfe der beiden Neuankömmlinge. Eine ganze Weile kniete ich am Boden und beschäftigte mich mit den Katzen. Sie taten mir gut und beruhigten meine Nerven nach dem Ärger vorhin.

Etwas stupste mich von hinten an, dann von der Seite. Ich lächelte in mich hinein, in der Erwartung, eine weitere Katze vorzufinden.

Doch als ich mich umdrehte, verschlug es mir die Sprache. Was mich erwartete, ging weit über meine Vorstellungen hinaus: Mehr als dreißig oder vierzig Katzen standen hinter mir. Ihre Augen glänzten wie grüne und gelbe Murmeln in einem Meer aus Fell.

»Was –«

Verwundert stand ich auf und beobachtete, wie die Menschenmenge tuschelnd vor mir und den Tieren zurückwich. Einige hielten ihre Handys auf mich und die Katzenbande gerichtet, um das seltene Schauspiel auf Video zu bannen. Spätestens in einer Stunde würde man es todsicher im Internet finden.

Mit einem Schlag fand ich mich ungewollt im Zentrum der Aufmerksamkeit. »Was ist hier los? Wo kommen diese vielen Katzen her?«, murmelte ich.

Und vor allem: Was wollen sie von mir?

Die Tiere kamen näher und starrten auf etwas, das sich hinter mir befand. Ich drehte mich um und runzelte die Stirn, als ich jemanden dort stehen sah, der mir lächelnd etwas entgegenhielt, nur zwei Armlängen von mir entfernt. Mein Herz klopfte, als ich den Mann erkannte. Es war Mr Feuersalamander! Ein Schauer rann über meinen Rücken. Wie kam er hierher? War es ein Zufall, dass er denselben Basar besuchte wie wir, oder war er uns bis zum Khan-el-Khalili gefolgt?

»Mein ... *Geldbeutel*?«, entfuhr es mir. Ungläubig riss ich die Augen auf.

Mr Feuersalamander nickte. Sein Lächeln wurde breiter, doch es erreichte seine Augen nicht. Seine Haut hatte die dunkle Farbe der Einheimischen, doch etwas war anders an ihm – womit weder seine Hakennase gemeint war noch sein langgezogener Kinnbart. Leider konnte ich nicht sagen, was es war.

Er trat einen Schritt auf mich zu – und es geschah etwas Sonderbares. Sämtliche Katzen fauchten, zeigten ihre Zähne und gaben alles, um sich zwischen mich und den Mann zu drängen. *Als wollten sie mich vor ihm beschützen*, schoss es mir durch den Kopf.

Einen Moment lang starrte er mit genervtem, beinahe zornigem Blick auf die Katzenbande. Dann machte er einen Schritt zurück und widmete sich wieder mir. Sein Mund verzog sich erneut zu diesem seltsam verkehrten Lächeln, das mir beinahe Angst machte.

Über die Katzen hinweg warf er mir den Geldbeutel zu, den ich ungeschickt auffing. »Danke ...«, hauchte ich, woraufhin Mr Feuersalamander sich umdrehte und in der Menschenmenge verschwand.

Ich schaute ihm einen Moment lang nach und ließ dann meinen Blick über die vielen Katzen gleiten, die nun allesamt mich anschauten. Im Gegensatz zu Mr Feuersalamander wirkten sie jedoch freundlich. Verwirrt trat ich aus dem Kreis der Tiere und schlurfte wie benebelt durch die Menschenmenge, die noch immer auf Abstand blieb. Was da gerade geschehen war, war einfach nur verrückt. Ich musste unbedingt meine Familie wiederfinden und meinen Brüdern davon erzählen.

Doch warum Katzen? Warum keine Hunde, Ratten, Affen oder Kamele?

Ganz sicher würde mir das hier keiner glauben!

5. Kapitel

Unruhig wälzte ich mich hin und her. Mir war viel zu warm, die dünne Bettdecke hatte ich längst von mir weggeschoben. Vor eineinhalb Stunden hatte die Klimaanlage schlapp gemacht. Nur auf kleinster Stufe surrte sie noch vor sich hin und brachte so gut wie keine Kühlung. Gleich morgen würden wir dem Hotelpersonal Bescheid geben.

Ich rollte mich auf die Seite und starrte auf den dicken Vorhang, den wir vor die Terrassentür gezogen hatten. Wie von selbst griff meine Hand danach und schob ihn ein Stück zur Seite, so dass ich freien Blick auf die von Scheinwerfern beleuchteten Pyramiden hatte. Egal wie hartnäckig ich versuchte, sie aus meinen Gedanken zu verdrängen – sie wollten einfach nicht verschwinden. Ich seufzte leise.

Was hatte es mit all diesen verrückten Erlebnissen auf sich? Woher kamen diese seltsamen Gefühle beim Anblick der Pyramiden? Was hatten die Sonnenfinsternis, der verrutschte Kaffeebecher, die Katzenversammlung und der unheimliche Fremde zu bedeuten? Und warum war meine Sehnsucht nach Was-auch-immer in Ägypten so stark geworden?

»Ich hab nicht den blassesten Schimmer«, murmelte ich kaum hörbar vor mich hin. Bisher hatte ich mich noch nicht getraut, jemandem von meiner Begegnung mit den Katzen zu erzählen. Sicher würden mich alle für verrückt halten. Wenn ich das alles nicht live erlebt hätte, würde ich mir wahrscheinlich nicht einmal selbst glauben.

»Auch noch wach?«, kam ein leises Raunen von Rafaels Bett.

»Ja«, flüsterte ich zurück. »Kann nicht einschlafen.«

»Ihr braucht nicht zu flüstern«, war nun auch Finians Stimme zu hören. »Ich kann nämlich auch nicht pennen.«

»Und was jetzt?« Ich setzte mich auf und knipste die Nachttischlampe an.

»Kein Plan. Vielleicht ein bisschen ... quatschen?«, schlug Rafael vor.

»Oder Spiele zocken?«

»Oder uns im Mondschein durch den Hotelpark schleichen?« Finians Mund verzog sich zu einem verschwörerischen Grinsen.

»Uff ... Unsere Eltern würden uns glatt umbringen, wenn sie uns erwischen«, warf Rafael kopfschüttelnd ein.

Während Finian der Wagemutigste von uns dreien war, war Rafael der Verantwortungsbewussteste.

»Dann dürfen wir uns eben nicht erwischen lassen«, hielt Finian dagegen. Sein Grinsen wurde breiter.

»Obwohl die Idee ja schon irgendwie cool wäre ...« Ich erwiderte sein Grinsen.

»Na los. Tun wir's einfach.« Abenteuerlustig klatschte unser großer Bruder in die Hände. Er stieg aus dem Bett, schlüpfte in seine Schuhe, trat zur Terrassentür und schob den Vorhang beiseite. »Klettern wir doch mal übers Geländer und schauen uns für ein Stündchen um. Wird bestimmt cool, so mitten in der Nacht.«

»Mhm ...« Ich war mir uneins. Auf der einen Seite fand ich die Idee, nachts verbotenerweise durch den Park zu streifen, äußerst spannend. Auf der anderen Seite hatte ich Sorge, von unseren Eltern erwischt zu werden. Der Hausarrest, den ich dann aufgebrummt bekäme, würde sicher bis zum Ende der Sommerferien dauern. Was zur Konsequenz hätte, dass ich mich eine lange Zeit nicht mit meiner Freundin Kimberly treffen konnte.

Allerdings hatte ich auch keine Lust, immer nur das brave Mädchen zu spielen, erst recht nicht während unseres Urlaubs. Sonst war doch ich diejenige, die während eines Handyverbots ihr Smartphone aus Papas Schrank klaute und trotz Hausarrest heimlich aus ihrem Zimmerfenster stieg.

»Jetzt kommt schon. Einmal ist keinmal«, meinte Finian, während er leise die Tür zur Seite schob. »Wenn unsere Terrasse schon so günstig liegt, dass wir nur mal eben über das Geländer hüpfen müssen, um im Park zu landen, dann sollten wir diese Gelegenheit auch nutzen.«

Halb lächelnd biss ich mir auf die Unterlippe. Ja, mein Bruder hatte recht. Ich hatte keinen Bock, wie eine Fünfjährige brav im Bett zu bleiben und auf das Sandmännchen zu warten, das am Ende sowieso nicht auftauchte.

»Okay, bin dabei!« Plötzlich hatte ich Lust, in die Rolle einer kühnen Abenteurerin zu schlüpfen und die Ereignisse der vergangenen Tage zu vergessen.

Ich schwang die Beine über den Bettrand, zog meine Sneakers an und klopfte Rafael im Vorbeigehen auf die Schulter, welcher daraufhin ebenfalls aufstand. Nicht jedoch, ohne ergeben zu seufzen.

Auf Zehenspitzen verließen wir das Hotelzimmer. Einer nach dem anderen stiegen wir über das Terrassengeländer und landeten, gebückt wie drei Ninjas, auf dem Rasen. Ich warf einen Blick zur Terrassentür unserer Eltern, hinter der zum Glück kein Licht mehr brannte. Auf leisen Sohlen folgte ich meinen Brüdern, die den gepflasterten Weg, der durch den Hotelpark führte, bereits erreicht hatten.

Der Mond stand am Himmel und erhellte den Park mit seinem silbrigen Licht. Gemeinsam liefen wir eine Allee von Dattelpalmen entlang, hinter der sich ein säuberlich gestutzter Rasen mit mehreren Blumeninseln auftat.

Ungewollt fiel mein Blick auf die Pyramiden – und mein Herzschlag beschleunigte sich. *Nein,* dachte ich verbissen. *Ich will jetzt nicht nachdenken und rätselraten, sondern einfach nur Spaß haben.*

Ich ignorierte die Pyramiden und folgte meinen Brüdern weiter den Weg entlang. Die Luft war erfüllt von Blumenduft und dem Zirpen der Grillen, und meine Gedanken begannen mehr und mehr abzudriften.

Ich stellte mir vor, auf einer nächtlichen Expedition durch den Urwald zu wandern, auf der Suche nach seltenen Tierarten und den Spuren längst vergessener Zivilisationen. Eine kindliche Freude kam in mir auf und ließ mich leise auflachen.

An einem steinernen Springbrunnen machten wir Halt. Genüsslich tauchten wir die Unterarme ins Wasser und besprengten unsere Gesichter. Es war angenehm kühl und brachte mir die ersehnte Erfrischung in dieser warmen Sommernacht.

»Und jetzt ein Eis«, sagte ich, nachdem wir uns auf dem Brunnenrand niedergelassen hatten. Meine Brüder ließen ein langgezogenes »Mhmmmmm« und ein »Jamm-Jamm« hören.

Ich wagte einen Kontrollblick zum Hotel und stellte erleichtert fest, dass sich im Zimmer unserer Eltern noch immer nichts regte. Sie schienen tief und fest zu schlafen. *Wenn ihr wüsstet ...* Lächelnd blickte ich zum Mond und genoss die leichte Brise, die über mein Gesicht strich.

»Ich, ähm ... muss euch was sagen«, meinte Rafael nach einem kurzen Schweigen.

Mein Kopf ruckte zu ihm, und in meinem Magen begann es zu kribbeln. Auch Finian schaute ihn erwartungsvoll an. *Oh nein, fang jetzt bloß nicht damit an!*

Ich seufzte. »Lass mich raten: Du willst mit uns über die verrückte Sache mit dem Kaffeebecher reden.«

Der Blick, den Rafael mir daraufhin zuwarf, bestätigte mir, dass ich ins Schwarze getroffen hatte.

»Wie, was? Ein verrückter Kaffeebecher?« Finian musterte ihn mit schief gelegtem Kopf. »Klingt ziemlich komisch. Na, dann leg mal los, Bruder.«

Rafael räusperte sich. »Also ... Ehrlich gesagt, finde ich das nicht so lustig. Weil es nämlich viel zu unheimlich ist.« Er blickte mir ins Gesicht. »Du hast es auch gesehen. Stimmt's, Emily? Dass sich der Becher von selbst bewegt hat.«

Ich nickte. Das kribbelige Gefühl in meinem Magen breitete sich weiter aus, und meine Abenteuerlust war dahin. Eigentlich hatte ich nicht vorgehabt, auf unserer heimlichen Tour über solche Dinge zu sprechen ... Doch andererseits war dies die beste Gelegenheit für einen Austausch.

»Ich hab es auch gesehen«, bestätigte ich Rafaels Aussage. »Das Ding hat sich ein Stück von Rafael fortbewegt, ohne dass er es angefasst hat.«

»Hey, hab ich da was nicht mitgekriegt?« Finian tat beleidigt. Er verschränkte die Arme vor der Brust und zog eine übertriebene Schnute. Anscheinend hielt er das Ganze für einen Scherz.

»Das Gruselige war, dass ich genau daran gedacht hab, *bevor* es passiert ist«, erzählte Rafael weiter. »Mir war langweilig, so lange mit unseren Eltern am Tisch zu hocken, da hab ich aus Spaß den Kaffeebecher angeguckt und mir vorgestellt, wie er sich bewegt. Wie bei Uri Geller, oder so. Und *Zack!* – dann ist es wirklich passiert.« Er zuckte mit den Schultern und schaute erst mich, dann Finian mit einem unsicheren Lächeln an. »Ich weiß, das klingt verrückt.«

»Stimmt. Das ist es auch.« Finian verdrehte die Augen. Kopfschüttelnd sah er seinen Bruder an. »Wenn du jetzt auch noch anfängst, so zu nerven wie Emily mit ihren Schrumpelmumien, dann kannst du gleich wieder damit aufhören. Weißt du, so was ist am Anfang ja noch ganz lustig, aber irgendwann wird es –«

»Ich hab es mit eigenen Augen gesehen!«, fiel ich Finian ins Wort. »Das ist keine blöde Story, mit der Rafael dich verarschen will, und es hat auch nichts mit Fantasiegeschichten über Schrumpelmumien zu tun. Das ist *echt* passiert, ich kann es bezeugen. Übrigens ist mir heute auf dem Basar noch was viel Krasseres passiert.«

Bevor meine Brüder reagieren konnten, holte ich einmal tief Luft und berichtete von meinem Katzenerlebnis auf dem Khan-el-Khalili und von dem Fremden aus dem Hotelpark, den ich dort wiedergetroffen hatte. Jetzt, da Finian so blöd drauf war, war es sowieso egal, ob ich mich damit zum Narren machte. Ich war sauer, weil mein großer Bruder uns nicht ernst nahm, und plapperte einfach wild drauflos.

Kaum war ich fertig, starrten mich beide mit gerunzelter Stirn an.

»Ihr glaubt mir nicht.« Enttäuscht ließ ich die Schultern hängen. *Hättest du vielleicht doch besser die Klappe gehalten, Emily Distler.*

»Das alles ist schwer zu glauben. Meinst du nicht auch?«, entgegnete Finian. Eine seiner Augenbrauen rutschte ironisch in die Höhe.

Es ärgerte mich, wie überheblich er mich ansah.

»Dann glaubst du es halt nicht!«, gab ich pampig zurück. »Wäre ja auch zu schön gewesen.« Frustriert stand ich auf und scharrte mit dem Fuß über den schmalen Grasstreifen zwischen Brunnen und Spazierweg.

Rafael schürzte nachdenklich die Lippen. »Also, nach dem, was ich heute mit dem Kaffeebecher erlebt hab ...«

»Alles Blödsinn!«, fiel Finian ihm ins Wort. »Mal ganz ehrlich: Sind wir nicht alle schon etwas zu alt für solchen Kinderkram?«

»Ich kann's dir zeigen, wenn du mir nicht glauben willst.« Mit trotziger Miene rutschte Rafael vom Brunnenrand, griff nach einem der weißen Kieselsteine am Boden und legte ihn dorthin, wo er gerade gesessen hatte. Dann kniete er sich davor und starrte mit verbissenem Gesicht auf den Stein.

»Du kannst glotzen, so viel du willst. Das Ding wird genau da bleiben, wo es ist.« Ungeduldig beobachtete Finian Rafaels Stein-Experiment.

War ja klar, dass mein großer, ach so erwachsener Bruder uns das nicht abnimmt, dachte ich genervt. *Er glaubt eben nicht an so was, und das ist wirklich schade.* Ich dagegen hatte schon immer ans Übernatürliche geglaubt.

Nachdem ein paar Minuten später nichts passiert war, wandte ich mich resigniert von den beiden ab. Wie zufällig fiel mein Blick auf die Pyramiden, die sich hell erleuchtet vor dem dunklen Himmel erhoben. Erneut überkamen mich Vertrautheit und Sehnsucht – diesmal mächtiger als sonst.

»Was zum –«

Von einer Sekunde zur nächsten wurde mir schwindelig, so dass ich mich mit beiden Händen am Brunnenrand abstützen musste. Während ich die besorgten Stimmen meiner Brüder wie durch eine Wand aus Watte wahrnahm, wurde mir heiß und kalt zugleich. Mein ganzer Körper zitterte.

Ich spürte die Hände meiner Brüder auf meinen Armen, die an mir rüttelten ... und plötzlich ging alles sehr schnell. Mit einem Gefühl, als säße ich in einem rasch aufsteigenden Flugzeug, schien mein Körper vom Boden abzuheben – und es riss mich davon.

Wie ein Blatt im Wind wirbelte ich umher. Die Angst hielt meine Augen fest verschlossen, während sich in meinem Kopf alles drehte. Ich bekam kaum Luft, so als würde eine große Hand meine Lunge zusammendrücken, doch plötzlich ...

... spürte ich wieder festen Boden unter den Füßen. Der Schwindel fiel von mir ab, und es war, als hätte es ihn nie gegeben. Ich traute mich nicht, die Augen zu öffnen, denn ich fürchtete mich vor dem, was mich nun erwarten könnte. Ich konnte nicht sagen, was es war, doch irgendetwas war anders. Noch immer spürte ich die Hände meiner Brüder auf den Armen.

»Emily!« Das war Rafaels Stimme zu meiner Rechten. Sie zitterte wie Wackelpudding.

»Heilige Sch ...«, hauchte Finian links von mir. Seine Finger gruben sich fest in meinen Arm, so dass mir ein »Autsch!« entfuhr.

»Jetzt drück mal nicht so fest, ich bin doch kein Antistress-Ball!«, motzte ich ihn an.

»Emily ... Schau mal ...«, stammelte Rafael, was mich dazu veranlasste, endlich die Augen zu öffnen.

Was ich dort vor mir sah, ließ mich beinahe zu Eis erstarren. Es übertraf alles, was mir in Ägypten bisher passiert war.

Vor wenigen Sekunden waren wir noch am Brunnen im Hotelpark gewesen, und jetzt standen wir vor den Pyramiden von Gizeh!

6. Kapitel

»Wie …, wie sind wir hierhergekommen?« Finians Stimme war nur noch ein Flüstern. Offensichtlich hatte unser paranormaler Ortswechsel ihn kleinlaut werden lassen.

Doch nicht nur meinen Brüdern, auch mir selbst hatte es die Sprache verschlagen. Mit klopfendem Herzen blickte ich an den tonnenschweren Blöcken der Pyramide empor, die sich wie ein Gigant zum Himmel erhob. Gleich einem Star war sie in hellgelbes Scheinwerferlicht getaucht. Ehrfurcht durchflutete meinen Körper wie warmes Öl, und für einen Moment meldete sich meine Höhenangst zurück, als ich mir vorstellte, wie die beiden Internet-Typen dort hinaufgeklettert waren, um Fotos zu machen.

Eine Zeitlang standen wir einfach nur da. Zu tief saß der Schreck uns in den Knochen.

Rafael war der Erste, der sich einen Ruck gab. »Hast etwa *du* das gemacht, Emily? Soll das heißen, wir haben jetzt beide irgendwelche Psi-Kräfte?«

»Keine Ahnung«, hauchte ich. Noch immer starrte ich die Pyramide an. »Vielleicht haben wir alle drei Superkräfte und wissen es nur noch nicht?« Ein hysterisches Kichern brach aus mir hervor. »Was ist da passiert? Ich hab nur die Pyramiden angeguckt, und dann hatte ich diese komischen Gefühle. Mir ist schwindelig geworden, und *Schwupp!* – jetzt stehen wir hier.«

»Kein Plan.« Finian schüttelte den Kopf. »Ich kann echt nicht glauben, was hier gerade vor sich geht.«

Endlich schaffte ich es, mich vom Anblick der Pyramide loszureißen. »Vielleicht sollten wir erst mal herausfinden, an welcher Stelle auf dem Pyramidengebiet wir gelandet sind, bevor wir Wurzeln schlagen«, lautete mein Vorschlag. Meine Stimme klang dünn und zittrig. »Die ganze Nacht hier stehenzubleiben, bringt es jedenfalls auch nicht.«

»Da hast du ausnahmsweise mal recht, du kleine Schrumpelmumie«, stimmte Finian mir zu. Sein Mund verzog sich zu einem schiefen Lächeln.

Ich ließ mich nicht ärgern und schaute mich um. Auf dem teilweise beleuchteten Gizeh-Plateau war schwer zu erkennen, wo wir uns gerade befanden. Zum Glück sorgten die Scheinwerfer bei den Pyramiden für ausreichende Sicht im Halbdunkeln.

»Es sieht so aus, als wären wir bei der Mykerinos-Pyramide gelandet«, vermutete Rafael und zeigte auf die drei Mini-Pyramiden, die sich wie kleine Kinder neben der Großen aufreihten. »Dann kann die Pyramide nebenan nur die vom Chefren sein.«

»Und das bedeutet jetzt was?«, fragte Finian.

»Dass es dort einen Weg gibt, der in Richtung Gizeh führt. Er geht an der Sphinx vorbei«, entgegnete Rafael. Dann schnipste er mit den Fingern. »Aber klar doch. Dort, wo die Sphinx liegt, ist eine asphaltierte Straße in der Nähe. Von dort aus ist es nicht mehr weit bis zu unserem Hotel … Puh, was ein Glück, dass Mama ein Hotel so nah bei der Sphinx gebucht hat.«

»Woher weißt du Streber das schon wieder?«, stichelte Finian mit gespieltem Ernst.

Rafael pustete die Backen auf und gab zu: »Ich hab mir vor dem Urlaub ein paar Luftbilder vom Pyramidengebiet angeguckt.«

»Was uns gerade sehr nützlich ist«, fügte ich hinzu und knuffte ihn in die Seite. »Manchmal bin ich echt froh, so einen nerdigen Bruder zu haben. Auch wenn du mir manchmal ziemlich auf die Nerven gehst.«

»Ich weiß«, grinste Rafael. »Aber jetzt seht ihr mal, wozu wir Nerds gut sind.«

Er folgte Finian, der sich bereits in Richtung Chefren-Pyramide aufgemacht hatte.

Ich heftete mich an die Fersen meiner Brüder. Sicher würde alles gutgehen, und wir wären bald wieder in unserem Hotelzimmer. *Immer positiv denken*, pflegte unsere Mama stets zu sagen. Hoffentlich hatten die Eltern unser Verschwinden nicht bemerkt. Auf lebenslänglichen Hausarrest hatte ich nun wirklich keinen Bock.

Während Rafael und Finian voranliefen, bildete ich das Schlusslicht. Noch immer war ich furchtbar aufgewühlt. Meine Gedanken kreisten unaufhörlich um unsere paranormale Reise – und um die Schlangen und Skorpione, die sich lautlos und unbemerkt über den Wüstenboden bewegten …

Ich atmete tief die Luft ein, die nach abgekühltem Sand roch, während mir ein leichter Wind durchs offene Haar strich. Sandiges Geröll knirschte unter meinen Schuhsohlen, das einzige Geräusch weit und breit. Dieser Ort mit seinen jahrtausendealten Ruinen verströmte einen intensiven Hauch der Geschichte, den ich körperlich zu spüren glaubte.

Es dauerte eine Weile, bis wir unser erstes Etappenziel erreicht hatten. Die Chefren-Pyramide war wesentlich größer als die, von der wir kamen. Dort blieben wir stehen und schauten uns um.

In der Ferne konnte ich die Lichter der Stadt ausmachen. Irgendwo dort hinten befand sich unser Hotel. Nur wo genau? Gizeh war so groß und weit!

Als mein Blick an einer beleuchteten Erhebung hängenblieb, atmete ich erleichtert aus. »Das da vorn ist auf jeden Fall mal die Sphinx, würde ich sagen. Was bedeutet, dass wir auf dem richtigen Weg sind.«

»Gott sei Dank!«, murmelte Finian. Etwas lauter fügte er hinzu: »Dann mal nichts wie los.«

Er schritt erneut voran. Bald betraten wir einen grob gepflasterten Weg aus breiten Steinen, der in Richtung Sphinx führte. Das musste der Weg sein, von dem Rafael gesprochen hatte.

Langsam aber sicher kamen wir voran. Immer näher rückten wir der großen Sphinx, deren Hinterteil in unsere Richtung zeigte, so als wäre sie genervt von uns.

Kurz vor unserem zweiten Etappenziel legten wir eine Pause ein. Wir verließen den Weg und näherten uns der Sphinx über den Wüstenboden, um sie uns aus der Nähe anzusehen. Hellgelbes Scheinwerferlicht bestrahlte den Koloss von allen Seiten und sorgte für einen harten Kontrast zwischen Licht und Schatten. Auch wir befanden uns nun an einem helleren Platz; nicht weit von uns war ein Scheinwerfer aufgestellt. Mehr als die Rückseite der Sphinx konnten wir von unserer Position aus nicht erkennen, doch gerade diese wollte Rafael unbedingt sehen. Auf dem Weg hierher hatte er uns erzählt, unter ihrem Hinterteil existiere ein versteckter Gang, der unter das gewaltige Bauwerk führte. Natürlich wollte er sich mit eigenen Augen davon überzeugen.

»So. Die Sphinx hätten wir schon mal erreicht«, schnaufte Finian nach unserem strammen Marsch. Sein Blick wanderte hinüber zum Stadtrand. »Jetzt müssen wir unter all den Lichtern da vorn nur noch unser Hotel finden.«

»Meinst du, wir werden da reinkommen, ohne dass uns einer sieht und zur Rede stellt?«, fragte Rafael.

»Na logo. So schwer kann das doch nicht sein, oder?« Finian lächelte zuversichtlich.

»Dazu müsstet ihr Bälger die Stadt aber erst mal erreichen, nicht wahr?«

Die Frauenstimme, die plötzlich aus dem Halbdunkel hinter uns ertönte, ließ mich zusammenfahren. Das Herz schlug mir bis zum Hals. Ich drehte mich um und sah eine massige Gestalt zu uns ins Helle treten.

Ich sog scharf den Atem ein, als mir klar wurde, *was* sich uns da gerade näherte. Es war eine albtraumhafte Kreatur, die nur wenige Meter vor uns stehenblieb. Lauernde Reptilienaugen verfolgten jede unserer Bewegungen.

Es war ein hässliches Mischwesen mit dem Kopf eines Krokodils, dessen Maul eine Reihe messerscharfer Zähne entblößte. Seine vordere Körperhälfte war die eines Leoparden, welche nahtlos in einen fetten Nilpferdhintern mit stumpenartigen Beinen überging. Als hätte das noch nicht ausgereicht, trug es ein altägyptisches Kopftuch aus grobem Leinen, was seinen Anblick noch skurriler machte.

Zwei weitere Gestalten schoben sich aus dem Schutz der Dunkelheit. Es waren hochgewachsene Männer mit dunkler Haut und langen schwarzen Haaren. Jeder von ihnen hielt einen schwarzen Langstab in der Hand, der oben in einem Viereck mit einer blauen Kugel endete.

»Das kann doch nur ein Albtraum sein, oder?«, rief Finian entsetzt.

»Oder ein Horrorfilm«, keuchte Rafael. »Ich glaub, wir sind hier auf dem Außengelände von irgendeinem geheimen Versuchslabor gelandet. Da scheint ein Genexperiment außer Kontrolle geraten zu sein!«

»Das würde zumindest diese unnormal hohe Mauer um das Pyramidengebiet erklären«, versetzte Finian.

Das Krokodilsmonster legte den Kopf schief. »Von was redet ihr da, ihr Bälger?«

»Ist mir gleich«, sagte einer der Männer. Mit Schrecken erkannte ich in ihm den Fremden – Mr Feuersalamander! –, der mir im Hotelpark und auf dem Khan-el-Khalili begegnet war. Was mir bestätigte, dass er nicht zufällig dort gewesen sein konnte.

»Lasst sie uns einfach aus dem Weg schaffen, anstatt viele Worte zu machen«, fügte der andere Mann hinzu, während er angriffslustig den Stab in seine Handfläche niedersausen ließ.

»Nun gut. Dann sollten wir keine Zeit verlieren«, meinte das Krokodilsmonster. Seine Stimme klang beinahe gelangweilt. »Mit diesen Mücken sind wir schnell fertig, wir müssen uns dabei noch nicht mal selbst die Finger schmutzig machen.«

Sein Maul verzog sich zu einem zähnestarrenden Grinsen, wobei sein Blick sich fest in meine Augen bohrte. Ich wollte gerade fragen, was die drei gegen uns hatten und warum sie uns aus dem Weg räumen wollten, da rief das Krokodilsmonster: »Kommt hervor, ihr Toten!« Sein Grinsen verwandelte sich in ein lautes, böses Lachen. »Greift sie euch und labt euch an ihrem zarten jungen Fleisch!«

Ich trat einen Schritt nach hinten und schüttelte ungläubig den Kopf. Mir wurde heiß und kalt zugleich. »Ihr ... *Toten?*«

Im Boden um uns herum begann es zu rumoren. Sandstaub wurde aufgewirbelt, begleitet von scharrenden Geräuschen aus der Erde.

»Was ist jetzt los?«, hörte ich Rafael schreien, als wie zur Antwort ein verdorrter Arm neben mir aus dem Sand schoss. Diesem folgten ein halb verwester Schädel mit leeren Augenhöhlen sowie ein wackeliger Rumpf und Beine.

Mit wachsendem Entsetzen verfolgte ich, wie überall um uns herum diese Kreaturen aus dem Boden stiegen, jammernd, stöhnend und wispernd.

»Oh Gott, Emily. Ich glaub, das sind die Dinger, die du *Schrumpelmumien* nennst!« Rafaels Stimme überschlug sich beinahe.

»Ich fürchte, so ist es!«, schrie Finian. »Los! Lauft um euer Leben!«

Mein Bruder hatte recht. Gegen diese Kreaturen waren wir vollkommen machtlos.

In dem Moment, als ich loslaufen wollte, umklammerte eine Knochenhand meinen Fußknöchel. Kreischend entwand ich mich dem Griff, indem ich das Bein mit einem Ruck nach oben riss und der Hand einen Tritt versetzte, der sie wie morsches Holz auseinanderbrechen ließ.

Mit zusammengebissenen Zähnen beobachtete ich, wie nun aus allen Richtungen Mumien auf uns zuschlurften. Im Hintergrund ertönte das gehässige Lachen des Krokodilsmonsters. Verzweifelt ging ich in Kampfstellung, wie ich es beim Kickboxen gelernt hatte, und verpasste der ersten Mumie einen harten Tritt ins Gesicht, der ihr den Unterkiefer wegriss. Ein darauffolgender Haken fegte ihr den Kopf vom Körper. Mit einem knarzenden Geräusch kippte sie um.

Auch einer weiteren Mumie trat ich gegen den Kopf. Doch als dieser sich nicht löste, versetzte ich ihr einen Backkick in den Bauch, der sie von den Füßen riss.

Ich trat und schlug um mich, bis die Reihen der Mumien sich nach und nach lichteten, doch noch immer waren es zu viele. Der Schweiß lief mir übers Gesicht und brannte in meinen Augen. Ich keuchte vor Anstrengung. Je länger ich kämpfte, desto kraftloser wurden meine Muskeln.

Ich drehte mich nach meinen Brüdern um und sah, wie auch sie um ihr Leben kämpften. Rafael boxte einer Mumie gerade mit voller Wucht ins Gesicht, während Finian seinen Gegner mit einem Fußfeger zu Boden brachte. In diesem Moment war ich mehr als froh darüber, ihnen ein paar Kampftechniken beigebracht zu haben.

»Pass auf!«, rief Finian mir zu – doch es war zu spät.

Ein knochiger Arm legte sich von hinten um meinen Hals, ein weiterer um meinen Bauch. Neben meinem Ohr hörte ich das heisere Stöhnen einer Mumie, der Gestank nach Tod und Verwesung drang in meine Nase. Würgend grub ich meine Finger in den zerfressenen Arm, der mir zunehmend die Luft abdrückte. Mit aller Kraft versuchte ich, ihn von mir zu reißen, doch der Angreifer war stärker als ich.

Hilflos stand ich da und konnte mich kaum bewegen. Zu gnadenlos war der Klammergriff, der meinen Körper immer fester zusammendrückte.

»Emily! Nein!«

Meine Brüder wollten mir zu Hilfe kommen, wurden jedoch ebenfalls von den Mumien gepackt. Röchelnd wollte ich einen Arm nach ihnen ausstrecken, welcher sich jedoch meinem Willen entzog. Bunte Sterne tanzten vor meinen Augen, und das Luftholen wurde zur Qual.

Wie von selbst richtete sich mein Blick zum Himmel, und etwas Unbekanntes legte sich wie ein Schleier über meine Gedanken und Gefühle. Es war wie in einem Traum, in dem ich weder selbständig denken noch fühlen konnte. Es geschah einfach, ohne dass ich mich dagegen wehren konnte.

»Hilf uns, Amun!«, presste sich eine Stimme aus mir heraus, die nicht die meine zu sein schien. »Amun, bitte!«

Das Krokodilsmonster, das inzwischen neben mich getreten war, stieß ein belustigtes Lachen aus. »Ha! Amun kann euch jetzt auch nicht mehr retten, ihr Bälger.«

»A ..., A ..., Amun. Bitte ... Hilf ...«, flüsterte dieses Fremde in mir, während mein Blick sich zunehmend vernebelte.

Wie aus dem Nichts tat sich eine verschwommene Szene vor meinem inneren Auge auf. Es war, als würde der Spalt einer Tür geöffnet, die einst fest hinter mir verschlossen worden war. Bilder wirkten auf mich ein, die einander in raschem Tempo abwechselten: Ein halb geöffnetes Tor, durch das Licht zu mir ins Dunkel fiel. Ein entsetzter Schrei, als dieses sich zu schließen begann. Ein Schatten von menschlicher Gestalt, der versuchte, zu mir zu gelangen. Dann folgten endlose Dunkelheit und Kälte. Angst und Verzweiflung blieben in meinem Innern zurück und ließen mich erstarren ...

Waren dies die Halluzinationen einer Erstickenden? Oder war ich bereits tot und wusste es nur noch nicht? War das hier womöglich das Jenseits?

Die Szenen lösten sich auf, doch meine Sicht blieb nach wie vor undeutlich. Was meine Fantasie allerdings nicht davon abzuhalten schien, weiter mit mir durchzugehen, denn vor mir tauchten plötzlich drei Gestalten auf, die sich mit gezückten Waffen auf die Mumien stürzten und diese mit nur wenigen Schlägen zerfetzten.

Das Krokodilsmonster schrie zornig auf – dann wurde mir schwarz vor Augen.

7. Kapitel

»Die Armen, sie haben viel mitgemacht«, flüsterte eine Stimme neben mir. Es war eine Frau.

Dann ein Mann: »Diese stinkenden Mumien haben ihnen ziemlich zugesetzt.«

»Kein Wunder, dass sie ohnmächtig geworden sind. Bei diesen Würgegriffen«, meldete sich eine weitere Männerstimme zu Wort.

Ein leises Stöhnen verließ meinen Mund. Ich wollte den Kopf drehen, doch er fühlte sich an wie ein Medizinball. An meinen nackten Unterarmen spürte ich weichen Sand. Wie merkwürdig.

Langsam öffnete ich die Augen und blickte zum sternklaren Nachthimmel. Der Mond schien tröstend auf mich herab, ansonsten war es dunkel.

»Das Mädchen ... Sie wird wach.« Es war die Stimme der Frau. Ich hörte, wie sie an mich herantrat.

Im nächsten Moment spürte ich eine Hand auf meinem Arm. Warme Energie floss durch meinen Körper und gab mir neue Kraft. Ihre Schritte entfernten sich von mir.

Ich atmete tief ein. Dann setzte ich mich auf und schlang die Arme um meinen Oberkörper. Meine Zähne klapperten. Es war empfindlich kalt geworden.

Sofort kamen mir meine Brüder in den Sinn.

Ein Blick nach links verriet mir, dass Rafael und Finian neben mir lagen und offenbar nicht bei Bewusstsein waren. Noch immer befanden wir uns in der Nähe der Sphinx, diesmal außerhalb des Scheinwerferlichts im Schatten der Nacht.

Die Erinnerung an den Angriff der Mumien kehrte zu mir zurück, und ein kalter Schauer lief mir über den Rücken. Von einem Moment zum nächsten waren meine Schrumpelmumien Realität geworden, wie in einem ausgelutschten, billigen Horrorfilm!

Ich nahm allen Mut zusammen und drehte den Kopf nach rechts, wo ich drei Gestalten im Schneidersitz gewahrte. Sie waren wenige Armlängen von uns entfernt und im Mondlicht nur schemenhaft zu erkennen.

»Moment, ich mach uns mal Feuer. Damit den dreien nicht so kalt ist und sie uns richtig sehen können«, sagte einer der Männer. »Ich hab vergessen, dass Menschen schnell frieren und auch nicht so gute Augen haben.«

Ich hörte, wie er tief Luft holte und sie kraftvoll ausstieß. Mein Herz setzte für einige Schläge aus, denn das, was der Fremde da ausatmete, war keine Luft, sondern ein funkensprühender Glutwirbel! Innerhalb von Sekunden hatte er ein Lagerfeuer entfacht, und das, obwohl weit und breit kein Brennholz zu entdecken war. Offenbar hatte auch er besondere Kräfte.

Der Anblick der Gestalten jagte mir heiße und kalte Blitze durch den Körper. Es waren drei Wesen, wie ich sie bisher nur auf altägyptischen Reliefs zu sehen bekommen hatte. Sie besaßen den Körper eines Menschen, dunkelhäutig und schlank. Um die Hüften trugen sie einen goldenen Lendenschurz, und eine ebenfalls goldene, halbmondförmige Schmuckplatte über der Brust. Lediglich das weibliche Wesen trug ein kurzes seidenes Oberteil. Ein goldener Skarabäus prangte darauf.

Das Unglaublichste an ihnen war jedoch nicht ihre edle, beinahe königliche Erscheinung, sondern ihre Köpfe. Der Mann mit dem Feueratem hatte den Kopf eines schwarzen Schakals, sein Freund den eines Falken. Beide trugen altägyptische Kopftücher in goldener Farbe. Die Frau mit dem Haupt einer schwarzen Katze trug keinen Kopfschmuck. Allen gemein war die goldene Schminke, die ihre Augen schwungvoll umrandete. Trotz ihrer Tierköpfe war ihr Gesichtsausdruck durch und durch menschlich.

Mein Blick fiel auf drei goldene Langstäbe, die neben ihnen am Boden lagen und an deren Enden sich ebenfalls Tierköpfe befanden. Dies waren wohl die Waffen, mit denen sie die Mumienbande vermöbelt hatten.

»Ähm ... Ist das hier eine Maskenparty, oder so was?«, hörte ich Rafaels Stimme neben mir. Er klang verwirrt, was in Gegenwart dieser Fantasyfiguren kein Wunder war.

»Keine Ahnung«, kam es ebenso ungläubig von Finian.

Eine große Erleichterung machte sich in mir breit. Meine Brüder waren aufgewacht, ihnen schien nichts zu fehlen.

»Wie geht es euch?« Die Katze beugte sich in unsere Richtung. Ihre großen grünen Augen spiegelten Besorgnis wider.

Ich glotzte sie regelrecht an. »Ihr seid alle nicht echt, stimmt's?« Mit einem hysterischen Kichern griff ich mir an die Stirn. »Ich hab mir ziemlich hart den Kopf gestoßen, oder? Ja, das muss es sein.«

»Nope, da muss ich dich leider enttäuschen«, sagte der Schakal anstelle der Katze. »Wir sind alle so was von echt, Mann.«

»Seit wann sprichst du denn so seltsam, mein Freund? Man könnte meinen, du hättest dich der heutigen Sprache angepasst«, meinte der Falke daraufhin in leicht kritischem Tonfall.

Der Schakal grinste. »Ja, so ein bisschen vielleicht. Es kann ja nicht schaden, ein wenig – wie sagt man heutzutage doch gleich? – *up to date* zu sein. Zumal wir es hier mit Jugendlichen aus dem einundzwanzigsten Jahrhundert zu tun haben.« Seine Miene zeigte Begeisterung, als wären wir etwas besonders Interessantes. »Ich hab mich ein wenig über die heutige Zeit informiert, mithilfe von Bastets Technologie, die einem dieses, ähm ..., Internet-Dingsbums zeigt. Damit ich authentischer rüberkomme und nicht sofort auffalle.«

»Damit du nicht sofort auffällst ... Na, du bist gut.« Der Falke rollte mit den Augen und winkte ab, was die Katze zum Schmunzeln brachte.

»Übrigens, ich bin Anubis, Herr der Totenriten und der Mumifizierung«, stellte der Schakal sich mit einer angedeuteten Verbeugung vor. Dann wies er auf den Falken. »Und das ist Horus, Herr des Himmels und der Könige.« Zum Schluss zeigte er auf die Katze. »Und das ist Bastet, Königin und Kriegsherrin des Planeten Luyon-Bastis. Für die alten Ägypter war sie die Göttin der Katzen, der Liebe und der Freude.«

»Wie bitte? Eine ... Alienkönigin?«, krächzte Finian. Seine Augen wurden groß wie Untertassen.

»Bastet ...«, flüsterte ich kaum hörbar. Wie schon beim Anblick der Bastet-Statue auf dem Basar spürte ich eine starke Vertrautheit, die sich durch das Aussprechen von Bastets Namen noch vergrößerte.

Dies war der Katzenkönigin nicht entgangen. Ihre Aufmerksamkeit fiel direkt auf mich, und ihr Blick hielt den meinen gefangen, so dass ich für einen Moment wie erstarrt war. Obwohl ich ihr noch nie in meinem Leben begegnet war, hatte ich das Gefühl, sie von irgendwoher zu kennen ...

Bevor ich sie ansprechen konnte, ergriff Rafael das Wort: »Was war das vorhin für ein Krokogator? Ich meine dieses hässliche fette Vieh mit dem Nilpferdhintern.«

»Hübsche Promenadenmischung, was?«, grinste Anubis.

Bastet unterdrückte ein Kichern, und auch Anubis ließ ein heiseres Lachen hören. »Der sogenannte Krokogator ist Ammit, die Große Fresserin, die vor der Haustür des Osiris sitzt und sündige Herzen verdrückt – kein Wunder, dass sie so fett ist. So steht es jedenfalls im altägyptischen Totenbuch geschrieben.«

»Sind das auch Götter, so wie ihr?«, fragte Finian.

»Aber nicht doch.« Anubis winkte ab. »Weder Horus noch ich haben etwas Göttliches an sich, auch wenn wir machtvolle Kräfte besitzen und die Menschen uns damals für Götter gehalten haben ... Was wir beide und all die anderen ›Götter‹ in Wirklichkeit sind, erklären wir euch ein andermal.« Er kratzte sich hinterm Ohr. Dann fuhr er fort: »Auch Ammit ist ein Wesen wie wir, doch sie hält sich allen Ernstes für die Dämonin der Unterwelt, die die alten Ägypter in ihr gesehen haben. Und auch ihre Begleiter sind weder Götter noch Menschen. Sie sind ein Volk von den Sternen, das sich Nibirer nennt.«

»Noch mehr Aliens? Das ist unglaublich!«, versetzte Finian.

Mich dagegen beschäftigte eher etwas anderes. »Wie kann es sein, dass Außerirdische und ... Götter, oder was auch immer, hier bei uns auftauchen? Die einen, um uns umzubringen, und die anderen, um uns zu retten?« Ich schluckte. Noch immer fiel es mir schwer zu glauben, was sich hier abspielte. »Danke übrigens«, fügte ich etwas ruhiger hinzu. »Für die Rettung. Ohne euch wären wir aufgeschmissen gewesen.«

»Nichts zu danken«, sagte Horus mit stolz erhobenem Haupt. »Schließlich ist es unsere Pflicht, euch drei zu beschützen.«

Erstaunt sah ich ihn an. »Eure Pflicht? Aber wieso? Ich verstehe nicht ...«

»Sie wissen von nichts«, meldete sich Bastet zu Wort. »Wir sind ihnen eine Erklärung schuldig.«

Anubis nickte. »Du hast recht, Bastet. Hab ich ganz vergessen ... Na, dann wollen wir mal.«

Nacheinander blickte er jedem von uns ins Gesicht. Dann begann er zu erzählen: »Der große Amun hat Horus und mich geschickt, um euch vor Ammits Übergriffen zu bewahren. Er ist der Herr von Theben und trägt für vieles die Verantwortung. Die alten Ägypter haben einen mächtigen Schöpfergott in ihm gesehen, doch für uns ist er lediglich der Chef ... Wir sind losgezogen und mit Bastet zu euch nach Gizeh gereist.«

Amun!, schoss es mir durch den Kopf. *Genau der Name ist vorhin in meinen Gedanken aufgetaucht. Bis jetzt wusste ich noch gar nicht, dass es ihn gibt!* Wie war das möglich?

»Wow!«, unterbrach Rafael meine Gedankengänge. »Das ist ja wie in einem Fantasyfilm.«

»Was ist das? Gibt es da auch Außerirdische und Leute wie uns?«, fragte Anubis. Er ging jedoch nicht weiter darauf ein und fuhr fort: »Wir kommen aus dem Saal der Wächter, der in einem vergessenen unterirdischen Tempel in der Nähe von Theben liegt. Dort, wo Thot der Atlanter höchstpersönlich seine geheimen Texte in die Säulen graviert hat.«

»Thot der Atlanter?« Rafael bekam beinahe den Mund nicht mehr zu. »Bedeutet das, dieser Typ war aus ... *Atlantis?*«

»Yep.« Anubis räusperte sich. »Das war vor unendlich langer Zeit. Darüber reden wir ein andermal. Zuerst mal nur das Wichtigste, zu viel auf einmal würde euch glatt umhauen.«

Typisch Rafael. Er will immer alles ganz genau wissen. Meine Lippen verzogen sich zu einem Lächeln. Ich war mir schon immer sicher gewesen, dass es Atlantis wirklich gegeben hatte. Nun hatte ich meine Bestätigung.

»Atlantis? Aber das ist doch nur ein Mär –«

Ich warf Finian einen strengen Blick zu, der ihn sofort verstummen ließ. Er lächelte unsicher und meinte: »Schon gut. Es ist doch nur ... Ich kann einfach nicht glauben, dass es das alles wirklich geben soll.«

»Unser Familienskeptiker«, meinte Rafael und zeigte feixend mit dem Daumen auf ihn. Er schien sich zu freuen, Finian endlich beweisen zu können, dass es solche Dinge tatsächlich gab und er mit dem verrutschten Kaffeebecher keinen Blödsinn erzählt hatte.

»Ihr solltet das alles aber glauben, denn es ist von größter Wichtigkeit«, warf Horus ein. »So hört genau zu, was Anubis euch weiter zu sagen hat.«

»Schon gut, mein Freund. Ich regel das«, sagte Anubis an Horus gewandt.

Zu mir und meinen Brüdern sprach er: »Wie ihr sicher schon bemerkt habt, habt ihr – wie die Menschen heutzutage sagen – Psi-Kräfte. Und die habt ihr nicht ohne Grund: Der Dunkle Pharao ist aus seiner Verdammnis zurückgekehrt und bereitet sich an einem verborgenen Ort darauf vor, die Weltherrschaft zu übernehmen.«

»Klingt nach einem mächtigen bösen Typen«, meinte Finian.

Anubis nickte. »Du sagst es. Und größenwahnsinnig obendrein. Er wollte vor langer Zeit schon einmal die Welt erobern, doch das ist ihm zum Glück nicht gelungen.«

»Und was haben wir damit zu tun?«, wollte ich wissen.

»Eine ganze Menge – denn *ihr* seid dazu auserwählt, ihm entgegen-
zutreten.«

Mir stockte der Atem. »Wir ..., wir sind ... *Auserwählte?* Und wir sollen
... *kämpfen?*«

»Aber wir sind doch keine Erwachsenen!«, keuchte Rafael. »Auch
wenn Finian schon achtzehn ist ... Aber volljährig bedeutet noch lange
nicht erwachsen!«

»Hey!«, rief Finian empört. »Das will ich überhört haben.«

»Gemeinsam mit uns an eurer Seite, natürlich«, fügte Anubis eilig
hinzu. »Die Sonnenfinsternis war erst der Anfang. Das Zeichen, dass der
Dunkle Pharao zurückgekehrt ist. Auch damals, in ferner Vergangenheit, hat er sein Auftauchen mit einer Sonnenfinsternis angekündigt.«

»Und da ihr die Auserwählten des Amun seid, haben der Pharao und
die Nibirer ihre Schergen ausgesandt, um euch zu beseitigen«, ergänzte
Bastet.

»Ihr seid der Halle der Aufzeichnungen bei eurem Spaziergang gefährlich nah gekommen. Einer der Gründe, weshalb Ammit und die Nibirer
euch heute vernichten wollten«, sagte Horus.

»Die Halle der Aufzeichnungen? Was ist das schon wieder?«, fragte
Finian, nicht weniger verwirrt als ich. »Und warum sollen ausgerech-
net wir Auserwählte sein? Das ergibt doch keinen Sinn! Wir sind ganz
normale Jugendliche aus Deutschland und zum ersten Mal in Ägypten.
Emily ist erst dreizehn, und wir Jungs sind nur ein paar Jahre älter.
Schaut uns doch mal an! Wie können *wir* gegen einen übernatürlichen
Pharao antreten?«

»Mhm ... Wo er recht hat, hat er recht«, überlegte Horus. Nachdenklich
kratzte er sich unterm Schnabel und wandte sich Anubis zu. »In der Tat
sind es noch sehr junge Menschen. Da stellt sich zu recht die Frage, wie
ausgerechnet Jugendliche den mächtigen Pharao besiegen sollen. Mir
kommen Zweifel, ob wir es hier wirklich mit den Richtigen zu tun haben.«

Anubis zog eine Braue nach oben. »Zugegeben ... Auch ich bin nicht
gerade begeistert, dass es sich bei den Auserwählten um Jugendliche
handelt ... Aber trotzdem sollten wir Amuns Entscheidung nicht in
Frage stellen. Die drei *müssen* die Richtigen sein. Ammit und die Nibirer
wollten ihnen den Hals umdrehen, und Amun hat uns den Weg zu ihnen
gewiesen. Der gute, alte Amun irrt bekanntlich nie.«

»Nun ja … Ehrlich gesagt, mache ich mir mehr Sorgen um das Leben dieser jungen Menschen. Ich möchte nicht, dass ihnen etwas zustößt.« Bastet schaute uns der Reihe nach an. Sie schien sich wirklich Gedanken um uns zu machen.

Inzwischen schwirrte mir so sehr der Kopf, dass mir beinahe schlecht wurde. So vieles auf einmal …

»Wie auch immer«, sagte Anubis und rappelte sich auf. »Das müssen wir jetzt durchziehen, egal wie.« Er trat auf uns zu und befahl: »Los, Kids, alle aufstehen.«

Wir taten, was er sagte.

Anubis ging zu Finian und reichte ihm ein handtellergroßes Amulett mit dem Aussehen eines goldenen Kreuzes, das oben in eine Schlaufe überging. »Dies ist Ankh, das Symbol des Lebens«, sprach er. »Von jetzt an soll es dir gehören. Denn ich werde dein Partner sein im Kampf gegen den Pharao.« Er zwinkerte Finian zu.

»Ähm …, danke.« Finians Blick wanderte zwischen Anubis und dem Amulett hin und her. Dabei wirkte er ziemlich verblüfft.

Auch Bastet und Horus waren aufgestanden. Langsam kamen sie auf Rafael und mich zu.

Horus übergab Rafael ein goldenes Amulett in Form eines Falkenauges. »Dies ist das Horusauge, ein mächtiges Schutzsymbol. Dein Partner im Kampf werde ich sein.«

»Da …, danke«, stammelte Rafael. Mit großen Augen drehte er das Geschenk in seiner Hand.

Zum Schluss war ich dran. Mit einem sanften Lächeln legte Bastet mir einen goldenen Skarabäus in die Hand. Kühl schmiegte sich das Metall an meine Haut. Das Amulett war schwerer und massiver, als es auf den ersten Blick wirkte. »Dies ist mein Skarabäus. Er steht für die ewige Wiederkehr, und ich werde von jetzt an deine Partnerin sein.«

»Danke.« Zaghaft erwiderte ich Bastets Lächeln – und erneut überkam mich ein Gefühl der Vertrautheit.

»Wenn ihr uns braucht, haltet einfach eure Amulette in der Hand und ruft uns in Gedanken herbei. Dann sind wir schneller bei euch als der Blitz«, erklärte Anubis. »Mit diesen Dingern bleiben wir in Kontakt. Sie funktionieren so ähnlich wie diese Handys, die ihr Menschen heutzutage benutzt, allerdings durch Gedankenkraft.«

Rafael verzog das Gesicht. »Eine Art Handy aus der Antike? Jetzt müssten diese Teile uns nur noch zurück in unser Hotel beamen, dann wär alles super.«

»Oje!«, entfuhr es Finian. Er machte ein zerknirschtes Gesicht. »Unsere Eltern ... Die haben wir ganz vergessen! Wenn die mitkriegen, dass wir aus dem Hotel verschwunden sind, werden sie wahnsinnig vor Sorge.«

»Und ich kriege mindestens ein Jahr Hausarrest«, murmelte ich.

»Kein Problem«, sagte Anubis. »Wir bringen euch zurück. Kommt mit.«

Die Götter – auch wenn sie keine waren, beschloss ich, sie trotzdem so zu nennen – wandten sich zum Gehen, und wir folgten ihnen.

»Warum kämpft ihr nicht selbst gegen diesen Pharao? Ihr seid doch viel stärker als wir«, wollte Finian wissen, während er neben Anubis herging.

»Ja, stimmt!«, sagte ich. »Das würde mich auch mal interessieren. Und nicht nur das: Ich hätte noch mehrere Fragen ...«

Anubis winkte jedoch ab und meinte: »Das erklären wir euch ein andermal. Immer schön langsam und eins nach dem anderen. Jetzt haut euch erst mal 'ne Runde aufs Ohr, damit ihr morgen Abend fit seid.«

Morgen Abend? Dann würden wir die drei also bald schon wiedersehen.

Im Gehen warf ich Anubis einen verstohlenen Blick zu. Für einen Herrn der Toten war er erstaunlich gut drauf. Ich hatte mir diesen »Gott« völlig anders vorstellt, eher still und deprimiert. Doch dann kam mir meine Mutter in den Sinn, die für eine Leichenbestatterin nicht weniger gut drauf war. Schade, dass die beiden sich nicht kennenlernen konnten. Sie würden sicher einen angeregten beruflichen Austausch miteinander führen.

Dummerweise wurden wir nicht ins Hotel zurückgebeamt, sondern mussten den Rückweg zu Fuß zurücklegen. Um die Blasen an den Füßen würde mich sicher niemand beneiden.

8. Kapitel

Nun hatte ich den Beweis, dass ich nicht verrückt war – weder heute, noch in meiner Kindheit. Meine Schrumpelmumien gab es tatsächlich, und auch »Götter« und Außerirdische waren real.

Als Schulkind hatte ich felsenfest an solche Wesen geglaubt, vor allem an Geister und Dämonen. Und mehr als das: Manchmal war ich mitten in der Nacht aufgewacht, geweckt von der Anwesenheit nebelhafter Gestalten an meinem Bett. Der Großteil von ihnen war freundlich, so dass ich nie Angst vor ihnen hatte. Ich hatte mich oft mit ihnen unterhalten, wobei herauskam, dass sie Geister waren, die sich einfach nur einsam fühlten und froh waren, mich gefunden zu haben; jemanden, der sie wahrnehmen konnte und nicht fürchtete. Mit der Zeit waren wir Freunde geworden. Die »normalen« Menschen hatten all das auf meine zu lebhafte Fantasie geschoben, doch trotz ihrer Mühen war es ihnen nie gelungen, mich mit ihren »logischen« Argumenten zu überzeugen.

War die Geistersichtigkeit Teil meiner Psi-Kräfte? Ich nahm mir vor, Bastet danach zu fragen.

Eigentlich sollte mein Gerede über Schrumpelmumien nur Spaß sein. Etwas Albernes, womit ich meine Brüder auf die Palme bringen konnte. Nun aber wusste ich, dass es sie in Wirklichkeit gab, und mir wurde schlecht, wenn ich an das Aufeinandertreffen mit ihnen dachte. Noch immer glaubte ich, ihren widerlich modrigen Geruch in meiner Nase zu haben.

Glücklicherweise hatten unsere Eltern nichts von unserer nächtlichen Exkursion mitbekommen. Da es zukünftig noch mehr davon geben sollte, hatten wir uns eine möglichst plausible Ausrede für unsere Abwesenheit zurechtgelegt.

Hier kam Finian ins Spiel: Mit seiner charmanten Art hatte er die beiden davon überzeugen können, dass wir alt genug seien, um abends allein durch die Straßen von Gizeh zu spazieren. Schließlich sei es etwas peinlich in unserem Alter, immer nur mit Mama und Papa unterwegs zu sein. Zum Glück konnten sie das gut verstehen – schließlich waren auch sie mal jung gewesen.

Eine halbe Stunde später saßen wir inmitten einer fruchtbaren Oase tief in der Wüste, deren Zentrum ein winziger See bildete. Unsere neuen

Freunde hatten uns hierherteleportiert, denn dies war einer der wenigen Orte, an denen wir uns ungestört treffen konnten. Eine geheime »Götter-Oase«, hatte Anubis uns mit einem Augenzwinkern erklärt.

Wahrscheinlich würden wir heute mehr über diesen Dunklen Pharao erfahren – zumindest hoffte ich das.

Die Luft war erfüllt von Blumenduft, den eine laue Brise zu uns herüberwehte. Mit meinen Füßen spielte ich im weichen Sand, der am Abend immer noch eine angenehme Wärme ausstrahlte. Das Rauschen der Palmwipfel machte mich ein wenig träge.

Meine Brüder und ich hatten uns auf den Überresten einer antiken Lehmziegelmauer niedergelassen, während die Götter ein paar Meter abseits standen, um noch etwas untereinander zu besprechen.

Mein Blick ruhte auf Bastet. Ich mochte die Katzenkönigin vom ersten Augenblick an, mehr noch als die beiden anderen. Sie war freundlich, aber zurückhaltend, doch das störte mich nicht. Seltsam war jedoch, dass ich mich auf unerklärliche Weise mit ihr verbunden fühlte. Woher dieses Gefühl stammte, war mir schleierhaft. Es war einfach da und ließ sich durch nichts vertreiben.

Als wäre Bastet eine gute alte Freundin ...

Selbst jetzt, in Gesellschaft der Götter, fiel es mir immer noch schwer zu glauben, was in der vergangenen Nacht vorgefallen war. Hätte ich morgens nach dem Aufwachen nicht Bastets Skarabäus neben meinem Kissen vorgefunden, hätte ich unser Abenteuer wohl eher als einen verrückten Traum abgestempelt.

Heute hoffte ich auf Antworten. Ich wollte unbedingt mehr über den Dunklen Pharao und die Hintergründe unserer Mission erfahren. Immerhin hing ich mittendrin. Und ich hatte so viele Fragen ...

»Wird Zeit, dass wir loslegen, mhm?« Anubis streckte sich ausgiebig. Dann winkte er Finian zu sich, welcher zaghaft auf ihn zutrat.

»Womit?«, fragte er.

»Mit eurem Training, natürlich«, erwiderte Horus. Mit ausgestrecktem Arm wies er auf Rafael und bestimmte: »Du kommst mit mir.«

Rafael folgte Horus' Aufforderung, ohne Fragen zu stellen. Da ich meinen Bruder in- und auswendig kannte, wusste ich jedoch, wie angespannt er war. Am liebsten würde er die Götter mit einem Schwall Fragen überschütten.

»Training?« Ich zog meine Sneakers an und begab mich zu Bastet, die mich mit einem scheuen Lächeln empfing.

»Ja. Wir bringen euch bei, wie ihr eure Psi-Kräfte kontrollieren und richtig einzusetzen könnt. Was dachtet ihr Kids denn?«, erwiderte Anubis.

Rafaels Miene zeigte Begeisterung. »Wow! Das bedeutet, ich werde in Zukunft noch viel mehr Kaffeebecher durch reine Gedankenkraft verschieben können?«

»Kaffeebecher – und noch mehr.« Anubis zwinkerte ihm zu. Dann nahm er sein Was-Zepter und schritt voraus.

Unser Ziel war eine Geröllebene unweit der Oase, hinter der sich vereinzelte Felsen und die Sanddünen der Wüste auftaten. Ein paar Dattelpalmen standen verteilt wie Schafe, die sich von ihrer Herde abgesondert hatten.

Während des Gehens blickte ich hinauf zu Bastet, die einen Kopf größer war als ich und mir mit einem zurückhaltenden Lächeln begegnete. Eine hübschere Katze als sie hatte ich noch nie gesehen. Ihr Fell glänzte wie schwarze Seide, und ihre großen Augen hatten die Farbe von Smaragden. Es waren Augen, in denen die Ewigkeit zu ruhen schien, umrahmt von langen dunklen Wimpern.

Bei der Geröllebene angelangt, teilten wir uns in drei Gruppen auf. Jeder von uns stand nun seinem Gott gegenüber, um seine individuellen Anweisungen fürs Training zu empfangen.

»Welche Fähigkeiten haben wir denn?« Das Herz schlug mir bis zum Hals. Ich konnte meine Neugier nicht mehr zurückhalten. Nur selten in meinem Leben war ich so aufgeregt gewesen wie jetzt.

»Nun, dein Bruder Rafael beherrscht die Psychokinese. Mit Kraft seiner Gedanken kann er Gegenstände bewegen«, erklärte Bastet.

»Ich hab's gesehen. Er konnte seinen Kaffeebecher verschieben, ohne ihn anzufassen ... Und was ist mit Finian? Bei dem ist mir bis jetzt noch nichts aufgefallen.«

»Finian verfügt über die Kraft der Pyrokinese. Er hat die Macht, allein durch seine Gedanken Feuer entstehen zu lassen und es zu kontrollieren.«

Ich riss die Augen auf. »Wooow! Das ist ja unglaublich.«

Bastet nickte. »Und willst du wissen, welche Kräfte du hast?«

»Auf jeden Fall!«, rief ich.

»Also gut, dann pass mal auf.« Die Katzenkönigin musterte mich mit ihren leuchtend grünen Augen, während ich beinahe vor Neugier platzte. Dann sagte sie: »Du bist die Begabteste von euch dreien, denn dir sind gleich zwei Kräfte gegeben.«

Überrascht sog ich die Luft ein. »Die Begabteste? Ich?«

»Ja, du«, bekräftigte Bastet. »Deine Kräfte sind die Teleportation und die Geistersichtigkeit.«

»Ach so.« Damit bestätigte sich meine Vermutung. »Dann hab ich also deshalb als kleines Kind immer wieder Geister gesehen?«

»Ja, denn eure Kräfte hattet ihr schon immer. Nur, dass die meisten von ihnen erst hier in Ägypten aktiviert wurden.«

Mir schwirrte der Kopf. »Und woher wisst ihr das alles?«

»Vielleicht, weil wir Götter sind?«, schlug Bastet lächelnd vor. Dann schüttelte sie den Kopf. »Spaß beiseite. Wir haben unsere Informationen aus sicherer Quelle.«

»Bestimmt von Amun, oder?« Ich erwiderte ihr Lächeln.

Statt auf meine Frage einzugehen, verkündete Bastet: »Heute trainieren wir deine Teleportation. Damit du lernst, sie bewusst einzusetzen, und dir kein ungewollter Ortswechsel passiert.«

»So wie gestern, als wir ungeplant bei den Pyramiden gelandet sind?«

»Also ist es dir bereits passiert?«, fragte Bastet mit besorgter Miene.

»Ja«, seufzte ich. »Und meine Brüder hab ich gleich mitgeschleppt.«

Bastet nickte. »Dann hast du also schon Bekanntschaft damit gemacht.« Sie räusperte sich. »Nun gut. Dann wollen wir mal anfangen.«

Sie zeigte auf einen stattlichen, von Rissen durchzogenen Felsen, der in einiger Entfernung aus dem Wüstenboden ragte. »Du wirst jetzt versuchen, dich dorthin zu teleportieren. Das ist deine erste Aufgabe.«

»Aber … Wie stelle ich das an? Ich hab es nur ein einziges Mal gemacht, und das war purer Zufall.«

»Keine Sorge, Emily. Es ist gar nicht so schwer, wie du denkst. Du musst nur mit aller Kraft an diesen Felsen denken und dir vorstellen, dass du unbedingt dorthin willst. Lass deine natürliche Energie frei fließen, dann wird es dir gelingen.«

»Ähm …, ja. Okay«, erwiderte ich, obwohl ich nicht wusste, wie man das mit dem Energiefluss machte. Meine Aufregung steigerte sich mit jeder Minute.

Ein lautes Fluchen ertönte unweit von mir. Ich sah hinüber zu den anderen, und mein Blick fiel auf Horus, der sich schimpfend über Kreuz und Hintern rieb.

»Junge, du sollst deine Gedanken auf den Dornenbusch konzentrieren, und nicht auf mich! Nur seine Äste sollst du in Bewegung bringen. Bewegen, nicht abreißen und mir um die Ohren peitschen!«, schalt er Rafael, dem ein kleinlautes »Sorry!« über die Lippen kam.

»Sei nicht immer so ungeduldig, Horus!«, rief Anubis von weiter hinten. »Es ist noch kein Meister vom Himmel gefallen. Mein Junge muss auch erst mal lernen, mit dem Feuer zu spielen. Nicht wahr, Finian?«

Bastet schmunzelte über Rafaels kleinen Unfall. Dann wandte sie sich wieder an mich und sagte: »Und nun bist du dran.«

9. Kapitel

Zähneknirschend starrte ich auf den Felsen; so lange, bis ich mir mein Ziel gut eingeprägt hatte. Dann schloss ich die Augen und stellte mir vor, wie ich mich in Nullkommanichts dorthin teleportierte. Warmer Schweiß lief über mein Gesicht und tropfte vom Kinn herab auf mein T-Shirt. Zum wiederholten Mal ertappte ich mich dabei, wie ich die Luft anhielt, und zwang mich zu einem möglichst gleichmäßigen Atem.

Doch so sehr ich mich auch anstrengte, ich bewegte mich keinen Millimeter von der Stelle und löste mich auch nicht in Luft auf. Ratlos schaute ich zu Bastet.

Die Katzenkönigin nickte mir aufmunternd zu. »Das ist schon in Ordnung, Emily. Wie Anubis vorhin gesagt hat: Es ist noch kein Meister vom Himmel gefallen.«

Nachdenklich zog ich mit dem Schuh eine Furche in den Sand. »Irgendwann werde ich es bestimmt schaffen.« Mein Mund verzog sich zu einem Lächeln, als mir ein praktischer Einfall kam. »Weißt du was? Für mich hat es einen großen Vorteil, wenn ich mich irgendwann durch die Gegend teleportieren kann. Dann muss ich nie wieder mit dem Flugzeug fliegen. Ich könnte überall hinreisen, wo ich will, und das ganz ohne meine beschissene Höhenangst.«

»Du hast Höhenangst?«, fragte Bastet.

»Ja, und zwar richtig«, gestand ich.

Mit einem flauen Gefühl erinnerte ich mich an ein Schreckerlebnis in meiner früheren Kindheit.

»Als ich sieben war, ist mir was ziemlich Übles passiert. In unserem Irlandurlaub, als wir mit einer Touristengruppe die Cliffs of Moher besucht haben.«

Die Cliffs of Moher waren die bekanntesten Steilklippen Irlands, die teilweise mehr als zweihundert Meter tief ins Meer abfielen und bis zu deren Rand sich zahlreiche Touristen heranwagten – so auch wir damals.

»Da waren zwei größere Jungs, die mich immer wieder an den Haaren gezogen haben. Ich war wütend und hab sie angeschrien, aber sie haben nur gelacht und mich weiter geärgert, und dann haben sie mich geschubst ... Dabei bin ich gestürzt und auf dem Bauch gelandet, direkt am Rand der Klippe. Fast wäre ich da runtergefallen.«

Noch heute wurde mir schlecht, wenn ich an den Blick auf das stahlgraue Meer zurückdachte, das tief unter mir mit schäumender Wut gegen den Fuß der Klippe schmetterte. Mein Puls beschleunigte sich, als ich mir in Erinnerung rief, wie der salzige Wind an meinen Haaren gerissen hatte und Todesangst in mir aufgestiegen war.

»Und was ist dann passiert?«, wollte Bastet wissen, als ich nicht weitersprach.

»Meine Eltern haben mich in den Arm genommen, und meine Brüder haben die Jungs verhauen. Aber trotzdem ist meine Höhenangst bis heute geblieben.«

Nach dem Urlaub war ich meinem Kickbox-Verein beigetreten. Ich wollte mich in Zukunft besser wehren können und mein Selbstvertrauen wiederaufbauen.

Ein Freudenschrei befreite mich aus meinen Gedanken. Ich schaute zu den anderen und sah, wie Finian Anubis ein High Five gab. Eine der kleineren Palmen stand in Brand, was nur bedeuten konnte, dass es Finian gelungen war, sein erstes Feuer zu legen.

Mit gemischten Gefühlen blickte ich auf den Sand unter meinen Füßen. Offensichtlich hatten meine Brüder ihre Kräfte besser im Griff als ich.

»Kopf hoch, Emily. Auch du wirst es schaffen, da bin ich mir sicher.« Bastet hatte meine Gedanken erraten. Sie ließ sich neben mir auf einem der Felsen nieder und lächelte mir aufmunternd zu.

»Okay. Wenn du es sagst ...«, murmelte ich, wobei sich meine Zuversicht jedoch in Grenzen hielt ...

Wir kehrten zur Oase zurück, wo wir uns zwischen ein paar alten Gebäuderesten niederließen. Inzwischen war es dunkel geworden, weshalb Anubis ein Lagerfeuer entfachte. Der Anblick des Sternenhimmels jagte mir sanfte Schauer durch die Brust. Hier in der Wüste leuchtete er besonders intensiv.

»Das war klasse für den Anfang!«, warf Anubis lobend in die Runde. »Ich bin stolz auf euch, Kids.«

»Nur, dass es in meinem Gesäß immer noch unangenehm zieht«, fügte Horus mit einem beleidigten Blick auf Rafael hinzu, welcher ein zerknirschtes Gesicht machte. Wäre mein Bruder eine Comicfigur, würde jetzt ein dickes *Ups!* über seinem Kopf erscheinen.

Wortlos schaute ich in die Flammen und genoss die Wärme auf meiner Haut. Ich schloss die Augen und lauschte dem Gespräch der anderen, in dem es um Pharaonen, heilige Tempelanlagen und das Alltagsleben der alten Ägypter ging.

Ich schaute auf und bemerkte, dass Bastets Blick auf mir ruhte. Ihre Katzenaugen spiegelten den Feuerschein wider, was ihr etwas Wildes verlieh. Ich wusste nicht, wieso, aber in jenem Moment verspürte ich den starken Impuls, ihr von meiner Vision auf dem Gizeh-Plateau zu erzählen. Der Wunsch danach war plötzlich da, und er ließ sich durch nichts vertreiben.

Ohne zu überlegen, begann ich zu erzählen: »Gestern Nacht ist was echt Unheimliches passiert. Ich hatte auf einmal den Namen Amun im Kopf. Einfach so, obwohl ich da noch nicht wusste, wer das ist. Und ich hab sogar nach ihm gerufen.«

Bastets Augen wurden groß. Sie wirkte überrascht. »Sprich weiter.«

Ich zuckte mit den Schultern. »Es war ziemlich gruselig. Ich hatte so etwas wie eine Vision, und mir war, als wäre ich für kurze Zeit jemand anderes gewesen.«

»Tatsächlich?« Nun glänzten auch Anubis' Augen vor Neugier. Sogar Horus reckte sich aufmerksam in meine Richtung.

»Da war der Spalt von irgendeinem Tor. Es war dunkel, aber vor dem Tor war Licht. Jemand wollte zu mir kommen, doch das Tor hat sich geschlossen und ich war allein ... Dann war es plötzlich kalt und dunkel. Ich hatte das Gefühl, sterben zu müssen. Echt schlimm.«

Erschrocken sog Bastet die Luft ein. Ihre Augen waren weit aufgerissen, und ihre Lippen zitterten.

Ich sah sie fragend an. »Was ist los? Hab ich was Falsches gesagt?«

»Nein, nein«, antwortete Anubis anstelle der Katzenkönigin. »Du ... hast absolut nichts Falsches gesagt.« Er schielte hinüber zu Bastet, die daraufhin den Blick senkte. »Sie ... ist nur etwas nervös, das ist alles. Gruselige Geschichten bringen sie immer ein bisschen aus der Fassung.«

»Aha.« Skeptisch musterte ich Anubis' Gesicht. Er wirkte bedrückt – und mir wurde klar, dass hier etwas nicht stimmte. Was er da gesagt hatte, war sicher nicht der wahre Grund für Bastets Verhalten.

»Was ist los mit dir, Bastet?«, versuchte ich es noch einmal. »Was hast du?«

»N ... , nichts«, entgegnete die Katzenkönigin mit einiger Verzögerung.

»Glaubst du mir nicht, dass ich das erlebt hab?«, hakte ich weiter nach.

»Doch, doch. Natürlich. Warum sollte ich dir nicht glauben?« Bastet versuchte sich an einem Lächeln, was ihr jedoch kläglich misslang.

»Aber aufgeregt hat es dich schon«, setzte ich nach. »Weißt du, ich hab ein echt gutes Gefühl dafür, wenn etwas nicht ganz in Ordnung ist. Zum Beispiel, wenn jemand etwas vor mir verheimlichen will.« Trotzig verschränkte ich die Arme vor der Brust und sagte geradeheraus: »Gibt es etwas, das meine Brüder und ich nicht wissen sollen?«

»Nein, öhm ..., ganz und gar nicht. Wie kommst du darauf?« Auch Anubis wirkte schuldbewusst. Er nahm eine Handvoll Sand und ließ ihn durch die Finger rieseln. Sein Blick zuckte zwischen Bastet und mir hin und her.

Ich aber bohrte stur meine Augen in die von Bastet. War mein Argwohn erst einmal geweckt, konnte ich ziemlich hartnäckig werden. Ich starrte die Leute so lange in Grund und Boden, bis sie mir sagten, was ich wissen wollte. »Das könnt ihr eurer Großmutter erzählen. Ich will jetzt von euch wissen, was da –«

Mitten im Satz hielt ich inne. Von einem Moment zum nächsten wurde es wattig-warm in meinem Kopf, und eine angenehme Ruhe breitete sich in mir aus. Auf einmal hatte ich gar keine Lust mehr, Bastet weiter Fragen zu stellen.

»Was ist –«

Bevor ich weitersprechen konnte, stand Horus auf und klatschte in die Hände. »Liebe Schüler, es wird Zeit. Wir bringen euch rasch zurück, bevor eure Eltern merken, dass ihr nicht wirklich auf eurem Stadtspaziergang seid.«

Anubis gesellte sich zu Horus. »Stimmt, mein Freund. Das hätten wir ja beinahe vergessen«, sagte er mit unschuldiger Stimme.

Auch Bastet stand auf. Noch immer ruhte ihr Blick auf mir, doch jetzt lächelte sie.

»Okay ...«, sagte ich gedehnt. Noch immer fühlte sich mein Kopf an, als wäre er mit Watte gefüllt. Ich war auf einmal so müde, dass ich nur noch schlafen wollte.

Schlafen ... Oh ja ...

Gemeinsam bildeten wir einen Kreis und fassten uns an den Händen, damit Bastet uns zurück zum Hotel teleportieren konnte. Ich schloss die Augen, und das große Wirbeln setzte ein. Wir reisten durch Raum und Zeit, und für einen kurzen Moment fühlte es sich an, als wäre ich eins mit dem Universum ...

Sekunden später hatte ich wieder festen Boden unter den Füßen. Ich öffnete die Augen und stellte fest, dass wir mitten im Hotelpark gelandet waren, hinter einer säuberlich gestutzten Hecke, so dass niemand unser Auftauchen bemerkte.

»Wir sehen uns morgen. Selbe Zeit, selber Ort«, verkündete Anubis. Mit einem breiten Grinsen klopfte er Finian auf die Schulter. »Dann wird mein Feuerteufel nicht nur ein winziges Pälmchen anzünden, sondern gleich alles plattmachen. Nicht wahr, Kumpel?«

»Aber klar doch«, sagte Finian, woraufhin sich die beiden mit einem Faustcheck voneinander verabschiedeten.

»Bis morgen, Horus.« Ein wenig schüchtern winkte Rafael seinem Götterfreund zu.

»Bis morgen, Rafael«, erwiderte der Falkengott mit stolz erhobenem Haupt. »Und pass in Zukunft besser auf, wie du deine Kräfte dosierst. Ein Schlag mit der Dornenranke ist auch für einen von uns nicht angenehm.«

Rafaels Mund verzog sich zu einem schiefen Lächeln. »Okay. Kommt bestimmt nicht wieder vor.«

»Wir sehen uns.« Bastet nickte mir noch einmal zu, bevor sie Horus und Anubis an den Händen fasste. Kurz und knapp, als hätte sie es eilig, von hier fortzukommen.

Einen Atemzug später waren die Götter auch schon verschwunden. Wahnsinn, wie flott das ging!

Kaum waren sie weg, fiel dieses seltsame Watte-Gefühl von mir ab, und auch das Denken funktionierte wieder normal. Sogar die Müdigkeit war auf einen Schlag verschwunden.

Was war das?, fragte ich mich in Gedanken – und stutzte. *Hat ... Bastet das etwa gemacht?*

Nachdenklich starrte ich auf die Stelle, an der die Götter gerade noch gestanden hatten.

Wie auch immer, in einer Sache war ich mir völlig sicher: Die Götter hatten ein Geheimnis – und das betraf *mich*!

10. KAPITEL

Ich erwachte aus einem unruhigen Schlaf voller wirrer Träume. Bastet war darin vorgekommen. Ganz allein hatte sie es mit unseren Feinden aufgenommen. Ich selbst war nur ein Zuschauer und nicht in der Lage, einzugreifen.

Mit wilder Kraft schleuderte Bastet Feuerbälle auf Ammit, doch diese zischten an ihr vorbei und setzten die Palmen in Brand. Bastets Arme mutierten zu Dornenranken, mit denen sie so lange um sich peitschte, bis Ammit eine Lücke in ihrer Deckung fand. Mit einem gezielten Sprung riss sie die Katzenkönigin zu Boden. Geifer tropfte von ihrem offenen Maul und benetzte den Stoff von Bastets Kleidung.

»Nein, Emily, ich habe kein Geheimnis vor dir. Das musst du mir glauben!«, schrie Bastet mir zu, bevor Ammits kräftige Kiefer sich um ihren Hals schlossen und –

In jenem Moment war ich aufgewacht, nur um erneut in einen Traum abzudriften.

Dort tauchte meine blöde Cousine Vera auf. Hand in Hand mit Silas stand sie da und grinste mich gehässig an. *Guck mal, ich hab deinen Schwarm erobert!*, sagte ihr Blick, als sie sich ihm zuwandte und die Lippen spitzte. Doch ich hatte Glück im Unglück: Bevor es zum Kuss kommen konnte, war ich aufgewacht. Puh, war das knapp!

Meine Brüder schliefen noch, als ich mich ins Bad schlich und hinter mir abschloss. Im Spiegel betrachtete ich mein müdes Gesicht. Ich hatte dunkle Ränder unter den Augen, und meine Haare hingen strähnig vom Kopf.

»Blöde Kuh«, murmelte ich. »Jetzt verfolgt die mich schon bis in meine Träume.«

Ich stieß ein tiefes Seufzen aus. Dann griff ich nach meiner Zahnbürste und putzte mir die Zähne. Wenn es doch nur einen Knopf gäbe, mit dem ich diese beschissene Enttäuschung für immer aus meinem Gehirn löschen konnte ...

Was mir immer noch am meisten wehtat, war, dass Vera jedes Mal mit dabei gewesen war, wenn ich Kimberly von Silas aus der 8b vorgeschwärmt hatte. Sie hatte bestens über meine Gefühle Bescheid gewusst. Nicht nur Kimberly, auch sie selbst hatte mich ermutigt, ihm einen Liebesbrief zu schreiben, was ich nach einiger Überwindung in die Tat umgesetzt hatte.

Ein paar Tage später nahm ich mir vor, Silas den Brief im Vorbeilaufen zuzustecken und dann zu verduften. So machte ich mich auf den Weg zu seinem Klassenzimmer, vor dem er jeden Tag vor Unterrichtsbeginn mit seinen Kumpels abhing. »Du schaffst das schon!«, hatte Kimberly mir auf dem Schulweg gesagt und mich noch einmal fest umarmt.

Doch es kam anders als geplant. Vor dem Klassenraum der 8b erblickte ich Vera – Arm in Arm mit Silas! Als sie mich sah, machte sie ihn auf mich aufmerksam, und beide grinsten mich überheblich an. Wie ich später herausfinden sollte, hatte sie ihm da schon verraten, dass ich in ihn verliebt war. Ich machte auf dem Absatz kehrt und lief zurück zu Kimberly.

Heulend wie ein Schlosshund war ich auf dem Mädchenklo gelandet und zu spät zum Unterricht gekommen ...

Ich zog meinen verschwitzten Pyjama aus und stellte mich unter die Dusche. Das lauwarme Wasser floss angenehm über meinen Körper und half mir, die bösen Gedanken ziehen zu lassen.

Als ich aus dem Bad kam, waren auch meine Brüder wach.

»Auf einen erfolgreichen neuen Tag!«, flötete Finian, der soeben in seine Jeans schlüpfte. Er schien bester Dinge zu sein, was mich in seinem Fall kaum wunderte. Schließlich war er derjenige von uns, der seine Psi-Kräfte bisher am besten beherrschte.

»Diesmal schlag ich dich, großer Bruder. Versprochen.« Rafael warf sich in Superhelden-Pose und rief: »Yeaaaah!«

Für einen kurzen Augenblick kehrte meine Niedergeschlagenheit zurück. *Hoffentlich schaffe ich es auch bald, meine Kräfte zu benutzen. Sonst hab ich ein echtes Problem.*

Nicht mehr lange, und wir würden einem mächtigen Gegner gegenüberstehen. Trotz der Wärme im Raum fröstelte ich.

Ich sog den Atem ein und versuchte, mich so gut es ging zusammenzureißen. Wenn ich mich jetzt verrückt machte, würde mir das auch nicht weiterhelfen. Außerdem würde es mir nur das Frühstück versauen. Also klinkte ich mich in das Gespräch ein, das Rafael und Finian gerade miteinander führten.

Schwatzend verließen wir unser Hotelzimmer und machten uns auf den Weg zum Speisesaal.

***

Erschöpft sank ich auf einen Felsen. Das Herz klopfte mir bis zum Hals, und mir war furchtbar heiß.

Ein Blick auf meine Brüder zeigte mir, dass auch sie ziemlich platt waren. Finian hatte erneut eine Palme abgefackelt, diesmal eine von den Großen, und Rafael war es gelungen, einen fußballgroßen Stein über den Boden schweben zu lassen. Nicht mehr als zwanzig Zentimeter, doch damit war er immer noch erfolgreicher als ich. Das Einzige, was ich heute erreicht hatte, war, mich für zwei Sekunden in Luft aufzulösen und auf derselben Stelle wieder aufzutauchen. Eine mickrige Leistung, wenn man bedachte, dass ich in nicht allzu ferner Zukunft gegen einen gefährlichen Pharao antreten sollte. Himmel, wie sollte ich das nur schaffen?

Ein Schauer lief mir über den Rücken, als ich mir vorstellte, wie armselig ich gegen einen solchen Tyrannen verlieren würde, wenn sich meine Psi-Kräfte nicht bald verbesserten. Bestimmt war er so stark, dass er mich wie eine lästige Fliege zermatschen konnte. Ich musste mir eingestehen, dass ich große Angst vor unserem Aufeinandertreffen hatte.

Und wieder war es Bastet, die mich tröstete. »Das wird schon. Du darfst nur nicht den Mut verlieren.«

Dieselbe Botschaft wie gestern, nur anders formuliert.

Was mich besonders nervte: Bisher hatte uns noch keiner der Götter verraten, warum ausgerechnet wir die Auserwählten sein sollten, und woher wir unsere Psi-Kräfte hatten. Alle notwendigen Informationen sollten wir erst erhalten, wenn die Zeit dafür reif sei, so lautete ihr Beschluss. Was mir äußerst seltsam vorkam. Doch gleichzeitig hatte ich das sichere Gefühl, dass wir ihnen vertrauen konnten und sie nur das Beste für uns wollten.

Während ich meine Brüder beobachtete, stieg ein Gefühl von Traurigkeit in mir auf. Finian und Anubis lachten gerade über irgendeinen Witz und gaben sich ein High Five, während Rafael und Horus in ein angeregtes Gespräch vertieft waren. Die beiden verstanden sich bestens mit ihren Götterfreunden.

Mit einem leisen Seufzen drehte ich mich nach Bastet um, die auf einem Felsen schräg hinter mir saß und mich zu beobachten schien. Ertappt schlug sie die Augen nieder und wandte sich von mir ab.

Seit ich ihr von meiner Vision erzählt hatte, war sie deutlich auf Abstand gegangen. Sie redete nur das Nötigste mit mir, und wenn ich sie ansah, schauten ihre Augen an mir vorbei. Warum sie dies tat, war mir schleierhaft, schließlich hatte ich ihr nichts getan.

Auch ich richtete den Blick zum Boden und zählte die kleinen Steine zwischen dem Sand. Es war frustrierend. Wie gern würde auch ich mit der Katzenkönigin Freundschaft schließen, doch es schien, als wollte sie mich nicht näher an sich heranlassen. War ich ihr vielleicht auf die Füße getreten, ohne es zu merken?

Ich beschloss, sie darauf anzusprechen. Dann würde ich sicher erfahren, was ich falsch gemacht hatte, und konnte mich bei ihr entschuldigen.

Doch kaum hatte ich den Mund geöffnet, erhob sich Bastet in einer fließenden Bewegung von ihrem Felsen und richtete sich kerzengerade auf. Ihr Gesicht hatte einen wütenden Ausdruck angenommen. Ich folgte ihrem Blick und entdeckte den Grund für ihr Verhalten: Ein breites Krokodilsgesicht starrte zwischen den Dornenbüschen zu uns herüber. Links und rechts schimmerte es schwarz-gelb durch die Zweige.

Ammit und ihre Bande – die hatten gerade noch gefehlt.

Auch Horus und Anubis waren auf die ungebetenen Gäste aufmerksam geworden, die uns schon eine Zeitlang heimlich zu beobachten schienen.

»Was suchst du denn hier, Krokogator? Bist du gekommen, damit wir aus deiner Lederfresse ein Paar hübsche Stiefel machen können?«, rief Anubis in provokantem Tonfall.

Mit einem hinterhältigen Grinsen schob Ammit ihren zentnerschweren Körper zwischen den Büschen hervor. Die beiden Nibirer folgten ihr auf dem Fuß.

»Ach, nichts Besonderes«, säuselte sie mit gespielter Freundlichkeit. »Wir sind nur gerade auf einem Erkundungsgang. Der Dunkle Pharao und seine Sternenfreunde haben uns den Auftrag gegeben, euch im Auge zu behalten. Wir tun lediglich unsere Pflicht, das ist alles.« Mit einem scheinbar unschuldigen Lächeln fügte sie hinzu: »Der Meister hat mir einen Machtaufstieg versprochen, wenn ich meine Arbeit gut mache. Ist das nicht toll?«

»Ja. Weil er nämlich genau weiß, wie er dich kriegen kann. Wie jeder in diesem Land weiß auch er, dass du dich höllisch darüber ärgerst, nie einen eigenen Kult bei den alten Ägyptern genossen zu haben«, sagte Bastet mit kalter Stimme. »Du warst neidisch auf uns, weil die Menschen uns als Götter verehrt haben und du nur wenig Aufmerksamkeit bekommen hast. Deswegen machst du uns jetzt so viel Ärger, wie es nur geht, stimmt's?«

Das Lächeln rutschte aus Ammits Gesicht – was nur bestätigte, dass Bastet mit ihren Worten ins Schwarze getroffen hatte. »Sag das nochmal, und ich trete dir in deinen –«

»Was?« Bastet machte einen herausfordernden Schritt in Richtung Ammit. »In meinen Hintern, oder was? Glaubst du wirklich, dass du das kannst, Krokogator?«

»Wobei man erwähnen muss, dass Ammits breiter Nilpferdarsch wesentlich mehr Fläche zum Bearbeiten hat«, spottete Anubis.

Ein unterdrücktes Grinsen huschte über Bastets Gesicht, während sie ein Stück weiter auf Ammit zuging. »Dafür, dass du eine Dämonin der Unterwelt sein willst, die für den Schutz des Pharaos verantwortlich ist, gehst du aber ziemlich schnell in die Luft, wenn wir ›Götter‹ dich auf dein Hassthema ansprechen.« Ihre Mundwinkel rutschten nach oben und entblößten ihre spitzen Zähne.

Ein Funkeln trat in Ammits Augen. Gereizt bleckte sie ihre Krokodilszähne. »Das ..., das geht zu weit. Jetzt bist du fällig, du Hexenkatze!«

Mit einem Wutschrei hoppelte die Möchtegern-Dämonin auf Bastet zu, die mit einem grimmigen Lächeln die Arme über dem Kopf ausstreckte.

Etwas Erstaunliches geschah. Mit offenem Mund verfolgte ich, wie ein Dutzend nebelweißer Geisterkatzen um die Königin herum auftauchten und sich auf Ammit stürzten.

»Los, Kumpel. Fackel ihnen den Hintern ab!«, rief Anubis, worauf Finian einen Feuerball auf die beiden Nibirer schleuderte, welche im letzten Moment zur Seite sprangen. Mit erschrockenen Gesichtern blickten sie einander an.

Das Feuer traf die Dornenbüsche, hinter denen sich das Trio kurz zuvor versteckt hatte. Mit offener Kinnlade schauten die Nibirer zwischen dem brennenden Busch und Finian hin und her, machten jedoch keine Anstalten zu fliehen. Erst als Horus und Anubis mit ihren Was-Zeptern auf sie losgingen, verschwanden sie endlich von unserem Übungsplatz.

»Da, schaut her. Unsere Kids werden euch eines Tages den Hals umdrehen!« Anubis stieß ein schallendes Lachen aus.

»Hey, ihr Feiglinge! Wartet auf mich!«, keifte Ammit den Fliehenden hinterher. Auch sie machte kehrt, doch nicht ohne Bastet einen letzten giftigen Blick zuzuwerfen.

»Irgendwann krieg ich dich, du Katzenvieh! Und eure Bälger schnappe ich mir auch noch!«, blaffte sie. Dann trat auch sie die Flucht an, dicht gefolgt von den Geisterkatzen, die sich kurz darauf in Nebel auflösten.

Offenbar handelte es sich bei ihnen um Illusionen, hervorgerufen durch Bastets Psi-Kräfte. Ich war beeindruckt.

»So, die wären wir los.« Anubis klatschte triumphierend in die Hände.

»Das war ziemlich gewagt, Bastet«, tadelte Horus. »Nur, weil du Ammit nicht leiden kannst, musst du sie nicht so provozieren. Du darfst nicht vergessen, sie hat immer noch die Nibirer an ihrer Seite, und die können sehr unangenehm werden. Vor allem, wenn sie zu mehreren auftauchen.«

»Mhm ... Obwohl ich eher den Eindruck hab, dass die Nibirer zwei ziemliche Deppen auf uns losgelassen haben«, fand Anubis. »Die scheinen uns doch echt zu unterschätzen.«

Bastet erwiderte wortlos Horus' Blick. Dann räumte sie ein: »Ja, du hast recht. Das war dumm von mir.«

»Was hat Ammit getan, dass du sie nicht leiden kannst?«, wollte ich wissen. Ich hatte den Eindruck, dass ihre Streitigkeiten nicht erst jetzt begonnen hatten, sondern schon seit Langem zwischen ihnen schwelten.

Verächtlich rümpfte Bastet die Nase. »Ist was Persönliches. Seit Jahrtausenden kann sie es nicht lassen, meine auf der Erde lebenden Katzen-Verbündeten zu fressen. Deshalb könnte ich sie eigenhändig ...«

»Das ist ein Grund«, stimmte ich ihr zu. »Ich wäre nämlich auch wütend, wenn ein großer Hund käme und meine Kaninchen fressen würde.«

Bastet lächelte traurig. »Ja, so ungefähr. Weißt du, die Menschen glauben, dass Katzen nicht besonders intelligent sind. Die Wahrheit aber ist, dass die irdischen Katzen ähnlich intelligent sind wie die Bewohner meines Planeten. Sie halten ihre Intelligenz nur geheim, aus Angst, vom Mensch gefürchtet, verfolgt und getötet zu werden.«

»Ja, so war es schon immer gewesen. Der Mensch zerstört alles, was er nicht verstehen kann.« Betrübt schüttelte Horus den Kopf.

»Ich mag Katzen sehr gern – und sie mich wohl auch.« Lächelnd dachte ich an mein besonderes Erlebnis auf dem Khan-el-Khalili zurück. »Als ich vorgestern auf dem Basar war, kam ein großes Rudel Katzen auf mich zu. Sie haben mich vor diesem Kerl beschützt, von dem ich mittlerweile weiß, dass er zu den Nibirern gehört.«

Bastet machte ein erstauntes Gesicht. »Du wurdest von einem Nibirer belästigt, und das in aller Öffentlichkeit? Dann haben meine Verbündeten schon vor unserer ersten Begegnung gespürt, dass du mein Schützling bist, und dich verteidigt.«

Ich runzelte die Stirn. »Aber wie kann es sein, dass sie schon vorher wussten, was passieren wird?«

Bastet zuckte mit den Schultern. »Das weiß nicht mal ich so genau. Wahrscheinlich liegt es an ihrem Gespür für Dinge, die den meisten Menschen verborgen bleiben. Viele Katzen sind hellsichtig.«

»Es wird Zeit«, warf Horus in die Runde. »Die Sonne ist schon fast untergegangen, und ihr müsst zurück in euer Hotel.«

»Yep. Der Abend ist leider schon wieder vorbei«, meinte Anubis. »Wenn eure Eltern merken, dass ihr nicht auf eurem ›Abendspaziergang‹ seid, wird es knifflig. Bestimmt werden sie euch dann nicht mehr aus den Augen lassen.«

»Ja, das könnte hinhauen. Mama und Papa sind sehr streng, wenn es um unsere Sicherheit geht«, seufzte Rafael.

»Dann nichts wie los«, sagte Finian.

Wie üblich bildeten wir einen Kreis und fassten uns an den Händen, bereit zum Teleport.

Mein Leben hat sich für immer verändert, schoss es mir durch den Kopf, als wir über den Hotelpark zurück in unser Zimmer schlichen. *Nichts wird mehr so sein wie früher. Rein gar nichts.*

Ein ziemlich gruseliger Gedanke, wie ich fand.

11. Kapitel

Ich hatte ein ungutes Gefühl, als unsere Eltern während des Frühstücks verkündeten, heute sei unser Familientag, an dem wir alle gemeinsam eine Besichtigungstour machen würden. An den vorigen Tagen hatten die beiden Sakkara und Memphis besichtigt (und uns unsere Ruhe gelassen), und heute sollten es – ausgerechnet! – die Gizeh-Pyramiden sein. Wie in jedem Urlaub wollten sie Familienfotos an markanten Orten schießen, und zwar mit *allen* darauf. Eine Tradition, die vor einer halben Ewigkeit entstanden war; genauer gesagt, mit Finians Geburt.

Mir schauderte, als ich an unsere unfreiwillige Nachtwanderung über das Gizeh-Plateau zurückdachte. Noch deutlich hatte ich Horus' Worte im Kopf: *Ihr seid der Halle der Aufzeichnungen bei eurem Spaziergang gefährlich nah gekommen. Einer der Gründe, weshalb Ammit und die Nibirer euch heute vernichten wollten.*

Noch immer wussten wir nicht, wo sich diese geheimnisvolle Halle befand. Unentdeckt von den Archäologen, könnte sie überall auf dem Pyramidengebiet sein.

Um unsere Eltern bei Laune zu halten, nahmen wir an dem Ausflug teil, ohne zu meckern. Schließlich sollten sie keinen Verdacht schöpfen wegen unseres täglichen Abendspaziergangs, der in Wahrheit keiner war. So bekamen sie ihren Familienausflug und wir unseren Freiraum.

Kaum hatten wir die Sphinx besichtigt, legte ich auch schon eine Pause ein. Mir war verdammt heiß. Ich trank ein paar Schlucke aus meiner Wasserflasche und wischte mir den Schweiß von der Stirn. Die Sonne knallte erbarmungslos auf uns herab. Vorhin war mir sogar mal kurz schwindelig geworden. Wie sehnlich wünschte ich mir, auf einer der Liegen am Hotelpool zu relaxen und ein Glas eiskalte Cola zu genießen, anstatt dieses pipiwarme Gesöff aus der Plastikflasche zu trinken.

Mein Blick wanderte über die Pyramiden. Mir wurde unwohl bei dem Gedanken, dass meine Brüder und ich hier beinahe draufgegangen wären, erwürgt von grausigen, untoten Mumien. Eine Stimme in meinem Kopf raunte mir jedoch zu: *Mach dir keine Sorgen. Es wird schon nichts passieren. Weder Ammit noch die Nibirer werden es wagen, am helllichten Tag unter all den Touristen hier aufzutauchen.*

Ich atmete tief ein. Dann setzte ich mich in Bewegung und schloss zu meiner Familie auf, die ein Stück entfernt auf mich gewartet hatte. Gemeinsam spazierten wir über den antiken Aufweg in Richtung Pyramiden, dessen gelblich-weißes Steinpflaster sich deutlich von den umliegenden Ruinen abhob. Unsere Eltern ahnten ja nicht, dass Rafael, Finian und ich diesen Weg bereits vor ihnen betreten hatten. Was ein Glück, dass sie keine Gedanken lesen konnten.

Nach etwa fünfhundert Metern erreichten wir die Chefren-Pyramide, wo wir gleich mehrere Familienfotos knipsten. Von dort aus steuerten wir die Cheops-Pyramide an. Nichts und niemand war vor Mamas Kamera sicher. Sogar die mickrigsten Ruinen und die Einheimischen mit ihren Eseln und Kamelen ließ sie nicht verschont.

Während unsere Eltern bei der Cheops-Pyramide eine Verschnaufpause einlegten, setzten Rafael, Finian und ich uns von ihnen ab. Wir schlenderten an den drei Königinnenpyramiden vorbei und steuerten die zerfallenen Mastabas des Östlichen Friedhofs an – ein Ruinengebiet, in dem sich heute kaum Touristen aufhielten. Die meisten waren hauptsächlich an den Pyramiden interessiert.

»Wow, ist das cool hier«, raunte Rafael, als wir die Nekropole betraten. »Das sind alles Gräber, in denen die Familienmitglieder von Pharao Cheops bestattet wurden.«

Finians Braue rutschte nach oben, als er seinem Bruder einen schrägen Blick zuwarf. »Hast du Nerd etwa schon wieder in Mamas Reiseführer geblättert?«

Rafael grinste. »Ja klar. Dafür bin ich ja schließlich ein Nerd, oder?« Er zuckte mit den Schultern. »Ich dachte mir, in unserer Lage wäre es vielleicht besser, über das alte Ägypten Bescheid zu wissen. Man weiß ja nie, was noch auf uns zukommt.«

»Mhm, ja. Klingt logisch«, räumte Finian ein. »In Zeiten wie diesen müssen wir wirklich mit allem rechnen.«

Ja. Zum Beispiel damit, dass jederzeit Mumien aus ihren Gräbern steigen und uns angreifen könnten, zischte ein gemeines Stimmchen in meinem Kopf. Mich gruselte es bei dem Gedanken, dass die Biester unter dem sandigen Boden lagen, über den wir gerade gingen.

Wir waren noch keine zwei Minuten auf dem Friedhof, als uns drei einheimische Jungen grölend und palavernd entgegenkamen. Einer von ihnen scherte überraschend aus und fragte mich nach einem Dollar, woraufhin ich genervt den Kopf schüttelte. Als er nicht bekam, was er wollte, rempelte er mich an und warf mir auf Englisch ein paar nicht so nette Worte an den Kopf – und ich ihm daraufhin meine Wasserflasche. Als er mit erhobener Faust auf mich losgehen wollte, stellten sich meine Brüder ihm in den Weg. Sein Glück, dass er die Lage richtig einschätzte und mit seinen Kumpels schleunigst das Weite suchte.

Wir passierten eine Handvoll Ruinen und bogen in einen Seitenweg ab, um auf eine der Mastabas zu steigen. Von dort aus hatten wir einen guten Ausblick auf die Pyramiden, die wie steinerne Wächter über dem Friedhof aufragten.

Nicht viel später entdeckten wir eine rostige Gittertür, die einen Blick in das Innere eines alten Grabes gewährte. Ein Stück weiter stießen wir auf eine Menge Löcher und rechteckiger Schächte, deren Böden tief in der Dunkelheit verschwanden. Ein Teil von ihnen war nachlässig mit verbogenen Gittern abgedeckt, die unvorsichtige Touristen vor einem Hineinstürzen bewahren sollten. Da die Schächte sich über einen größeren Radius erstreckten, kam mir der verrückte Gedanke, über einen riesigen Hohlraum unter der Erde hinweg zu spazieren.

Am hinteren Ende der Nekropole taten sich die Eingänge mehrerer Gräber auf. Einigen von ihnen fehlte die Decke. Sie waren kaum größer als ein Pferdeanhänger und frei begehbar, so dass wir die verwitterten Reliefs in den Eingangsbereichen bestaunen konnten, welche offenbar den jeweiligen Verstorbenen abbildeten.

Auf dem sandig-steinigen Boden ließen wir uns nieder und blickten auf den Stadtteil Gizeh, der sich als Häuserpanorama vor uns auftat.

Ich zog meinen Skarabäus aus der Hosentasche und betrachtete ihn nachdenklich. Das Licht der Sonne verlieh dem Gold einen besonderen Glanz.

»Wie die Dinger wohl funktionieren?«, murmelte Rafael mit einem Blick auf mein Amulett. Er holte sein Horusauge hervor und hielt es ebenfalls ins Sonnenlicht.

Auch Finian nahm seinen Ankh und drehte ihn in der Hand. Langsam schüttelte er den Kopf. »Wirklich alles an dem Klunker ist glatt und gleichmäßig. Nirgends gibt es Hinweise auf einen versteckten Mechanismus.«

»Ich sehe auch nichts«, sagte ich, während ich jeden Millimeter des Skarabäus unter die Lupe nahm.

»Die Kontaktaufnahme scheint wohl mit irgendeiner Art von Energie zusammenhängen. Eine, die in den Amuletten abgespeichert ist und auf ähnliche Weise funktioniert wie unsere Psi-Kräfte«, vermutete Rafael. »Eine Energie, die eine Verbindung unserer Gedanken mit diesen Teilen ermöglicht und sie dann an Horus und die anderen weiterleitet. Anders könnte ich es mir nicht erklären.«

»Wahrscheinlich wird uns ihre Funktionsweise für immer ein Rätsel bleiben.« Finian rieb mit dem Finger über den Ankh. Dann ließ er ihn zurück in seine Hosentasche gleiten, legte sich auf den Rücken und verschränkte die Arme hinter dem Kopf. »Egal. Lasst uns jetzt mal ein bisschen chillen«, gähnte er. »Wir müssen bald zurück, und mir tun, ehrlich gesagt, die Füße weh.«

»Mhm. Ja, mir auch.« Rafael machte es sich neben Finian auf dem warmen Boden bequem.

Mit einem mulmigen Gefühl sah ich auf die beiden herab. »Und was ist mit den Schlangen und Skorpionen? Sollten wir da nicht lieber vorsichtig sein, anstatt einfach so mit dem Wüstensand zu kuscheln?«

»Die sind nachtaktiv und bleiben tagsüber in ihren Verstecken«, murmelte Rafael. Vermutlich hatte er das in einem seiner schlauen Bücher gelesen.

»Mhm, okay.« Ich warf noch einen kritischen Rundumblick über den Boden, dann zuckte ich mit den Schultern und legte mich ebenfalls hin.

Ein Lächeln legte sich auf meine Lippen, als ich mir vorstellte, was Kimberly wohl zu unserer Schlafpause auf dem alten Friedhof sagen würde. Sicher würde sie das cool finden und sich direkt dazulegen. Da wir in unserem Urlaub fast ununterbrochen damit beschäftigt waren, auf Außerirdische und Götter zu treffen, geheime Psi-Kräfte zu trainieren und vor Schrumpelmumien und Möchtegern-Dämoninnen davonzulaufen, blieb mir kaum noch Zeit, meine beste Freundin zu vermissen ...

Ich musste für einen Moment eingenickt sein, denn als ich die Augen öffnete, standen Rafael und Finian neben mir und deuteten aufgeregt in Richtung Horizont. Ich rappelte mich auf – und starrte auf ein wahres Ungetüm von Wolke, das sich von Süden her mit einer Mordsgeschwindigkeit auf uns zubewegte und uns fast erreicht hatte. Innerhalb weniger Sekunden wurde der Himmel über uns von einem mattbraunen Schleier überzogen, der das Sonnenlicht nahezu erstickte.

Mich traf beinahe der Schlag, als mir klar wurde, dass es sich nicht um eine einfache Wolke handelte, sondern –

»Ein Staubsturm!«, rief Rafael mit schreckgeweiteten Augen. »Schnell, wir brauchen einen Unterschlupf, bevor wir da reingeraten!«

»Nichts wie weg hier!«, schrie Finian und rannte an mir vorbei. Über die Schulter hinweg rief er: »Beeil dich, Emily! Mir nach!«

Doch seine Worte drangen kaum zu mir vor. Wie gelähmt stand ich da und starrte der kilometerhohen Staubwolke entgegen, die unaufhaltsam das Gizeh-Plateau überrollte.

Wenige Sekunden, bevor der Staubsturm mich erreichte, glaubte ich, ein Gesicht in dem wabernden Chaos zu erkennen, das mir böse zulächelte. Doch so schnell es erschienen war, so schnell fiel es auch wieder in sich zusammen – und der Sturm traf mich mit voller Wucht.

Ich riss schützend die Arme vors Gesicht. Der Wind zerrte an meinen Haaren. Umherfliegende Sandkörner trafen meine Haut wie kleine Nadelstiche, suchten sich einen Weg in meinen Mund und knirschten unangenehm zwischen den Zähnen. Meine Augen brannten, und das Atmen wurde zur Herausforderung.

Geistesgegenwärtig zog ich mein T-Shirt vor Mund und Nase. Mit zusammengekniffenen Augen sah ich mich nach meinen Brüdern um, konnte sie jedoch nirgends entdecken. Der aufgewirbelte Wüstensand machte es unmöglich, mehr als zwei Meter weit zu sehen. Dennoch stapfte ich los, um die beiden zu suchen.

»Rafael! Finian!«, brüllte ich durch den Stoff hindurch, doch der Wind riss meine Rufe mit sich fort.

Verzweifelt hielt ich Ausschau nach einem Unterschlupf, wusste aber letzten Endes nicht mehr, wo genau sich die offenen Gräber befanden. Dichte Sandwirbel nahmen mir die Orientierung.

Wo kommt der Staubsturm nur so plötzlich her?, schoss es mir durch den Kopf. *Wir haben ihn erst bemerkt, als er fast da war.*

Ich drehte mich einmal um mich selbst, doch nirgends fand ich einen Hinweis darauf, wo ich gerade war. Und als würde das noch nicht ausreichen, verdichtete sich der Staubsturm noch mehr, bis es plötzlich nachtdunkel um mich herum war. Ein besonders heftiger Sandwirbel warf sich mir entgegen, so dass ich einen erschrockenen Satz nach hinten machte – und der Boden unter mir nachgab.

Innerhalb eines Herzschlages rutschte ich durch ein Loch, das sich wie aus dem Nichts unter mir aufgetan hatte und mich komplett verschlang. Kreischend rasselte ich durch einen engen Schacht und fiel dann ins Leere.

12. Kapitel

Der Aufprall war so hart, dass mir für einen Moment die Luft wegblieb. Wie unter Schock lag ich am Boden und starrte an die Decke über mir. Sie war glatt und ebenmäßig, als wäre sie durch Menschenhand entstanden.

Ich ließ ein paar Minuten verstreichen, bevor ich es wagte, mich vorsichtig aufzusetzen und prüfend meine Glieder zu bewegen. Ich sah geradewegs in einen höhlenartigen Gang, dessen Ende ich nicht ausmachen konnte. Mit einem Ächzen drehte ich den Oberkörper nach hinten und stellte fest, dass sich hinter mir eine massive Felswand befand.

»Boah, Mann!«, stöhnte ich, während ich behutsam aufstand. Meine Augen fühlten sich wund an nach all dem Sand, und mein Hintern schmerzte wie nach tausend Schlägen mit dem Kochlöffel, doch ansonsten schien bei mir alles in Ordnung zu sein. Keine Knochenbrüche, keine Prellungen, keine Verstauchungen, nichts. Nach *diesem* Sturz ein Wunder. Da hatte ich mehr Glück gehabt als Verstand.

Ich machte einen Schritt nach vorn und stieß mit dem Fuß gegen etwas Hartes. Als ich den Blick senkte, entdeckte ich mehrere zerbrochene Holzbohlen. Eine davon hob ich auf und prüfte sie auf ihre Festigkeit, musste jedoch feststellen, dass das Holz zwar dick, aber brüchig war.

Ich schaute nach oben, auf den unteren Teil des Schachts, der sich geschätzte zwei Meter über mir befand. Von hier aus konnte ich bis nach ganz oben sehen. Fauchend fegte der Sturm über das viereckige Eingangsloch hinweg, wobei in unregelmäßigen Abständen Sand zu mir herabrieselte. Die enormen Böen hatten die altersschwachen Holzbohlen, die den Schacht bisher verdeckt hatten, offenbar freigelegt – und ausgerechnet ich war die Unglückliche, die hatte drauftreten müssen.

Ich schluckte. Mit dem Gedanken, mich über einem unterirdischen Hohlraum zu befinden, hatte ich gar nicht mal so falsch gelegen.

Hoffentlich ist der Rest meiner Familie nicht auch irgendwo reingerutscht, dachte ich voller Sorge, und mir wurde flau im Magen.

Ich sog die abgestandene Luft ein und fragte mich, wohin der Gang wohl führte, und vor allem, wer ihn angelegt hatte. Leider blieb mir nichts anderes übrig, als ihn zu betreten, denn nur so konnte ich mich auf die Suche nach etwas begeben, das stabil genug war, um mich daraufzustellen. Der Schacht über mir war relativ eng, so dass ich versuchen konnte, mich langsam nach oben zu arbeiten und mich durch das Eingangsloch hinauszuziehen. Für dieses Unterfangen müsste ich allerdings einen kühlen Kopf bewahren. Dass ich am ganzen Leib zitterte, machte es nicht einfacher. Fakt war: Ich musste mich erst einmal beruhigen.

Bei näherem Hinsehen fiel mir auf, dass der vor mir liegende Gang nicht natürlich entstanden, sondern in den Felsen gehauen war. Aus den glatt polierten Wänden drang ein sanftes blaues Licht, dessen Quelle sich mir nicht erschloss. Glücklicherweise war es hell genug, um mir den Weg zu weisen. Staunend legte ich die Handfläche gegen das trockene Gestein und war überrascht, dass die geheimnisvolle Beleuchtung keinerlei Wärme abstrahlte.

Ich folgte dem Gang und fand heraus, dass eine Menge Seitengänge von ihm abzweigten, die ebenfalls beleuchtet waren und weiß-der-Teufel-wohin führten. Nach kurzem Überlegen beschloss ich, lieber nirgendwo abzubiegen, um mich nicht zu verlaufen.

Doch ganz gleich, wie weit ich in das Tunnelsystem vordrang, nirgends fand sich ein geeignetes Hilfsmittel, das mir bei meinem Weg nach draußen dienlich sein konnte. Hier drinnen gab es rein gar nichts. Nicht ein einziger Stein, nicht einmal Staub war hier zu finden. Alles an diesem Ort wirkte sauber und aufgeräumt, obwohl die Gänge mit Sicherheit uralt waren.

Dann kam mir der rettende Gedanke. Wozu beherrschte ich eigentlich die Fähigkeit, mich durch die Gegend zu teleportieren, wenn ich sie in einer Lage wie dieser nicht benutzte?

»Oh Mann, dass ich nicht gleich darauf gekommen bin.« Ein freudloses Lachen entfuhr mir, und ich schlug mir mit der Hand gegen die Stirn.

Ich atmete tief ein, schloss die Augen und suchte in Gedanken nach einem Ziel, auf das ich mich fokussieren konnte. Die Sorge um meine Familie drängte ich in den hintersten Winkel meines Bewusstseins; das Letzte, was mir jetzt passieren durfte, war, in Panik zu geraten.

Direkt ins Hotelzimmer, schoss es mir durch den Kopf.

Es war die einzige Möglichkeit, die mir offenstand. Ich konnte mich wohl kaum zurück in den Staubsturm teleportieren, der mit ziemlicher Sicherheit noch immer über dem Gizeh-Plateau tobte. Im Hotelzimmer wäre ich am besten aufgehoben.

Mit einem Gefühl von Erleichterung spürte ich, wie es in meinem Körper zu kribbeln begann. Ich wirbelte durch Raum und Zeit, in der Hoffnung, es bis ins Hotelzimmer zu schaffen.

Im nächsten Moment spürte ich wieder festen Boden unter den Füßen. Erwartungsvoll schlug ich die Augen auf – und hätte am liebsten laut losgeschrien. Bestürzt starrte ich auf die blau schimmernde Tunnelwand vor mir. Statt mein geplantes Ziel zu erreichen, war ich in einem anderen Teil dieses dämlichen Labyrinths gelandet!

Die Kehle wurde mir eng. Kalte Angst stieg in mir auf und zog meinen Magen zusammen. Würde ich einen Weg hier heraus finden? Oder so lange hier unten umherirren, bis ich verhungert und verdurstet war?

Ich presste die Lippen aufeinander und versuchte, meine Ängste ins Abseits zu drängen. Die würden mir jetzt auch nicht weiterhelfen, ganz im Gegenteil. Statt meiner Panik weiteren Raum zu geben, lief ich einfach weiter – bis ich irgendwann auf einen Durchgang stieß, der in einen turnhallengroßen Saal führte, welcher zu meiner Verblüffung mit allerlei technischen Geräten ausgestattet war. Auf verstörende Weise erinnerte alles hier an eine Raumschiffbrücke.

»Oh, mein Gott. Was ist das hier?«, hauchte ich. Ich hätte mit so ziemlich allem hier unten gerechnet; mit uralten Grabstätten, längst vergessenen Tempelanlagen oder irgendwelchen Fallen. Doch was ich stattdessen vorfand, überstieg meine Vorstellungen bei weitem.

Verwirrt durchquerte ich den Saal. Wie schon innerhalb des Tunnelsystems war auch hier kein Körnchen Staub zu finden. Trotzdem sagte mir meine Intuition, dass die gesamte Anlage schon seit langer Zeit verlassen war – und dass ich all das von irgendwoher kannte. Die Computermonitore an den Wänden wirkten hochmodern und erinnerten an das futuristische Inventar aus den Science-Fiction-Filmen, die Rafael sich dauernd reinzog. Auch lagen hier Geräte herum, die auf frappierende Weise Star-Trek-Phasern und Strahlenkanonen ähnelten. Ich fühlte mich wie eine Zeitreisende, die in die Vergangenheit Ägyptens hinabgestiegen war, um dann irgendwo in der Zukunft ausgespuckt zu werden.

Beim Inspizieren des Saals bekam ich zunehmend den Eindruck, mich in einem äußerst wichtigen Bereich der Anlage zu befinden. Die zahlreichen hochtechnologischen Waffen zeugten davon, dass er irgendwann einmal streng bewacht worden sein musste. Anders konnte ich mir diese Einrichtung nicht erklären.

Zwischen zwei langgezogenen Wandtischen mit Geräten, die entfernt an Mikrowellen erinnerten, entdeckte ich eine hohe Flügeltür. Ihr steinerner Rahmen war mit fremdartigen Hieroglyphen übersät, die nur teilweise Ähnlichkeit mit denen des alten Ägyptens aufwiesen. Die Türflügel selbst waren aus einem mir unbekannten Metall gefertigt, das in einem hellen, ins Graue übergehenden Blauton schimmerte. In ihrer Mitte war das Bildnis eines hochgewachsenen Mannes eingraviert, der von zwei großen Ibissen flankiert wurde. Er hielt mehrere Steintafeln in der einen und einen langen Stab in der anderen Hand.

Ich streckte meine Hand aus und strich vorsichtig über das Relief, das sich ebenso kühl anfühlte wie die Labyrinthwände. Nicht nur der Saal, auch die Tür kam mir seltsam vertraut vor, so als wäre ich schon einmal hiergewesen. Auch wenn das totaler Blödsinn war. Ob sich dahinter ein Ausgang verbarg, durch den ich wieder nach oben gelangen konnte?

Spontan beschloss ich, die Tür zu öffnen. Schlimmer konnte es mit Sicherheit nicht mehr werden ...

Was sich als Irrtum herausstellte. Kaum waren die beiden Türflügel nach innen geschwungen, ließ mich eine Stimme zusammenschrecken. Ich drehte mich langsam um. Ungläubig starrte ich auf die drei Gestalten, die sich in geringer Entfernung hinter mir aufbauten.

Ich trat instinktiv einen Schritt zurück. »Ammit! Wie ..., wie kommt ihr hierher?«

Und vor allem: *Wie* gelang es dem Krokodilsmonster, mich immer wieder aufzuspüren? Das war nun schon das dritte Mal!

Die ist doch mit dem Teufel im Bunde!, schoss es mir durch den Kopf. An einen Zufall konnte ich mittlerweile nicht mehr glauben.

Ammit blickte sich demonstrativ im Saal um, bevor sie sich dazu herabließ, auf meine Frage zu reagieren. In gespielt überraschtem Tonfall sagte sie: »Mhm, seltsam. Du bist ja heute mal ganz ... *allein* unterwegs.«

Ihr Maul verzog sich zu einem zähnestarrenden Grinsen, als sie sich mir ein paar Schritte näherte. Zum ersten Mal fiel mir auf, dass ihre lauernden Reptilienaugen nicht einfach nur gelb waren, sondern die Farbe von Schwefel hatten.

Mein Blick zuckte in Richtung Ausgang, doch zu meinem Unglück versperrten die beiden Nibirer mir den Weg, indem sie ihre Langstäbe quer wie eine Schranke hielten. Ich sah mich weiter um – und atmete innerlich auf, als ich links von mir einen zweiten Ausgang gewahrte, der in einen anderen Tunnel führte.

Ich wollte gerade loslaufen, als Ammit mein Vorhaben durchschaute und einen überraschenden Satz nach vorn machte. Vor Schreck stand ich still. »Aber nicht doch, Kleines. Du willst doch nicht etwa abhauen? Das würde dem Dunklen Pharao aber gar nicht gefallen«, meinte sie spöttisch, und mir blieb nichts anderes übrig, als erneut vor ihr zurückzuweichen.

»Lasst mich in Ruhe!«, platzte es aus mir heraus. »Verzieht euch endlich da hin, wo der Pfeffer wächst!«

Doch Ammit zeigte sich weiterhin unbeeindruckt. »Ach, und nur weil du das sagst, sollen wir von hier verschwinden, was?« Sie warf den Krokodilskopf in den Nacken und stieß ein schallendes Lachen aus. »Na, du bist mir ja eine. Du glaubst doch nicht im Ernst, du könnest uns hier unten entkommen?«

Ich biss so fest die Zähne zusammen, dass es knirschte. Das Monster hatte verdammt nochmal recht. Meine Chancen, Ammit in diesem Labyrinth zu entkommen, standen äußerst schlecht. Doch Aufgeben war auch keine Option.

Noch einmal ließ ich den Blick durch den Saal schweifen, in der verzweifelten Hoffnung, doch noch einen Ausweg aus meiner Misere zu finden. Dabei kam mir der Zufall zu Hilfe. Ich erspähte eine dieser Waffen, die aussah wie ein Star-Trek-Phaser. Sie lag auf dem Tisch neben mir und war durch ihre versteckte Lage nicht sofort zu erkennen gewesen. Ohne zu zögern sprang ich nach rechts und schnappte mir das Teil.

Mit zitternden Händen richtete ich die Waffe auf das Krokodilsmonster und beobachtete zufrieden, wie nicht nur Ammit, sondern auch die beiden Nibirer zusammenzuckten. »Wenn ihr euch nicht auf der Stelle verpisst, drücke ich ab. Darauf könnt ihr Gift nehmen.«

Tatsächlich hielten die Feinde inne – wenn auch nur für einen Augenblick.

Ammit war die Erste, die sich wieder fing. Mit zuckersüßer Stimme sagte sie: »Aber Kleines, was willst du denn mit diesem … Spielzeug?« Sie kam mir einen weiteren Schritt entgegen. »Glaubst du wirklich, du hättest den Mumm, abzudrücken und uns in die Duat zu befördern?« Noch ein Schritt. Ihr Gesicht wurde zu einer gemeinen Fratze. »Im Grunde bist du nichts weiter als ein kleines Mädchen, das die Heldin spielen will.«

Schritt für Schritt kam sie auf mich zu, gefolgt von den beiden Nibirern, die nun auch wieder hämisch grinsten. »Eines ist ganz sicher: Wenn ich mit dir fertig bin, schnappe ich mir deine Brüder und reiße ihnen die Kehlen raus.«

Ungläubig starrte ich sie an. Das Biest nahm meine Drohung kein bisschen ernst!

Heiße Wut stieg in mir auf und drängte meine Angst in den Hintergrund. Ich umpackte den Phaser mit beiden Händen und drückte auf den erstbesten Knopf, den ich unter die Finger bekam. Tatsächlich zischte ein roter Laserstrahl daraus hervor und verfehlte Ammit um Haaresbreite. Er streifte ihr Kopftuch und versengte es. Leichter Rauch stieg von dem ausgefransten Ende auf.

»Duuu!« Wie ein Wildschwein senkte Ammit den Kopf und raste schnaubend auf mich zu.

Erneut betätigte ich die Waffe, deren Strahl diesmal knapp über Ammit hinwegschoss. Ungeachtet dessen setzte sie zum Sprung an. Ich machte einen Satz zur Seite, woraufhin meine Angreiferin an mir vorbei durch die Flügeltür sauste und sich bei der Landung zweimal überschlug. Während des Sprungs hatte sie eine ihrer Leopardenpranken nach mir ausgestreckt und dabei meine Hand mit dem Phaser getroffen, der dadurch ebenfalls in den Raum hinter der Tür geschleudert wurde.

Jetzt hatte ich keine Waffe mehr!

Ich warf einen Blick auf die Möchtegern-Dämonin, die schimpfend damit beschäftigt war, ihren schweren Nilpferdhintern hochzuwuchten. Mit erhobenen Langstäben rannten die Nibirer an mir vorbei und ließen sich neben ihrer Mitstreiterin in die Hocke sinken. Gemeinsam schoben sie Ammit auf die Beine und kassierten zum Dank jeweils eine Ohrfeige.

Das war meine Chance, schleunigst das Weite zu suchen. So schnell ich konnte, sprintete ich auf den zweiten Ausgang zu, der näher bei der Flügeltür lag, und fand mich kurz darauf in einem Gang wieder, der dem Ersten bis aufs Haar glich. Spontan nahm ich die erste Abzweigung nach rechts, dann eine weitere, die nach links führte. Vielleicht schaffte ich es auf diese Weise, meine Verfolger abzuhängen.

Ohne mich auch nur einmal umzudrehen, stürmte ich durch die labyrinthischen Gänge, bis ich irgendwann an eine t-förmige Weggabelung gelangte, wo ich kurz innehielt, um meinen pfeifenden Atem zu beruhigen. Der Schweiß lief in Bächen über mein Gesicht und tropfte auf mein durchgeschwitztes T-Shirt. Mit klopfendem Herzen sah ich nach links, dann nach rechts, und achtete dabei auf mögliche Geräusche, die meine Häscher verrieten.

Als Minuten später immer noch alles ruhig blieb, erlaubte ich mir, weiterzugehen. Im Schnellschritt durchquerte ich den Gang, der nach links führte, doch es dauerte nicht lange, da stieß ich enttäuscht die Luft aus. Verzweiflung stieg in mir auf, als ich auf den nackten Fels starrte, vor dem mein Weg endete.

»So eine Sch ...« Ich tastete die Wand nach möglichen Geheimmechanismen ab. Mit der flachen Hand schlug ich auf das Gestein und drückte fest dagegen, doch nichts bewegte sich. Keine Geheimtür, nichts – hier war Endstation. Mir blieb nichts anderes übrig, als umzukehren und in die entgegengesetzte Richtung zu gehen.Vielleicht hätte ich dort mehr Glück.

Doch kaum hatte ich mich umgedreht, erblickte ich Ammit und die Nibirer, die sich mir gemächlichen Schrittes näherten, als hätten sie alle Zeit der Welt. Offenbar hatten sie sich an mich herangepirscht, ohne dass ich etwas davon mitbekommen hatte.

»Verdammt.« Mein Herz hämmerte, als wollte es den Brustkorb sprengen. Nackte Panik drückte mir fast die Luft ab. Ich machte einen Schritt nach hinten und stieß mit dem Rücken gegen die Wand.

Oh Gott, was jetzt? Meine Gedanken gerieten ins Chaos, so dass mir nichts Nützliches einfallen wollte. Ich fühlte mich wie ein Kaninchen in der Falle, dem nichts anderes übrigblieb, als gegen die Wand gepresst auf sein nahendes Ende zu warten.

Es sei denn ...

Ich biss so fest die Zähne zusammen, dass es wehtat. Entschlossen verlagerte ich mein Gewicht und nahm die Fäuste nach oben. Wenn Ammit mich schon töten würde, dann wollte ich es ihr so schwer wie möglich machen.

Ich fixierte meine Gegner und konzentrierte mich auf ihre Bewegungen. Dann sprang ich nach vorn, riss das Bein steil nach oben und ließ die Ferse auf Ammits Kopf niederschmettern. Wie der Blitz huschte ich an dem jammernden Krokodilsmonster vorbei und passierte die beiden Nibirer, die mich mit ihren Langstäben nur knapp verfehlten. Ich warf mich nach vorn und sprintete los.

Bastet!, schoss es mir durch den Kopf. *Ich muss sie schnell rufen.* Verflucht, warum war ich nicht früher darauf gekommen? Was war ich doch für ein Depp! Und das die ganze Zeit über!

In vollem Lauf zerrte ich den Skarabäus aus meiner Hosentasche, wobei er mir jedoch durch die Finger glitt und klirrend zu Boden fiel.

Oh nein! Bitte nicht! Ich bremste scharf ab und hastete zurück, doch kaum hatte ich das Amulett an mich genommen, als ich auch schon von den Füßen gerissen wurde. Ich kam so hart auf dem Boden auf, dass es mir die Luft aus der Lunge presste.

Den Skarabäus fest umklammert, starrte ich in Ammits Gesicht, das nur wenige Handbreit über mir hing. Geifer tropfte aus ihrem leicht geöffneten Maul und landete klebrig-warm auf meinem T-Shirt. Ihre Leopardenpranken bohrten sich schmerzhaft in meine Schultern, und ich unterdrückte einen Schrei.

Langsam schob Ammit ihr Maul an mein Ohr und grummelte: »Sprich dein letztes Gebet, du dummes Balg. Denn das war das erste und letzte Mal, dass du mir auf den Kopf getreten hast.«

Ich schluckte. Plötzlich hatte ich einen harten Knoten im Hals. Mein Körper war wie betäubt vor Angst, und es war mir kaum möglich, mich zu bewegen, doch irgendwie schaffte ich es trotz allem, in Gedanken Bastet herbeizurufen.

Indessen hob Ammit ihren Kopf und sah triumphierend auf mich herab. Dann öffnete sie ihr Maul mit den messerscharfen Zähnen, um mir den Rest zu geben.

Ich presste die Augen zusammen – doch der tödliche Biss blieb aus. Stattdessen hörte ich ein dumpfes Geräusch, und Ammit wurde von mir heruntergerissen. Ein Brüllen entfuhr ihr, halb schmerzvoll und halb wütend.

»Lass deine Dreckspfoten von Emily, oder du wirst es bereuen!«, hallte eine zornige Stimme durch den Gang.

Bastet!

Ich setzte mich auf und verfolgte, wie die Katzenkönigin ihre Erzfeindin mit dem Was-Zepter traktierte. Ihre Hiebe waren so hart, dass Ammit bereits nach wenigen Treffern auf dem Rücken landete und wie ein zu groß geratener Käfer mit den Beinen strampelte. Als die Nibirer daraufhin mit erhobenen Langstäben auf sie losgehen wollten, drehte Bastet sich zu ihnen um und blickte ihnen entgegen – und beide erstarrten mitten in der Bewegung. Wie zwei Salzsäulen standen sie da, Mund und Augen ungläubig geweitet.

In der Zwischenzeit hatte Ammit sich wieder aufgerappelt. Hastig sprang auch ich auf die Beine und zog mich ein Stück aus der Kampfzone zurück; keinen Moment zu früh, wie sich herausstellte. Bastet und Ammit gingen wie die Berserker aufeinander los, wobei sie auf bizarre Art miteinander rangen.

Ich hüpfte zur Seite, als Bastet ihre Gegnerin gegen die Tunnelwand rammte und ihr das Was-Zepter gegen den Hals drückte. Beinahe gleichzeitig fuhr Ammit ihre Leopardenkrallen aus und schlug zu. Blut quoll aus den tiefen Kratzern, die quer über Bastets Gesicht verliefen.

Mit gebleckten Zähnen setzte die Katzenkönigin zurück und drosch wiederholt auf Ammit ein, die sich daraufhin kreischend nach vorn warf. Wie ein Sumoringer drückte sich das schwere Krokodilsmonster gegen Bastets schlanken Körper.

Das Herz blieb mir stehen, als Ammit sie aus dem Gleichgewicht brachte und nach hinten taumeln ließ. Kaum war Bastet zu Boden gegangen, warf Ammit sich mit ihrem ganzen Gewicht auf sie. Während des Sturzes hatte Bastet das Was-Zepter losgelassen, das nun nutzlos am Boden lag. Mit ihrem aufgerissenen Maul zielte Ammit auf Bastets Hals, doch diese reagierte blitzschnell und drehte den Oberkörper zur Seite, so dass die kräftigen Kiefer sich stattdessen um ihre Schulter schlossen.

Ein Schrei entfuhr ihr. Mit beiden Armen stemmte sie sich gegen Ammits Oberkörper und versuchte, sie von sich fortzustoßen. Doch das zentnerschwere Krokodilsmonster ließ sich kaum bewegen.

Als Ammits Kiefer sich erneut Bastets Hals näherten, sprang ich nach vorn und schnappte mir das Was-Zepter. Ohne zu zögern, holte ich damit aus und zog es Ammit über den Schädel.

Die Getroffene hielt kurz inne. Dann ließ sie von Bastet ab und baute sich vor mir auf. Ihre Augen quollen hervor, die Pupillen zu schmalen Schlitzen verengt. Ein bedrohliches Knurren stieg ihre Kehle hinauf.

»Ich habe dir doch gesagt, dass du mir kein zweites Mal auf den Kopf treten darfst!«, keifte sie, wobei mir dicke Speicheltropfen entgegenflogen.

Sie trat einen Schritt zurück, stieß sich mit den Hinterbeinen ab und sprang mit aufgerissenem Maul auf mich zu. Verzweifelt riss ich das Was-Zepter nach vorn – und ließ Ammit direkt hineinrennen. Die Waffe bohrte sich so tief in ihren Rachen, dass ihr um ein Haar die Luft wegblieb. Doch sie dachte nicht daran, aufzugeben. Röchelnd versuchte sie, sich von ihrer Maulsperre zu befreien.

Ein harter Schlag auf den Hinterkopf, und das Krokodilsmonster brach zusammen. Ächzend trat Bastet hinter der bewusstlosen Ammit hervor. Mit blutverschmiertem Gesicht kam sie mir entgegen. »Emily! Bist du verletzt?«

»Bastet!« Ich ließ das Was-Zepter los und schlang fest die Arme um sie. Tränen liefen über mein Gesicht. Ich zitterte am ganzen Körper.

Ich spürte, wie Bastet mir sanft über den Kopf strich und die Arme um mich legte. »Sch-sch«, raunte sie mir zu. »Ganz ruhig. Alles wird gut.«

»Oh, Bastet. Ich ..., ich hatte solche Angst um dich!«, brachte ich schniefend hervor.

Bastet drückte mich fester an sich, so dass ich ihren Herzschlag hören konnte. »Und ich hatte Angst um dich.« Ihr Körper begann zu zittern, genau wie meiner. »Fast hätte ich dich verloren.«

Sie löste sich aus der Umarmung und trat einen Schritt zurück. Überrascht stellte ich fest, dass auch ihr Tränen über die Wangen liefen und schmale Rinnsale im angetrockneten Blut hinterließen.

»Dein Gesicht ... Deine Schulter, Bastet ... Du bist verletzt.«

Bastets Antwort bestand aus einem stummen Nicken. Sie wischte die Tränen fort und platzierte die Hand über ihrer Schulterwunde. Voller Erstaunen verfolgte ich, wie sie sich langsam schloss und lediglich ein paar Blutflecken in dem kurzen Fell zurückblieben.

Sie hob den Kopf, und ein schwaches Lächeln huschte über ihr Gesicht. »Keine Sorge. Ist alles halb so wild.«

Denselben Vorgang wiederholte sie an ihrem Gesicht.

»Du ..., du kannst ...«

»... mich selbst heilen, ja. Eine weitere Psi-Kraft, die mich aber Einiges an Energie kostet.«

»Wow, das ist unglaublich.« Ich streckte die Hand nach ihrer Schulter aus, um mich von der wundersamen Heilung zu überzeugen, als Bastet mir geschickt auswich.

»Tut mir leid, dass ich vorhin so emotional geworden bin«, sagte sie mit bitterer Stimme. Sie wirkte auf einmal sehr niedergeschlagen. »Es ist nicht gut, wenn ich dich zu nah an mich heranlasse.«

Ich runzelte die Stirn. Ein unangenehmes Gefühl breitete sich in mir aus und drückte wie eine Faust auf meinen Magen. »Aber warum denn?

Was hab ich dir getan?« Neue Tränen brannten in meinen Augen. Bastets Worte verletzten mich. »Ich will doch nur, dass wir Freundinnen sind.« Bastet wich meinem Blick aus. Sie erwiderte nichts.

»Wir ... sind doch Freundinnen, oder etwa nicht?«, fragte ich leise, doch Bastet schwieg auch jetzt.

Unsicher schaute ich zu Boden. »Mir ist längst aufgefallen, dass du mich auf Abstand hältst. Ich weiß zwar nicht, was ich dir getan hab, aber sei wenigstens bitte so ehrlich und verrate mir den Grund für dein Verhalten.« Ich biss mir fest auf die Unterlippe. Bastets Antwort würde mir wehtun, dessen war ich mir ziemlich sicher. Unglücklich sah ich zu ihr auf.

Doch die Katzenkönigin reagierte völlig anders als erwartet. Sie schlug die Augen nieder und flüsterte: »Aber nein, Emily. Du hast gar nichts getan. Nicht du bist die Schuldige, sondern ich. *Ich* bin an allem schuld.«

»Was, ähm ..., meinst du?« Ich blinzelte verwirrt. Doch dann wurde mir klar, was sie meinte, und schüttelte den Kopf. »Aber nein, das stimmt doch gar nicht. Dass ich an diesem Ort gelandet bin, ist niemandes Schuld. Weder deine noch meine. Ich bin einfach nur auf einen verborgenen Eingang getreten und dann hineingestürzt. Deshalb –«

»Nein, das ist es nicht«, warf Bastet dazwischen und bedeckte das Gesicht mit den Händen.

»Aber woran sollst du denn schuld sein?«, hakte ich nach. »Du hast doch gar nichts Falsches getan. Ganz im Gegenteil, du hast mich schon wieder gerettet. Ich hab dir mein Leben zu verdanken.«

»Das ist das mindeste, was ich ... *jetzt* für dich kann«, hauchte sie. Eine Träne trat unter ihren schlanken Händen hervor und lief ihr übers Gesicht.

Meine Verwirrung nahm zu. Schon wieder stand ich bei ihr vor einem Rätsel. Was hatten ihre seltsamen Worte zu bedeuten? Und warum weinte sie?

Bevor ich weiter nachbohren konnte, nahm die Katzenkönigin die Hände vom Gesicht und musterte zuerst die bewusstlose Möchtegern-Dämonin, dann die beiden Nibirer, die noch immer regungslos im Gang herumstanden. Sie zog das Was-Zepter aus Ammits Rachen, fasste mich am Arm und meinte: »Dieser Staubsturm über uns ... Er ist durch diese neue Wettermanipulations-Technologie der Nibirer entstanden, kombiniert mit der Kraft des Pharaos. Deshalb war der Sturm besonders heftig.« Sie zog die Brauen zusammen. »Horus, Anubis und ich waren vorhin beim Gizeh-Plateau, um das Ausmaß des Sturms zu überprüfen. Uns war sofort klar, dass das kein normaler Sturm ist. Mitten im Staub ist uns ein Abbild des Pharaos erschienen, wahrscheinlich beobachtet er uns aus der Ferne. Früher war er ein angesehener ›Magiekundiger‹, der seine Psi-Kräfte perfektioniert hat. Kein Wunder, dass er in der Lage ist, Illusionen heraufzubeschwören.«

»Wie bitte? Illusionen?« Ich war erstaunt.

Bastet verzog grimmig das Gesicht. »Ja. Er ist ein Meister der Illusionen. Sie sehen nicht nur völlig real aus, sondern fühlen sich oft auch so an. Wenn du ihm dort draußen im Sturm begegnet wärst, hättest du ihn wahrscheinlich für den Echten gehalten.«

»Klingt gar nicht gut«, erwiderte ich mit einem Schaudern. »Ich frage mich, warum er den Sturm auf das Pyramidengebiet losgelassen hat.«

»Er wollte euch einschüchtern, da bin ich mir sicher«, sagte Bastet. »Euch seine Macht demonstrieren, damit euch der Mut verlässt. Der Sturm ist ein weiteres Zeichen für seine Rückkehr. Eines seiner Machtspielchen den Menschen gegenüber, um sie zu verängstigen. Die Sonnenfinsternis war seine bisher meisterhafteste Illusion. Dieser Sadist!« Sie verzog angewidert den Mund. »Sollte es ihm gelingen, an die Macht zu kommen, wird die Welt bald nichts mehr zu lachen haben.«

»Oje«, stieß ich hervor. Ein kalter Schauer lief mir über den Rücken. Dann hatte ich mich also nicht geirrt. Dann war das Gesicht, das ich im Staubturm zu sehen geglaubt hatte, tatsächlich echt gewesen. Oder vielmehr eine echte Illusion.

Bastet seufzte. »Wie auch immer. Wir müssen jetzt von hier weg, bevor Ammit wieder zu sich kommt und die Lähmung bei den Nibirern nachlässt.«

Sie hielt mir ihre Armbeuge hin, damit ich mich bei ihr unterhaken konnte.

Mir blieb nicht einmal die Zeit zu fragen, mit welcher Psi-Kraft sie ihre Gegner erstarren lassen konnte, da riss es mich auch schon davon, und unsere paranormale Rückreise begann.

13. Kapitel

»Oh, was ist das denn Schönes?« Neugierig nahm Papa meinen Skarabäus vom Nachttisch. Er betrachtete ihn von allen Seiten und wog ihn prüfend in der Hand.

Ich biss mir auf die Unterlippe. Ein ungutes Gefühl stieg in mir auf, so als wäre ich bei etwas Unerlaubtem ertappt worden. Keiner von uns hatte damit gerechnet, dass unsere Eltern plötzlich vor unserer Zimmertür auftauchten, um uns eine Tüte mit frischem Obst zu spendieren. »Damit ihr nicht immer nur Süßes in euch reinpfeift, so wie Papa«, lautete Mamas Begründung. Nachdem sie reingekommen waren, um ihr Mitbringsel im Minikühlschrank zu verstauen, hatte Papa zufällig mein Amulett entdeckt. Wir hätten die Sachen besser verstecken sollen, doch jetzt war es zu spät.

Möglichst unauffällig behielt ich ihn im Auge und wartete seine Reaktion ab. Der Blick, mit dem er meinen Skarabäus musterte, gefiel mir ganz und gar nicht.

»Oh, wie hübsch.« Mit einem verzückten Lächeln trat Mama neben Rafaels Bett, wo sie soeben das Horusauge entdeckt hatte. Sie nahm es in die Hand und sah es sich genau an. »Du meine Güte. Das habt ihr doch nicht etwa auf dem Gizeh-Plateau gefunden? Die Sachen wurden sicher von dem Staubsturm freigelegt, nicht wahr?«

Das Gizeh-Plateau. Der Staubsturm.

Ich seufzte innerlich. Nachdem Bastet mich vorgestern aus dem Labyrinth – einem verlassenen Tunnelsystem der Atlanter, wie sie mir später erklärte –, befreit hatte, hatten meine Eltern mich zwischen den versandeten Mastabas aufgelesen. Der Sturm hatte sich zu diesem Zeitpunkt gerade wieder gelegt.

Nicht viel später waren Rafael und Finian zu uns gestoßen. Sie hatten Unterschlupf in den für Touristen zugänglichen Grabstellen gesucht und dort auf mich gewartet. Wie groß war ihre Sorge gewesen, als ich nicht bei ihnen aufgetaucht war.

Jetzt aber standen wir alle unversehrt beisammen – Amun sei Dank.

»Nein, die Sachen stammen« nicht vom Gizeh-Plateau. Die haben wir vom …, vom Khan-el-Khalili«, log Finian. »Umgerechnet nur fünfzehn Euro das Stück. Cool, oder?« Mit einem charmanten Lächeln hielt er seinen Ankh in die Höhe, welcher griffbereit neben seinem Kopfkissen gelegen hatte.

»Oh, da ist ja noch so eins. Zeig mal her.« Mit wenigen Schritten hatte Papa den Raum durchquert und schnappte den Ankh aus Finians Händen. Auch das Horusauge ließ er sich von Mama herüberreichen. Staunend musterte er die Amulette und schüttelte dann langsam den Kopf. »Diese Artefakte stammen doch niemals vom Khan-el-Khalili«, behauptete er. »Und wenn doch, dann bin ich mir ziemlich sicher, dass sie echt sind.«

Mama bekam große Augen. »Du meinst, das sind gar keine gut gemachten Repliken, sondern ...«

»... echte archäologische Fundstücke, so sieht's aus«, bestätigte Papa.

Dann wandte er sich an uns: »Da scheint euch jemand echten altägyptischen Goldschmuck verkauft zu haben. Wahrscheinlich wusste der Verkäufer selbst nicht mal, was er euch da angedreht hat. Sonst hätte er wesentlich mehr Geld dafür verlangt.«

»Und woher willst du wissen, dass die Sachen echt sind?«, entgegnete Rafael. Nicht nur Finian, auch ihm war anzusehen, wie unwohl er sich gerade fühlte.

»Der Verkäufer hatte noch mehr von den Dingern, und die sahen alle gleich aus. Wie aus der Fabrik«, versuchte ich, meinen Vater zu überzeugen, doch dieser schüttelte entschieden den Kopf.

»Nein, nein. Das ist mir viel zu riskant. Wenn wir bei der Rückreise damit erwischt werden, sind wir dran. Das Ausführen von antiken Fundstücken ist nämlich streng verboten.« Er legte die Stirn in Falten. »Illegale Sachen machen wir nicht.«

»Vielleicht sollten wir die Sachen ins Ägyptische Museum bringen. Ich glaube, dort gibt es eine Altertumsbehörde, die solche Gegenstände auf ihre Echtheit prüft. Oder was meinst du?«, schaltete sich Mama ein.

»Gute Idee«, meinte Papa. »Und bei der Gelegenheit können wir gleich auch das Museum besichtigen.«

»Aber ..., aber Papa. Das könnt ihr nicht machen. Wir lieben unsere Amulette!«, platzte Rafael dazwischen. »Sie sind uns total ans Herz gewachsen. Wir brauchen sie unbe –«

»Wie ich schon sagte, illegale Sachen machen wir nicht«, erwiderte Papa in einem Ton, der keinen Widerstand zuließ. Er verstaute die Amulette in seinen Hosentaschen und wandte sich zum Gehen. »Tut mir leid.

Aber wir haben hier wahrscheinlich etwas richtig Wertvolles, das ins Museum gehört. Mir ist unwohl, wenn ich diese Dinger bei mir habe. Ich bin froh, wenn ich sie los bin. Nicht, dass uns am Ende noch jemand für Raubgräber oder Schmuggler hält.«

»Seid uns bitte nicht böse. Aber wir bekommen wirklich eine Menge Ärger, wenn wir die Sachen behalten. Falls die Artefakte wirklich echt sind und wir am Flughafen damit erwischt werden, droht uns ein hohes Bußgeld, vielleicht sogar Haft.« Mama warf uns ein entschuldigendes Lächeln zu. Dann folgte sie Papa auf den Flur hinaus und verabschiedete sich mit einem Winken. »Wir geben euch später das Geld zurück, das ihr dafür ausgegeben habt. Als Entschädigung.«

Die Tür schloss sich, und wir blieben ohne unsere Amulette zurück.

Oh shit ...

»Und wie ..., wie sollen wir jetzt Horus und die anderen rufen? Was, wenn wir in Gefahr geraten, so wie Emily vor zwei Tagen, und sie nicht zu uns kommen können?« Rafael war der Erste, der seine Sprache wiederfand. Er war ganz blass im Gesicht.

»Verdammt!«, zischte Finian. Etwas lauter fügte er hinzu: »Was jetzt? Ohne unsere Amulette läuft rein gar nichts.«

Angespannt presste ich die Lippen aufeinander. Ein Gefühl von Hilflosigkeit breitete sich in mir aus. Ich kam mir vor wie ein Trottel, der nicht mal in der Lage war, unseren Eltern die Amulette abzunehmen. Es würde schwierig werden, sie zurückzubekommen, denn niemand durfte von unserem Pakt mit den Göttern erfahren. Was auch immer auf uns zukam, wir waren abhängig von ihrer Unterstützung.

»Die Amulette sind die einzige Verbindung zu unseren Freunden. Wir müssen sie uns zurückholen!«, rief Rafael, als hätte er meine Gedanken gelesen. »Schnell, hinterher! Ohne unsere antiken Handys sind wir komplett am A –«

»Dann nichts wie los!«, fiel Finian seinem Bruder ins Wort. Ohne zu zögern stapfte er zur Tür und riss sie schwungvoll auf.

Rafael lief ihm hinterher, und auch ich setzte mich in Bewegung. Kaum hatte ich die Tür hinter mir geschlossen, drängte ich das Gefühl der Hilflosigkeit zur Seite, und mein Kampfgeist kehrte zu mir zurück. Trotz unserer misslichen Lage versuchte ich, Ruhe zu bewahren. Wenn ich jetzt den Kopf verlor, würde uns das auch nicht weiterhelfen.

Mein Herz klopfte vor Aufregung, als Finian vor dem Hotel stehenblieb und auf seinem Smartphone herumtippte. Einen Augenblick später meinte er: »Das Museum ist nicht weit von hier, es befindet sich in Kairo. Wir besorgen uns ein Taxi und versuchen, das Museum vor unseren Eltern zu erreichen. Natürlich ohne, dass sie es merken.«

»Hast du einen Plan?«, fragte ich.

Finian zuckte mit den Schultern. »Ich fürchte, nein. Wir werden wohl oder übel improvisieren müssen.«

»Na gut. Dann lasst uns schnell ein Taxi suchen.« Ohne die Reaktion meiner Brüder abzuwarten, lief ich in Richtung Gizeh-Plateau. Dort hatten wir uns vor ein paar Tagen schon einmal ein Taxi besorgt, für den Besuch des Khan-el-Khalili.

Das Glück war auf unserer Seite. Fast sofort erwischten wir einen Taxifahrer, der bereit war, uns zum Ägyptischen Museum zu bringen.

Im Innern des klapprigen Peugeots war es unerträglich heiß; innerhalb kürzester Zeit stand mir der Schweiß im Gesicht. Ein Blick auf meine Brüder verriet mir, dass es ihnen nicht anders erging. Dudelnde arabische Musik drang aus dem Radio. Dass der Fahrer in schiefen Tönen mitsang, strapazierte meine Nerven. Nicht nur der Sänger, auch er klang wie jemand, bei dem der Zahnarztbohrer versehentlich den Nerv getroffen hatte.

Wie erleichtert war ich, als wir endlich das langgezogene Museumsgebäude mit seiner rosafarbenen Außenfassade erreichten. Dort drinnen waren altägyptische Schätze ausgestellt, von denen jedes Einzelstück unersetzlich war.

Wir bahnten uns einen Weg durch die Menschenmenge und verbargen uns hinter einer Gruppe japanischer Touristen, als Rafael zwischen all den Leuten unsere Eltern ausmachte, die zielgerichtet auf das Museum zusteuerten.

»Wir warten, bis sie drin sind. Dann folgen wir ihnen in einigem Abstand«, sagte Finian. »Wir müssen nur aufpassen, dass sie uns nicht erwischen.«

Er wartete noch eine Minute ab, dann ging er los. Möglichst unauffällig schlenderten wir auf den Schalter vor dem Museumseingang zu, den unsere Eltern kurz zuvor passiert hatten.

»Ich kümmere mich um die Eintrittskarten«, verkündete Finian. »Ich hab genug Kohle dabei. Mein Nebenjob in Schröders Büro hat sich echt gelohnt.«

Kaum waren wir im Innern des Museums, hielten wir Ausschau nach Mama und Papa. Das Erste, was mir ins Auge fiel, war eine langgezogene Halle mit Vitrinen, die sich geradewegs vor uns auftat. Dort standen unsere Eltern und sprachen mit einem dicken Mann, bei dem es sich offenbar um einen der Museumswächter handelte. Dieser hörte ihnen kurz zu und setzte sich anschließend in Bewegung, dicht gefolgt von unseren Eltern. Er steuerte eine noch größere Halle an, an deren Ende zwei majestätische Statuen emporragten; ein altägyptisches Herrscherpaar, wie sich beim Näherkommen herausstellte.

Neben ein paar Pyramidenspitzen beherbergte die Halle schwere Steinsarkophage, die rechts und links an den Wänden aufgereiht waren – ein willkommener Sichtschutz. Vorsichtig schlichen wir von einem Sarkophag zum nächsten, bis wir schließlich am Letzten angelangten, hinter dem wir in die Hocke gingen. Von hier aus hatten wir direkte Aussicht auf eine Treppe, die an den beiden Herrscherstatuen vorbei in den Bereich dahinter führte.

Dort angekommen, rief der Museumswächter einen etwas älteren Herrn herbei. Er war das genaue Gegenteil von ihm, ein langer, dürrer Rechen.

Alle Anwesenden sprachen kurz miteinander, bevor Papa dem Rechen unsere Amulette überreichte. Dieser beäugte sie mit einem fachkundigen Blick. Mit einem überfreundlichen »Thank you very much!« nickte er ihnen zu und machte sich eiligen Schrittes auf den Weg nach Wer-weiß-wohin – direkt an uns vorbei. Zu unserer Erleichterung fiel die Aufmerksamkeit unserer Eltern auf die Ausstellungsstücke, die auf der gegenüberliegenden Seite der Halle zu bewundern waren. Dadurch entging ihnen, dass wir dem Entführer unserer Amulette unauffällig folgten.

Ich war schrecklich nervös, als wir dem Rechen durch mehrere Museumshallen hinterherliefen, wobei ich hoffte, dass er sich bloß nicht umdrehte. Doch wie es aussah, war er gedanklich zu sehr mit den Amuletten beschäftigt; was um ihn herum los war, schien ihn nicht weiter zu interessieren.

»Da!«, zischte Finian auf einmal und zeigte auf die linke Seite des Korridors, den wir gerade durchquerten.

Der Rechen verschwand durch eine schmale Tür, die so perfekt ins Museumsgefüge passte, dass sie gar nicht weiter auffiel. Offenbar hielt er es nicht für nötig, sie hinter sich zu schließen. Sie stand sperrangel-weit offen, so dass es ein Kinderspiel war, einen Blick in den dahinter-liegenden Raum zu erhaschen. Dieser war kleiner als mein Zimmer und enthielt nichts weiter als eine Mini-Küchenzeile mit Teekessel sowie Tisch und Stühle.

Mein Herzschlag beschleunigte sich. Angespannt beobachtete ich, wie der Rechen unsere Amulette eines nach dem anderen prüfend an-sah und sie dann auf dem Tisch ablegte. Mit dem Rücken zu uns setzte er Teewasser auf und wählte eine Nummer auf seinem altmodischen Handy. Sekunden später begann er ein Gespräch, wobei er durchgehend den Teekessel betrachtete. Da ich kein Arabisch verstand, vermutete ich, dass er einen Spezialisten an der Strippe hatte, den er herbeizitierte, um die Amulette entgegenzunehmen.

»Das ist unsere Chance!«, flüsterte Finian. »Holen wir sie uns.«

Er wollte sich gerade ins Zimmer schleichen, als Rafael ihn an der Schulter zurückhielt.

»Vorsicht! Wenn du da reingehst, bist du viel zu nah an dem Typen dran. Er muss sich nur umdrehen und dich schnappen, dann war's das.« Rafael musterte den Rechen, der noch immer an seinem Handy klebte. Dann flüsterte er: »Ich mach das schon.«

Während Finian und ich ihn fragend ansahen, streckte er seine Arme nach vorn und visierte den Tisch mit den Amuletten an. Konzentriert biss er sich auf die Unterlippe.

Mir dämmerte, was er vorhatte. *Er will seine Psychokinese einsetzen, um die Amulette zu uns zu holen!* Ich hielt den Atem an. Meine Anspannung wuchs von Sekunde zu Sekunde.

Wir steckten in einer richtig miesen Situation. Der Rechen musste sich nur umdrehen, und alles war vorbei.

Atemlose Sekunden vergingen, in denen ich mir nicht sicher war, ob Rafaels Plan auch wirklich funktionierte. Dann aber rutschten die Amu-lette wie von Zauberhand auf den Tischrand zu. Ein Lächeln legte sich auf meine Lippen, als sie abhoben und langsam auf uns zuschwebten.

Ein Blick auf Rafael zeigte mir, welch große Anstrengung er für diese kurze Strecke aufbringen musste. Sein Gesicht war rot angelaufen, und seine Arme zitterten wie Espenlaub.

Als die Amulette nur noch eine Armlänge von uns entfernt waren, streckte ich mich ihnen entgegen, um sie aus der Luft zu holen – da fielen sie plötzlich nach unten und trafen mit einem metallischen *Pling-Pling!* auf dem Boden auf.

Ich sog scharf den Atem ein, als der Rechen sich herumwarf und mir direkt ins Gesicht starrte. Ungläubig senkte sich sein Blick auf die Amulette. Er steckte das Handy weg, raffte die Amulette auf – und schoss mit wütender Miene auf uns zu.

»Oje ... Nichts wie weg!«, rief Finian. »Der hält uns bestimmt für Diebe.«

Das ließen wir uns nicht zweimal sagen. Wir stürmten los, als wäre der Teufel hinter uns her.

Eine Hand packte von hinten meine Schulter und riss mich herum. Ich sah geradewegs in das hagere Gesicht unseres Verfolgers, dessen Augen zornig aufblitzten.

Ich fackelte nicht lange. Mit einem Aufschrei riss ich das Bein zurück und trat ihm so fest gegen das Schienbein, dass er mich losließ und fluchend auf der Stelle hüpfte.

Meine Gegenwehr hatte uns einen Vorsprung verschafft.

»Tut mir leid«, keuchte Rafael. »Ich hab's vermasselt.«

»Das liegt daran, dass wir noch Anfänger sind«, versetzte ich.

»Wir brauchen ein Versteck«, rief Finian entschlossen und nahm die Abzweigung nach links.

Wir flüchteten von Halle zu Halle. Wie von der Tarantel gestochen, rasten wir an den verdutzten Museumsbesuchern vorbei, die uns kopfschüttelnd hinterherschauten – was den schimpfenden Rechen allerdings nicht davon abhielt, sich weiter an unsere Fersen zu heften. Offenbar hatte er sich fest vorgenommen, uns bis zur Erschöpfung durchs Museum zu hetzen, um uns anschließend die Hölle heiß zu machen. Und das, obwohl wir die Amulette gar nicht mitgenommen hatten!

Wir ließen eine weitere Abzweigung hinter uns und landeten in einem deutlich kleineren Raum. Neben ein paar Vitrinen stand ein einzelner schwerer Steinsarkophag an der Wand, groß genug, um uns als Versteck zu dienen.

»Schnell, hierher!«, zischte ich.

Eilig huschten wir hinter das Exponat und machten uns so klein wie möglich. Keine Sekunde zu früh, wie sich herausstellte.

Durch den Schlitz zwischen Deckel und Sarkophag konnten wir mitverfolgen, wie der Rechen keuchend stehenblieb, sich nach allen Seiten umsah und schließlich durch den Raum schlich, um uns zu suchen. Warum, zum Teufel, musste er ausgerechnet *jetzt* einen Laufstopp einlegen? Hatte dieser dürre Typ etwa das Gespür eines Bluthundes?

Ich hielt den Atem an, als er sich mit grimmiger Miene in unsere Richtung bewegte.

»Tu was, Emily!«, flüsterte Rafael. »Beam uns schnell weg.«

»Tse. Das sagst du so einfach«, erwiderte ich, wobei ich den Rechen nicht aus den Augen ließ.

Eine Hand legte sich auf meine Schulter. Ich drehte den Kopf und sah in Finians verschwitztes Gesicht. »Du musst es versuchen, Emily. Er ist gleich hier. Sollte er uns für Diebe halten, stecken die uns bestimmt in den Knast.«

Ich nickte. »Okay. Dann haltet euch an mir fest. Ich werde es versuchen.«

Auch Rafael berührte mich mit der Hand, und ich schloss die Augen. In Gedanken suchte ich fieberhaft nach einem Ort, an dem wir sicher und unbemerkt landen konnten, doch in meiner Aufregung wollte mir partout nichts einfallen. Mein Kopf war wie blockiert.

»So ein ätzender Kerl. Den sollte man in die Wüste schicken«, vernahm ich Rafaels leises Fluchen neben mir. Dann keuchte er: »Oh shit, er hat uns entdeckt!«

Ich hörte die Schritte unseres Verfolgers direkt auf uns zukommen, doch ich beschloss, mich nicht ablenken zu lassen. Vor meinem inneren Auge tauchte ein Bild auf, und –

Da wurden wir auch schon fortgerissen. Gemeinsam wirbelten wir durch Raum und Zeit, wobei mir dieses Mal schlecht wurde. Ich betete, dass mein Mittagessen dort blieb, wo es jetzt war. Das Letzte, was ich wollte, war, meinen Brüdern vor die Füße zu kotzen.

Einen Moment später gab der Wirbel mich frei. Ein Kiekser entfuhr mir, als ich haltlos nach vorne stürzte und hart auf Händen und Knien aufkam. Ein stechender Schmerz schoss durch meine Glieder. Ich biss die Zähne zusammen, um nicht aufzuschreien.

»Au, das tut weh!«, hörte ich Rafaels Stimme in meinem Rücken. Wie es aussah, war ich nicht die Einzige, die eine Bruchlandung hingelegt hatte.

»Indianer kennen keinen Schmerz«, krächzte Finian. Doch seinem Stöhnen nach zu urteilen, kannte er den sehr wohl.

Nach einem kurzen Moment des Schweigens sagte er: »Ähm, jaaa. Dann lasst uns mal gucken, wo wir hier gelandet sind.«

Wir rappelten uns auf und blieben erst einmal dort stehen, wo wir waren. Verwirrt runzelte ich die Stirn. Die Luft war heiß und trocken. Vom strahlend blauen Himmel schien die glühende Sonne auf uns herab. Ich scharrte mit dem Fuß über den felsigen Boden; er war mit einer dünnen Schicht Sand bedeckt.

Als ich einen genaueren Blick auf die Landschaft wagte, erschrak ich bis ins Mark. Wir waren weder in Kairo gelandet noch in unserem Hotel oder bei den Pyramiden, sondern auf einem flachen, plateauartigen Felsen. Nirgends war eine Felsverbindung oder ein Hang zu sehen, über die wir von hier fortkommen konnten.

»Ich ... geh mal kurz was gucken.« Meine Stimme wurde kratzig, als ich mich dem Rand des Felsplateaus näherte und einen Blick nach unten warf. Ich schluckte. Der Boden befand sich geschätzte zehn Meter unter uns. Wenn wir da hinuntersprangen, würden wir uns sämtliche Knochen brechen.

Sofort bereute ich meine Vorwitzigkeit. Zitternd sank ich auf alle viere und brachte möglichst viel Abstand zwischen mich und die Felskante. Die Höhenangst hatte mich wieder – na wunderbar.

In sicherer Entfernung stand ich auf und verschaffte mir einen Überblick über die Umgebung. Überall ragten skurrile Kalksteingebilde aus dem Boden, dessen sandbedeckte Oberfläche sich bis zum Horizont erstreckte. An manchen Stellen wirkte er wie mit feinem Pulverschnee überzogen.

»Emily! Warum hast du uns in eine ... *Wüste* teleportiert?«, fragte Rafael entgeistert.

Ich zuckte mit den Schultern. »Keine Ahnung, ich weiß auch nicht. Wahrscheinlich, weil du vorhin von einer Wüste geredet hast. In dem Moment hatte ich eine im Kopf.«

»Oje«, seufzte er. »Dann ist das hier wohl meine Schuld.«

»Ach, Quatsch.« Finian schüttelte den Kopf. »Dafür kann niemand was. Emilys Teleportation funktioniert eben noch genauso unzuverlässig wie deine Psychokinese. Das kann einem als Anfänger schon mal passieren.«

Rafael wischte sich den Schweiß von der Stirn und schirmte die Augen mit der flachen Hand ab. »Ich glaube, das hier könnte die Weiße Wüste sein. Oder?«

»Ich fürchte, ja«, sagte ich. »Ich hab Bilder davon in Mamas Reiseführer gesehen.«

Nun trat auch Finian an den Felsrand und warf einen Blick hinunter.

»Mist!«, knurrte er. »Hier kommen wir im Leben nicht mehr weg.«

»Tja, mein Lieber. Genauso sieht es aus«, ertönte eine Stimme hinter uns.

Ich fuhr zusammen, und meine Übelkeit kehrte zurück.

14. Kapitel

Eine fiese Kälte breitete sich in meinem Magen aus. Trotz der Hitze lief mir ein Schauer über den Rücken. Diese Stimme würde ich immer und überall wiedererkennen!

Mit einem Ruck fuhr ich herum. »Ammit«, hauchte ich, den Blick auf die drei Feinde gerichtet, die wie aus dem Nichts hier aufgetaucht waren. »Woher ...«

»Gute Frage ... *Woher* sind wir so plötzlich gekommen, mhm?«, höhnte Mr Feuersalamander.

»Ob ihr das wohl erraten werdet?«, setzte sein Freund böse lächelnd hinzu.

»Ach, du liebes bisschen. Nun spannt die armen Bälger doch nicht so auf die Folter«, spöttelte Ammit. »Ihr könnt ihnen ruhig verraten, wie wir sie gefunden haben. Sie können ohnehin nicht mehr von hier fliehen und werden unser Geheimnis brav mit ins Grab nehmen.« Sie lächelte wie ein Hai kurz vorm Zuschnappen.

»Schnell, haltet euch fest!«, befahl ich, worauf Rafael und Finian vertrauensvoll ihre Hände auf meine Schultern legten.

Ich nahm einen tiefen Atemzug und ignorierte meinen aufgebrachten Herzschlag. Dann schloss ich die Augen und stellte mir so detailliert wie möglich unser Hotel vor, wobei ich mir die strenge Anweisung gab, direkt in unserem Zimmer zu landen, und sonst nirgends. Weder in der Wüste noch woanders. Diesmal musste mir der Teleport gelingen, unbedingt. Nur ein Fehler, und wir würden als Krokogatorfutter enden.

Doch so sehr ich mich auch anstrengte, ein weiterer Teleport wollte mir nicht gelingen. »Es ..., es geht nicht. Ich schaffe es nicht«, flüsterte ich. Eine lähmende Angst stieg in mir auf.

Unsere Feinde, die meinen Versuch schweigend mitverfolgt hatten, brachen in schadenfrohes Gelächter aus.

»Ach ja, es gibt da noch eine Sache, die ihr Bälger wissen solltet«, gluckste Ammit. »Für Grünschnäbel wie euch ist es äußerst schwierig, sich zweimal hintereinander zu teleportieren. Obendrein ist es ziemlich gefährlich. Um eure Frage zu beantworten, wie wir euch mitten in der Wüste finden konnten: Jedes Mal, wenn ihr euch durch die Gegend teleportiert, werde ich davon angezogen wie eine Motte vom Licht. Jeder noch so winzige Teleport verströmt eine unverwechselbare Energie, durch die ich euch aufspüren und die Nibirer zu euch führen kann. Dass auch ich eine besondere Fähigkeit haben könnte, hättet ihr Bälger nie gedacht, was?« Ein selbstgefälliger Ausdruck erschien auf ihrem Gesicht. »Deswegen haben die Nibirer *mich* auserwählt. Im Gegensatz zu euch Menschen wissen sie mich zu schätzen ... Ebenso der Dunkle Pharao.«

Ein Keuchen entfuhr mir, als die Erkenntnis mich traf. Schaudernd dachte ich an unsere bisherigen Begegnungen zurück. Der Krokogator hatte recht! Unser erstes Aufeinandertreffen hatte stattgefunden, nachdem ich uns versehentlich zu den Pyramiden teleportiert hatte. Auch während unseres Trainings waren die drei aufgetaucht, versteckt zwischen den Dornenbüschen. Kurz davor hatte ich einen Mini-Teleport durchgeführt. Und nach meinem fehlgeschlagenen Teleport im Gizeh-Labyrinth waren sie auch plötzlich dagewesen ... Und jedes Mal hatte Bastet mich da wieder rausgehauen.

Bastet ...

Der Gedanke an die Katzenkönigin trieb mir einen Kloß in den Hals. Ohne unsere Amulette konnten wir keinen Kontakt aufnehmen. Keiner der Götter wusste, wo wir gerade waren.

Plötzlich fühlte ich mich wie ein Nichtsnutz. Mir drehte sich der Magen um, als ich an unser nahendes Ende dachte. Vor uns befanden sich unsere Häscher, hinter uns der gähnende Abgrund. Es gab kein Entrinnen.

»Basteeet!«, schrie ich aus vollem Leib – doch nichts geschah. In meiner Verzweiflung rief ich mehrere Male nach meiner Beschützerin, doch es blieb dabei. Bastet tauchte nicht auf.

»Sie tragen ihre Amulette nicht bei sich«, sagte Mr Feuersalamander mit einem siegessicheren Grinsen.

»Umso besser.« Der andere Nibirer schlug angriffslustig den Langstab in seine Handfläche.

Ammits Blick hielt den meinen gefangen. In ihren Augen blitzte es höhnisch auf. »Bastet, oh ja ... Sie hat dich schon einmal im Stich gelassen, nicht wahr?«

Ich verzog das Gesicht. »Was ..., was meinst du damit?« Dann aber kochte Wut in mir auf. »Sag mal, was redest du da für einen Müll? Natürlich hat Bastet mich nicht im Stich gelassen, das weißt du selbst. Sie hat mich dreimal vor euch beschützt. Und sie wird mich auch weiterhin beschützen, das weiß ich.« Mein Mund verzog sich zu einem Lächeln. »Bastet wird immer bei mir sein. Ich vertraue ihr mein Leben an.«

Ich wusste nicht, woher ich diese Gewissheit nahm, und warum ich der Katzenkönigin so sehr vertraute. Das Gefühl war einfach da und ließ sich durch nichts erschüttern.

»Pffft ... Na gut. Wie du meinst.« Langsam schritt Ammit auf mich zu. »Dann bilde dir das ruhig mal ein.« Ihre Augen verengten sich zu Schlitzen. »Übrigens, ich habe noch eine Rechnung mit dir offen, du dreistes Balg. Seit unserer letzten Auseinandersetzung habe ich immer noch Kopfschmerzen ...«

Unwillkürlich trat ich zurück – und meine Brüder nach vorn.

»Glaubst du allen Ernstes, wir wüssten uns nicht zu verteidigen?«, schnaubte Finian.

»Du wirst unserer Schwester kein Haar krümmen, kapiert?«, fügte Rafael drohend hinzu.

Ohne eine Antwort abzuwarten, schoss Finian einen Feuerball auf die Feinde ab. Mit einem erschrockenen Keuchen warf Ammit sich zu Boden und entkam so nur knapp der Attacke. Stattdessen traf das Geschoss den Arm von Mr Feuersalamander, der einen Schmerzensschrei ausstieß und mit aufgerissenen Augen auf seine Verletzung starrte. Die Haut war krebsrot und warf Blasen.

Im selben Moment machte sein Langstab sich selbständig. Er schwebte ein Stück durch die Luft und schlug dann auf ihn ein. Schnell wurde mir klar, dass Rafael seine Psychokinese gegen Mr Feuersalamander richtete. Dieser versuchte immerzu, nach seiner Waffe zu greifen, doch Rafael war ihm stets einen Moment voraus und drosch zunehmend heftiger auf ihn ein.

Der andere Nibirer wollte seinem Freund zu Hilfe kommen, doch die unsichtbare Macht entriss auch ihm den Langstab. Mit einem hörbaren *Wusch!* sauste die Waffe auf seinen Kopf nieder. Derart getroffen kippte er um und blieb bewusstlos am Boden liegen.

Ammit hatte sich inzwischen wieder aufgerappelt. Auge in Auge stand sie Finian gegenüber, der nur auf eine falsche Bewegung zu warten schien, um ihr seine geballte Feuerkraft entgegenzuschleudern. Während er das Krokodilsmonster in Schach hielt, konzentrierte sich Rafael auf Mr Feuersalamander, dem es zwischenzeitlich gelungen war, seinen Langstab unter Kontrolle zu bekommen.

Ammit neigte den Kopf zur Seite. »Ich sage es ja nur ungern«, meinte sie, »aber es wäre wirklich das Beste für euch, wenn ihr jetzt aufgeben und euch töten lassen würdet. Ihr werdet sowieso nicht mehr von hier fortkommen, und da es in der Wüste ja sooo viel Trinkwasser gibt ...«

Ihr Maul verzog sich zu einem zynischen Grinsen, als sie an mich gewandt hinzufügte: »Und Bastet, diese unfähige Hexenkatze, wird dich ein weiteres Mal *nicht* retten.«

»Was ... redest du da?« Das war nun schon das zweite Mal, dass Ammit Bastet so etwas unterstellte.

»Hör nicht auf sie«, mahnte Finian. »Das Biest will dich nur klein kriegen.« Er formte einen weiteren Feuerball zwischen den Handflächen, jederzeit bereit, ihn auf Ammit loszulassen.

Plötzlich sank Rafael auf die Knie – und Mr Feuersalamander nutzte die Gelegenheit, eine Kugel geballter Strahlenkraft auf Finian abzuschießen, die aussah wie ein Ball aus blauem Feuer. Mein Bruder reagierte sofort, indem er seine eigene Feuerkugel abschoss.

Als die beiden Geschosse aufeinanderprallten und eine kleine Explosion verursachten, erhob Ammit sich auf ihre Beine und sprang mit wutverzerrtem Gesicht auf mich zu.

Bevor sie mich erreichen konnte, streckte Rafael die Hände nach ihr aus – und ihr Angriff nahm mitten in der Luft ein abruptes Ende. Ihr Blick spiegelte Überraschung wider, dann Unglaube und schließlich Wut. Sie registrierte, dass sie einen halben Meter über dem Boden schwebte, und strampelte schimpfend mit den Beinen. »Ihr gemeinen Bälger, ihr ...«

Ich beachtete sie nicht weiter, sondern wandte mich wieder dem Feuerkampf zu, den Finian und der Salamander gegeneinander austrugen. Zahlreiche Flammengeschosse trafen aufeinander und explodierten in einer orange-blauen Stichflamme. Finian sah aus, als würde er mit jedem Feuerball, den er schuf, müder werden, und auch Rafael wirkte reichlich erschöpft.

Ich platzierte mich zwischen meinen Brüdern und legte die Hände auf ihre Schultern. Ein weiteres Mal versuchte ich, mir unser Hotel ins Gedächtnis zu rufen. Auch wenn Ammit mir keinen zweiten Teleport zutraute, war Aufgeben keine Option. Rafael und Finian taten ihr Bestes, um mich zu beschützen – und ich würde dasselbe für sie tun.

Doch dann geschah etwas völlig Unerwartetes. Anstelle des Hotelzimmers erschien Bastets Gesicht in meinen Gedanken. Ihre Augen schienen direkt in meine Seele zu blicken, und ich hatte das Gefühl, als würden sich unsere Lebenskräfte miteinander verbinden. Ihr Bildnis verwandelte sich in pure Energie, die wie ein warmer Strom in mein Herz floss. *Bastet!*, schrie es in meiner Brust. *Bitte! Komm und hilf uns!*

Einen Augenblick lang geschah gar nichts. Doch dann ...

Ich schreckte zusammen, als wie aus dem Nichts ein schwarzer Schatten auf Ammit niederging. Statt weiter in der Luft zu schweben, lag sie plötzlich am Boden. Eine schlanke Gestalt hatte sich über ihr aufgebaut und prügelte mit ihrem Was-Zepter auf die Möchtegern-Dämonin ein.

»Bastet!«, rief ich. »Du bist gekommen.« Ein Stein, so groß wie ein Pyramidenquader, fiel mir vom Herzen.

Auch Horus und Anubis erschienen auf dem Plateau. Mit nach vorn gerichteten Was-Zeptern drängten sie Mr Feuersalamander in Richtung Abgrund.

»Gut gekämpft, Kumpel!«, rief Anubis Finian über die Schulter hinweg zu. »Aber jetzt bin ich dran.«

Ich sog den Atem ein, als auf einmal etwas Kühles in meiner Faust lag. Meine Augen weiteten sich vor Erstaunen, als ich sie öffnete und auf meinen Skarabäus hinabstarrte, der wie durch Zauberei dort erschienen war.

Wie konnte das sein? Unsere Amulette befanden sich doch in der Obhut des Museumstypen, weit, weit weg von hier!

»Hey, schaut mal! Ich hab mein Amulett wieder!«, vernahm ich Rafaels aufgeregte Stimme.

»Und ich meins auch!« Finian reckte siegessicher die Faust zum Himmel.

Ein erleichterter Seufzer verließ meine Lippen. *Jetzt wird alles gut!*

»Aber wie ..., wie kann das sein?« Ammits Stimme schrillte in meinen Ohren. »Das ist doch – «

»Unmöglich?«, fiel Bastet ihr ins Wort. Sie zog Ammit das Was-Zepter über den Schädel, als diese versuchte, einen neuen Angriff zu starten. Dann hob sie die Hände über den Kopf und rief ihre Geisterkatzen herbei, die sich sofort auf die kreischende Erzfeindin stürzten.

Die nebelweißen Tiere schienen Ammit Angst einzujagen, ihr Schmerzen zu bereiten. Kaum wurde sie von einer der Katzen berührt, brüllte sie so laut, dass man sie noch auf dem Mond hätte hören können.

»Rü ..., Rü ..., Rück-zu-hu-hug! Schnell!« In ihrer Panik rannte sie beinahe Mr Feuersalamander über den Haufen, der sich seinerseits beeilte, seinen bewusstlosen Freund hochzuhieven und sich an Ammits Schulter abzustützen.

»Das wirst du mir büßen, Königin der Luyoniden! Hexenkatze!«, giftete Ammit, bevor sie sich und ihre Mitstreiter wegteleportierte und das Felsplateau in völliger Stille zurückließ.

Keiner von uns rührte sich, bis Anubis das Schweigen brach: »Meine Vermutung bestätigt sich ein weiteres Mal. Die Nibirer haben ihre unfähigsten Soldaten auf die Kids losgelassen. Haben wohl nicht damit gerechnet, dass wir es ihnen so schwer machen.« Er stieß ein kehliges Lachen aus.

»Sie dachten wohl, unsere Schützlinge seien leichte Beute. Kleine Kinder, schnell und problemlos zu erledigen«, sagte Horus. Zum ersten Mal sah ich ihn richtig lächeln. »Weit gefehlt.«

»Ihre wirklich fähigen Soldaten scheinen sie wohl lieber zurückzuhalten. Ich schätze mal, die sind für die geplante Übernahme der Erde gedacht.« Anubis schürzte die Lippen, was bei einem Schakal äußerst seltsam aussah.

»Wie geht es euch?«, fragte Bastet. Ihr Blick schweifte von Finian zu Rafael und blieb anschließend an mir hängen. Ihre Augen waren voller Sorge.

Statt ihre Frage zu beantworten, platzte ich heraus: »Wie kann das sein?«

»Was?«

»Dass die Amulette zu uns zurückgekommen sind, obwohl sie weit weg waren, und ich dich rufen konnte, *bevor* ich mein Amulett zurückbekommen hab.«

»Ihr wart unterwegs und hattet eure Amulette nicht bei euch?« Horus bedachte uns mit einem tadelnden Blick.

Ich nickte und erzählte den Göttern, wie unsere Eltern die Amulette ins Museum gebracht und wir den dürren Rechen verfolgt hatten – und er uns. Ich erwähnte den schiefgelaufenen Teleport und schloss meinen Bericht mit Ammits überraschendem Überfall.

»Und der Skarabäus ist einfach so in deiner Hand aufgetaucht?«, wollte Bastet wissen. Sie wirkte sehr verblüfft.

»Ja«, erwiderte ich. »Du bist auf einmal in meinem Kopf erschienen und hast mir Kraft gegeben. Ich hab nach dir gerufen – und plötzlich wart ihr da.«

»Das ist wirklich unglaublich.« Bastet sah zu Horus und Anubis. »Was meint ihr?«

»Mhm«, machte Anubis und strich sich übers Kinn. »Ich glaube, das, was mit den Amuletten passiert ist, nennt sich Entmaterialisierung. Oder irre ich mich?«

Horus hob die Schultern. »Ich glaube, ja.«

Anubis musterte mich einen Moment lang nachdenklich. Dann sagte er: »Also, meine persönliche Vermutung lautet: Das alles ist nur deshalb passiert, weil du Ammit so tapfer die Stirn geboten hast und nichts deinen Glauben an Bastet erschüttern konnte. Womöglich ist dabei eine starke mentale Verbindung zwischen euch entstanden. Ich könnte mir vorstellen, dass du Bastet jetzt auch ohne das Amulett rufen kannst ... Aber wie gesagt, ist nur so 'ne Theorie von mir.«

»Interessant ... Da könnte was dran sein«, meinte Horus nach kurzem Überlegen.

»Zumindest wissen wir jetzt, warum Ammit uns dauernd aufspüren konnte«, warf Rafael in die Runde. »Sie ist in der Lage, die Energie zu wittern, die durch Emilys Teleport freigesetzt wird, und kann uns dann mit ihrem eigenen Teleport verfolgen.«

»Tatsächlich?« Horus' Brauen rutschten in die Höhe. »Dann haben wir nun endlich eine Antwort auf unsere Frage, warum Ammit für die Nibirer von so großem Interesse ist.«

»Yep. Genau das hab ich die ganze Zeit auch nicht gecheckt. Ich meine, die ist dumm wie drei Meter Treibsand, und soll dann auf einmal so eine wichtige Rolle spielen?« Anubis schüttelte den Kopf, und seine Miene wurde todernst. »Das bedeutet, Ammit ist nicht nur äußerst beißfreudig und kann Tote erwecken, sondern auch Emilys Teleports überwachen und verfolgen.«

Bestürzt senkte Horus den Kopf. »Das bedeutet, wir haben sie unterschätzt.«

»Schrecklich.« Ein kalter Schauer lief mir über den Rücken, als ich daran zurückdachte, wie Ammit die Mumien zu ihrem untoten Leben erweckt und auf uns losgehetzt hatte.

»Und umgekehrt sind für Ammit die Nibirer von so großem Interesse, weil sie – oder vielmehr der Pharao – ihr einen Machtaufstieg versprochen haben. Plus die Gelegenheit, mir während ihrer Mission schaden zu können.« Bastet verzog grimmig das Gesicht. »Schließlich bin und bleibe ich ihre Erzfeindin.«

»Dann hat die alte Säckin also mehrere Psi-Kräfte, so wie ihr«, brummte Finian. *Säckin* war eine seiner Wortkreationen, die weibliche Form von Sack.

Bastet atmete hörbar ein. »Dann wird es Zeit zu handeln. Wir müssen Emily schnellstmöglich vor Ammits Psi-Kräften abschirmen.« Sie sah zu Horus hinüber. »Ein Schutzschild wäre da immer noch am Sichersten. Oder was meinst du, mein Freund?«

»Eine gute und sinnvolle Idee«, stimmte Horus zu. »Damit machen wir Ammit einen Strich durch die Rechnung.«

Er sah mich direkt an, und ich fragte mich, was er wohl vorhatte.

»Na gut, dann geht mal rasch zur Seite.« Er scheuchte alle Umstehenden aus dem Weg, stellte sich nah vor mich hin und verkündete: »Sobald ich dich mit einem Schutz versehen habe, können die Feinde euch nicht mehr auf diesem Weg ausfindig machen.«

Bevor ich wusste, wie mir geschah, legte er die Arme um mich, ohne mich dabei zu berühren. Er schloss die Augen und murmelte unverständliche Worte vor sich hin, wobei er mit den Händen in der Luft meinen Körper nachformte.

In den ersten Minuten merkte ich überhaupt nichts, doch dann fühlte ich mich von einer unsichtbaren Energie umgeben, die sich wie ein warmes Tuch über mich legte. Sie kribbelte auf meiner Haut und sickerte dann in meinen Körper.

Horus trat einen Schritt zurück und musterte mich eingehend, als könnte er den Schutzschild mit dem bloßen Auge wahrnehmen. Er hob die Hand, fuhr prüfend über meinen Oberarm und nickte zufrieden. »Von jetzt an bist du geschützt, Emily. Ammit kann dich nicht mehr aufspüren, wenn du deinen Teleport anwendest.«

»Danke.« Ich strich mit der Hand über meinen Arm, konnte jedoch nichts von der Schutzkraft spüren.

»Was bin ich froh, dass Ammit es nicht wagt, in euer Hotel zu kommen oder euch in der Stadt aufzulauern«, warf Bastet ein. »Sie und die Nibirer haben den strengen Befehl, sich noch nicht in der Öffentlichkeit zu zeigen. Der Pharao will der Erste sein, der vor die Menschheit tritt, und das um jeden Preis. Er will derjenige sein, den die Welt zu Gesicht bekommt, bevor die Nibirer auf den Plan treten.« Sie rümpfte die Nase. »Ein typischer Narzisst. Er liebt das Drama.«

»Deshalb solltet ihr Stadt und Hotel nur dann verlassen, wenn ihr mit uns trainiert«, mahnte Horus.

»Ist gebongt«, erwiderte Finian.

»Apropos Training.« Anubis klopfte seinem Schüler auf die Schulter. »Du warst echt stark, Kumpel. Ich bin stolz auf dich. Das waren erstklassige Feuerbälle.«

»Öhm ..., danke.« Finian kratzte sich verlegen am Kopf.

»Ihr habt euch alle verbessert«, meinte Horus anerkennend. »Aber nichtsdestotrotz müsst ihr noch stärker werden. Bisher habt ihr nur einen Teil eurer Psi-Kräfte freigesetzt.«

»Und trotzdem konnten die Kids sich beweisen.« Anubis deutete eine Verbeugung an. »Ihr verdient unseren vollsten Respekt.«

»Am Anfang haben wir euch unterschätzt. Das tut uns leid.« Auch Horus verbeugte sich leicht.

Bastet schloss sich dem an. »Weiter so, und ihr könnt dem Pharao bald so richtig in den Arsch treten.«

Sämtliche Blicke fielen auf die Katzenkönigin, die daraufhin breit grinste. »Heute sage ich es mal mit Anubis' Worten.«

»Heeey! Ich wusste ja gar nicht, dass du auch fluchen kannst«, meinte dieser in gespieltem Erstaunen.

Alle lachten.

»Und jetzt würde ich mal sagen: Ab ins Hotel.« Anubis klatschte demonstrativ in die Hände. »Ihr drei solltet besser noch ein wenig schlafen, bevor es weitergeht.«

»Eine prima Idee«, gähnte Rafael hinter vorgehaltener Hand. »Dann lasst uns mal abschwirren.«

»Du sagst es, Bruderherz. Mein Bett wartet schon ganz sehnsüchtig auf mich.« Erst jetzt wurde mir bewusst, wie müde ich war.

Doch eine Sache gab es noch, die mir einfach keine Ruhe lassen wollte, und das waren Ammits seltsame Worte. *Bastet, oh ja ... Sie hat dich schon einmal im Stich gelassen, nicht wahr?*

Ich kannte mich selbst gut genug, um zu wissen, dass ich ohne eine Antwort nicht würde einschlafen können. Daher beschloss ich, Bastet darauf anzusprechen. »Ammit hat gesagt, du hättest mich schon mal im

Stich gelassen. Wie kommt sie denn auf so was? Du warst doch immer für mich da und hast mich jedes Mal gerettet, wenn –«

Ich hielt inne, als ich die Veränderung in Bastets Gesicht bemerkte; sie wirkte mit einem Mal sehr erschrocken.

»Aber das ..., das ist ...«

Sie verstummte.

Bevor ich weiter nachhaken konnte, trat Horus an ihre Seite. »Wir sollten nicht so viel reden und unsere Schützlinge zurück ins Hotel bringen. Dort können sie ihre trockenen Kehlen befeuchten und etwas zu sich nehmen. Hier in der Wüste ist es definitiv zu heiß.« Er knuffte Anubis in die Seite. »Nicht wahr, mein Freund?«

»Mhm ... Ja, da hast du natürlich recht.« Anubis sah uns der Reihe nach an. »In dieser Wüstenhitze werden ihre Körper sicher bald kollabieren. Daher sollten wir –«

»Ich gehe erst, wenn Bastet meine Frage beantwortet hat.« Stur hielt ich den Blick auf die Katzenkönigin gerichtet.

»Aber Emily. Es wird wirklich Zeit, zu gehen. Ihr habt heute so viel mitgemacht, und dann noch diese Bullenhitze ...« Anubis schenkte mir ein gutmütiges Lächeln, doch ich beschloss, mich nicht beirren zu lassen.

Irgendetwas war hier faul. Schon wieder dieses verdächtige Verhalten unter den dreien! Was war es, das Bastet vor mir geheimhielt? Sie konnte mir doch nicht weismachen, dass es da nichts –

Ein wattig-warmes Gefühl in meinem Kopf stoppte meinen Gedankenfluss – und ließ meine Fragen mit einem Mal belanglos erscheinen. Eine tiefe Ruhe durchflutete mich. Mit jeder Sekunde wurde ich müder.

»Beruhige dich, Emily«, sprach Bastet mit sanfter Stimme, wobei sie mir unentwegt in die Augen sah. »Der Tag war sehr anstrengend und hat an euren Kräften gezehrt. Wir bringen euch jetzt zurück. Dann kannst du dich in dein weiches Bett legen und ausruhen.« Sie lächelte mich freundlich an.

Bastets Stimme beruhigte meine strapazierten Nerven und wirkte wie Balsam für meine Seele – und doch merkte ich, dass hier etwas nicht stimmte. Trotz der Ruhe, die mich durchströmte, regte sich ein gewisser Widerstand in mir. Dieser brachte eine vage Vermutung hervor, die mit aller Kraft versuchte, zu mir vorzudringen.

Kann das sein? Ist das etwa –

15. Kapitel

»Es wird Zeit, mit offenen Karten zu spielen«, verkündete Anubis, als wir uns am Abend desselben Tages in der »Götter-Oase« wiedersahen. »Es hat keinen Zweck, euch weiter im Unwissen zu lassen. Erst recht nicht nach Ammits letztem Übergriff.«

Rafaels Augen wurden groß. »Dann erfahren wir jetzt endlich … *alles?*«

»Natürlich nicht alles *auf einmal*«, sagte Horus. »Aber auf jeden Fall mal das Wichtigste für den Anfang.«

Anubis tauschte einen Blick mit seinen Freunden. Dann räusperte er sich und meinte: »Ist 'ne Menge Stoff, müsst ihr wissen. Aber ich werde mich kurzfassen, damit ihr nicht allzu verwirrt seid.«

Er wies auf einen schattigen Platz unter einer Gruppe Dattelpalmen. »Legt euch einfach mal dort hin. Auf den Rücken. Und schaut, dass ihr es bequem habt.«

Wir folgten seiner Aufforderung und machten es uns auf dem sandig-warmen Boden bequem. Die Palmwedel über mir raschelten in der sanften Brise. Vereinzelte Sonnenstrahlen fanden ihren Weg durch das Blattwerk und tanzten in Form von Lichtpunkten über meinen Körper. Mein Herz pochte vor Aufregung. *Was haben sie jetzt schon wieder mit uns vor?*

Statt weitere Erklärungen abzugeben, ließ Anubis sich vor unseren Füßen in den Schneidersitz sinken. »Schließt eure Augen und hört gut zu, was ich euch sage. Lasst einfach geschehen, was geschehen will, und habt keine Angst. Es ist alles in Ordnung.« Er ließ einen Moment verstreichen, dann begann er zu erzählen: »Nun stellt euch einmal die große, weite Wüste vor. Jeder von euch ist allein unterwegs und steht zwischen den endlosen Dünen, die ihn umgeben. Am Himmel scheint die Sonne, doch sie ist mild und verbrennt euch nicht. Sie wärmt euch. Ihr seht euch etwas genauer um, und dann …«

Am Anfang hatte ich noch leichte Schwierigkeiten, mich auf seine ruhige, angenehme Stimme zu konzentrieren, doch dann verschwand meine Anspannung mit jedem von Anubis' Worten. Der warme Sand und der Blütenduft machten mich zunehmend schläfrig.

»… und entdeckt auf eurem Weg einen alten Tempel aus hellem Kalkstein. Langsam geht ihr darauf zu, und …«

Ich atmete langsam und gleichmäßig, und meine Entspannung vertiefte sich noch weiter, als Anubis ein fremdartiges, aber wohlklingendes Lied anstimmte, das an schamanischen Ritualgesang erinnerte. Es brachte meinen Körper, meine Seele zum Schwingen, durchdrang auf sanfte Weise meinen Geist. Ich ließ es geschehen, denn ich war mir sicher, dass ich Anubis vertrauen konnte.

Wie aus dem Nichts taten sich Nebelschlieren vor meinem inneren Auge auf, die sich Fetzen um Fetzen auflösten und am Ende ein Bild freigaben: Unweit von mir saßen vier Menschen auf einem groben Leinentuch; eine junge Frau und zwei junge Männer, die den Worten eines Alten lauschten. Im Hintergrund ragten die cremeweißen Wände eines Tempels auf, dessen Eingang von edlen Horus-Statuen flankiert wurde. Der Alte, offenbar ein Priester, trug einen eindrucksvollen Kopfschmuck mit goldfarbenen Glasperlen und Falkenfedern. Das Auge des Horus, das auf einem Goldplättchen über seiner Stirn prangte, wies ihn als Diener des Falkengottes aus.

Jeder der Anwesenden hatte die charakteristische Hautfarbe der Ägypter sowie schwarzes Haar und braune Augen. Die jungen Zuhörer trugen goldene Brustplatten, in deren Mittelteil ein Horusauge eingelassen war. Die beiden Burschen waren mit weißen Lendenschurzen bekleidet. Nur die Frau, fast noch ein Mädchen, trug ein langes weißes Gewand, das ihre Figur umschmeichelte. Das hüftlange Haar war zu einem dicken Zopf geflochten.

Im selben Moment, in dem ich sie ansah, wurde mir bewusst: Sie war ich – und ich war sie.

Ich wusste nicht, woher ich dieses Wissen nahm. Es tauchte einfach in mir auf, als wäre es schon immer dagewesen und lediglich vom Sand der Zeit verschüttet worden.

Atum, Sekani und ... Nefertiti. Ja, das waren ihre Namen. *Unsere* Namen. Die Namen meiner Brüder und mir, in einer längst vergangenen Zeit. In einer uralten Erinnerung, von der ich glaubte, sie für immer vergessen zu haben.

Unvermittelt drehte die junge Frau, Nefertiti, den Kopf in meine Richtung und sah mir direkt in die Augen. Ein Gefühl wie warmer Sommerregen durchfuhr mich – und es zog mich unaufhaltsam zu ihr hin.

Nur einen Herzschlag später befand ich mich in ihrem Körper. Fühlte das raue Leinentuch unter meinen Händen. Spürte die trockene Wüstenluft, die mir wie eine warme Hand über die Arme strich, während der Schatten unseres Unterstandes die größte Hitze von uns fernhielt. Es war ein eigenartiges Gefühl, plötzlich im Körper einer Erwachsenen zu stecken, doch gleichzeitig so vertraut, als wäre es nie anders gewesen.

Der Alte, Baniti, war unser Lehrer, daran erinnerte ich mich jetzt. Er war niemand Geringeres als der Hohepriester unseres Horustempels – und er war soeben dabei, Atum, Sekani und mir eine besondere Verantwortung zu übertragen.

»Wie ihr wisst, schenke ich euch mein bedingungsloses Vertrauen«, sagte der Priester und lächelte. Kleine Fältchen legten sich um seine freundlichen braunen Augen. »Eure Geist-Kräfte sind nun vollkommen ausgereift. Ihr seid sehr stark geworden.«

»Habt Dank. Ich fühle mich geehrt«, sagte Atum (Finian!) und erwiderte das Lächeln.

»Auch mir ist es eine Ehre, Meister Baniti«, fügte Sekani (Rafael!) hinzu.

Geist-Kräfte? Bedeutet das, wir hatten damals schon Psi-Kräfte? Nach und nach schälten sich weitere Erinnerungsfetzen aus meinem Unterbewusstsein und brachten Licht in das Dunkel des äonenlangen Vergessens.

Ich erinnerte mich jetzt wieder an verschiedene Dinge. Wir waren keine Ägypter gewesen, wie ich vorhin zunächst angenommen hatte, sondern Nachfahren des Volkes aus Atlantis, die vor der Pharaonenzeit gelebt hatten. Womit wir zu den Letzten gehörten, die noch mit den alten Geheimnissen vertraut waren. Ein Teil der Atlanter – allen voran deren Priester –, hatte Zugang zu unterschiedlichen Psi-Kräften gehabt. Telepathie, Psychokinese, Geistersichtigkeit, Teleportation und weitere paranormale Fähigkeiten waren damals an der Tagesordnung gewesen. Die Atlanter waren nicht nur unsere Vorfahren gewesen, sondern auch die der alten Ägypter. Außerirdische, deren wichtigster Stützpunkt auf der Erde die Insel Atlantis war. Vor vielen Jahrtausenden war sie im Meer versunken, doch ein Teil ihrer Bewohner war in der Zeit vor dem Untergang nach Ägypten übergesiedelt, das damals noch einen anderen Namen getragen hatte. Dort hatten sie eine neue Provinz gegründet. Unter Thot, den man auch Thot den Atlanter nannte, hatten sie begonnen, die Sphinx und die großen Pyramiden zu erbauen.

»Es gibt Großes zu verkünden«, unterbrach der Lehrer meine Gedankengänge. Er klang sehr feierlich. »Von jetzt an werdet ihr die Hüter des

Sternentors sein. Die Alten treten zurück und machen den Jungen Platz, wie es seit jeher Brauch ist.«

Ich spürte, wie sich meine Augen weiteten und es in meinem Magen zu kribbeln begann. Atum und Sekani schien es nicht anders zu ergehen, das sah ich ihren Gesichtern an.

»Die Entscheidung der Ältesten, und somit auch die meine, ist auf euch gefallen«, erklärte Baniti, dem unsere verblüfften Mienen nicht entgangen waren. »Ihr seid nicht nur die Strebsamsten und Tapfersten unter meinen Schülern, sondern auch die Stärksten, mental und charakterlich. Nur selten habe ich junge Menschen wie euch erlebt, die ehrlich und gewissenhaft sind und gleichzeitig ihre Geist-Kräfte so präzise beherrschen – und die ihr Leben aufs Spiel setzen würden, um dem Dunklen Herrscher Einhalt zu gebieten.«

Womit eindeutig der Dunkle Pharao gemeint war.

Mit einem Seufzen fügte Baniti hinzu: »Die Zeit ist reif, dass Meni an die Macht gelangt und das Schicksal unseres Landes zum Guten wendet.«

Meni, überlegte ich. *Den Namen hab ich schon mal irgendwo gehört. Ich glaube, im Geschichtsunterricht. War das nicht der allererste Pharao Ägyptens, den die Griechen Menes nannten?*

»Der Dunkle Herrscher muss verbannt werden, um jeden Preis. Eine andere Wahl haben wir nicht. Und ihr werdet diejenigen sein, die seine Schreckensherrschaft beenden.« Der Alte sah uns der Reihe nach an. »Uns läuft die Zeit davon. Jede einzelne Stunde zählt. Lasst mich euch nun die geheimen Zauberformeln lehren, die ihr benötigt, um die Halle der Aufzeichnungen zu öffnen.«

Zauberformeln?, dachte ich verwirrt. Aliens, Götter, Krokodilsmonster, Psi-Kräfte, illusionsbegabte Pharaonen ... Was sollte denn noch alles kommen?

In diesem Moment stimmte der alte Priester einen volltönenden Gesang an, welcher sanfte Vibrationen durch meinen Körper schickte. Er hob und senkte die Stimme, streute an manchen Stellen machtvolle heilige Worte ein und beendete das Lied mit einem tiefen Atemzug.

Meine Erinnerung verriet mir, dass dies eine der hochkomplizierten Formeln war, die von einer Wächtergeneration zur nächsten weitergegeben wurden, und die niemand kannte außer den Horuspriestern und den Hütern des Sternentors. Sie alle gehörten den Shemsu Hor an, einem geheimen Orden der späten Atlanter, der lange Zeit vor dem ersten menschlichen Pharao gegründet und im alten Ägypten über einen langen Zeitraum weitergeführt worden war.

Baniti wiederholte die Zauberformel noch ein paar weitere Male. Dann forderte er uns auf, sie mit ihm gemeinsam zu singen, was alles andere als einfach war. Fasziniert lauschte ich den Lauten, die meinen Mund verließen und mich zunehmend in eine Art Trance versetzten. Mit jeder Wiederholung wurde ich sicherer bei der Aussprache, den unterschiedlichen Tonlagen sowie der Melodie, die ich Stück für Stück wiedererkannte. Schon bald hatte ich das Gefühl, die Formel bereits tausendmal gesungen zu haben, sie in- und auswendig zu kennen.

»Und nun wacht auf. Kommt zurück ins Jetzt!«, wehte wie aus dem Nichts eine Stimme durch meine Gedanken, die den Gesang übertönte.

Einen Augenblick später fühlte ich mich aus Nefertitis Körper herausgezogen. Etwas drängte mich von ihr fort; etwas Unsichtbares, über das ich keinerlei Gewalt hatte. Dichte Nebelschlieren tauchten vor mir auf, wie auch zu Beginn meiner Reise. Sie nahmen mir vollständig die Sicht und …

… dann schlug ich die Augen auf.

Noch immer hörte ich Nefertitis Stimme in meinem Kopf; ein ferner Widerhall, der innerhalb eines Wimpernschlages verstummte. Etwas benommen starrte ich auf die Palmwedel über mir, die sich im sanften Wind hin- und herwiegten. Leises Gemurmel drang an mein Ohr. Wie es schien, kehrten auch meine Brüder ins Hier und Jetzt zurück.

Als ich mich aufsetzte, sah ich direkt in Anubis' lächelndes Gesicht.

»Na, wie war's?«, fragte er mit unverhohlener Neugier. »Wo genau seid ihr gelandet?«

»Ich …, ähm …«

Bevor ich es auf die Reihe bekam, klar zu antworten, rief Rafael mit erstaunter Stimme: »Wooow! Leute, das ist unglaublich. Ich war mal jemand ganz anderes. Und ich hab viele Menschen gesehen, die Horus gedient haben.« Ehrfürchtig blickte er zu Horus. »Mensch, ich wusste gar nicht, dass du damals so berühmt warst.«

Ein verlegenes Lächeln huschte über Horus' Gesicht. Wortlos zwinkerte er Rafael zu.

»Die alten Ägypter haben ihn als einen ihrer höchsten Götter verehrt«, erklärte Anubis. »Dass er eigentlich kein Gott ist, hat er den Menschen natürlich nie verraten.« Er grinste spitzbübisch. »Horus und ich haben ein nettes Spielchen mit ihnen getrieben, denn auch ich war ein sehr wichtiger ›Gott‹ in der alten Welt.«

»Genau wie Bastet.« Horus wies auf die Katzenkönigin, die nicht weniger verlegen wirkte wie er.

»Wie auch immer«, sagte sie und wandte sich an uns. »Ich sehe, ihr seid verwirrt – was nach einem solchen Erlebnis wirklich kein Wunder ist. Schließlich erhält man nicht jeden Tag eine Rückführung in sein früheres Leben ...Vor eurem jetzigen Dasein habt ihr bereits unzählige Male gelebt. In all den Jahrtausenden wurdet ihr immer und immer wiedergeboren. Bis heute.«

»Reinkarnation nennt sich das«, fügte Anubis erklärend hinzu. »Die Wiedergeburtslehre ist schon ur-ur-uralt und stammt ursprünglich aus Atlantis. Zwar hatten die alten Ägypter später ihre eigenen Vorstellungen vom Leben und Sterben, aber das Prinzip ist im Grunde doch recht ähnlich geblieben.«

»Das, was ich da gerade erlebt hab ... wirkte so unglaublich echt«, hauchte Finian. »Als wäre all das gerade erst passiert.«

»Das ist es ja auch«, erwiderte Anubis. »In deiner Erinnerung.«

Er warf einen Blick in die Runde und räusperte sich demonstrativ. »So. Und jetzt rückt mal raus, was ihr alles so erlebt habt. Ich platze fast vor Neugier.« Mit erwartungsvoller Miene beugte er sich in unsere Richtung.

Finian war der Erste, der von seinem Abenteuer berichtete. In Gestalt von Atum hatte er hart und diszipliniert seine Psi-Kräfte trainiert, innerhalb einer geheimen Oase, die eine verdächtige Ähnlichkeit mit unserem heutigen Versteck aufwies. Sekani und ich, Nefertiti, waren stets mit dabei gewesen, um unsere eigenen Fähigkeiten aufzubauen. Wie sich zeigte, hatten wir schon damals dieselben Psi-Kräfte wie heute.

Dann war Rafael am Zug. Er berichtete von einer Gruppe Horusanhänger, die sich an einem bedeutsamen Ort versammelt hatten. Zu meiner Verblüffung beschrieb er haargenau die »Raumschiffbrücke«, die ich vor Kurzem unfreiwillig unter dem Gizeh-Plateau entdeckt hatte.

Nun wurde mir klar, warum mir dieser Ort so bekannt vorkam. Ich war schon einmal dagewesen – in meinem damaligen Leben! Doch wer hatte all diese hochtechnologischen Errungenschaften bereits in prähistorischer Zeit erbaut?

Die Atlanter natürlich, meldete sich eine Stimme in meinen Gedanken. Die Stimme der Erinnerung.

In Gestalt von Atum, Sekani und Nefertiti hatten wir uns an diesem Ort aufgehalten, begleitet von Anubis, Bastet und Horus, deren Aussehen sich laut Rafael bis heute kaum verändert hatte.

Ich schürzte die Lippen. Unsere Götterfreunde waren uns definitiv eine Erklärung schuldig.

Schließlich war ich an der Reihe, über meine Mini-Zeitreise zu berichten. Ich beschrieb alles bis ins kleinste Detail, und auch Banitis kryptische Zauberformel ließ ich nicht aus.

»Eine Zauberformel?«, riefen Rafael und Finian wie aus einem Mund.

»Ja ..., oder zumindest so was in der Art«, bestätigte Bastet. »Und die war euch nicht nur zu dieser Zeit bekannt. Nicht nur die Kräfte der Priester, die ihr einst gewesen seid, auch die geheimen Formeln haben die Jahrtausende überdauert. All das existiert in euch weiter, bis in alle Ewigkeit. Wie ihr sicher schon bemerkt habt, wurde das alte Wissen nicht nur in mündlicher Form, sondern auch auf dem Weg der Wiedergeburt von einer Wächtergeneration zur nächsten weitergegeben. Nicht mal Anubis, Horus und ich kennen die Formeln, und das macht euch drei so wichtig. Und das ist noch nicht alles: In der Vergangenheit seid ihr mehr als einmal die Hüter des Sternentors gewesen und musstet euch jedes Mal aufs Neue an alles zurückerinnern, genau wie jetzt.«

»Allerdings hatten wir nur in einem einzigen früheren Leben Kontakt zueinander«, offenbarte Horus. »Und zwar in jenem, in dem ihr dem Dunklen Pharao Einhalt geboten habt.«

»Und deswegen ist der Pharao auch so scharf darauf, uns loszuwerden. Wir waren ihm damals im Weg und sind es heute wieder«, schlussfolgerte Rafael.

Horus nickte.

»Oh Mann, ist das verwirrend«, seufzte Finian. »Das muss ich alles erst mal sacken lassen. Am besten bei 'nem eiskalten Ginger Ale aus der Minibar.«

»Oder unter der Dusche«, schlug Rafael vor.

»Das kann ich gut verstehen«, sagte Bastet. »Euer Tag war sehr lang, und vor allem sehr anstrengend. Erst die Jagd nach euren Amuletten, dann der Kampf gegen Ammit und ihre Bagage und zusätzlich noch die Rückführung und die vielen verwirrenden Informationen. Da muss man ja verwirrt sein.«

»Yep, sehe ich genauso. Deswegen machen wir jetzt mal Feierabend«, bestimmte Anubis. »Die Kids sind gleichzeitig müde *und* aufgedreht – ein Zustand, in dem man sich am besten aufs Ohr legt, die Decke über den Kopf zieht und ›Nach mir die Sintflut!‹ denkt.«

Alle stimmten ihm zu. Auch ich.

Wo er recht hat, hat er recht. Erschöpft ließ ich mich mit dem Rücken gegen die Palme sinken. Mein Kopf fühlte sich an wie ein heiß gelaufener Computer, der kurz davor war, abzustürzen. *Nach mir die Sintflut!*, dachte ich und schloss die Augen.

16. Kapitel

Der Spaziergang tat ungemein gut. Er beruhigte meine aufgeriebenen Nerven, die in den letzten Tagen kaum zur Ruhe kommen konnten. Gemeinsam streiften wir am Nilufer entlang und genossen die Stille, die uns abseits der Stadt umfing. Der Himmel war mit Sternen übersät, und hin und wieder hatte ich das Glück, eine Sternschnuppe zu sehen. Ich fragte mich, an welchem Ort auf der Erde sie wohl niedergehen mochte, und was die Menschen sich bei ihrem Anblick wünschten.

Es war bereits spät in der Nacht. Nach einem gemeinsamen Spieleabend mit unseren Eltern hatten wir uns wieder einmal heimlich über die Terrassentür davongestohlen.

Ständig diese Heimlichtuerei ... Noch keine achtzehn zu sein, war manchmal wirklich anstrengend – beinahe so anstrengend wie unser heutiges Training.

Nachdem wir eine Weile herumgewandert waren, ließen wir uns zwischen einer Gruppe Palmen nieder und blickten wortlos zum Himmel, an dem die Sterne funkelten wie Kristalle auf dunkelblauem Samt.

So lange, bis Anubis sich irgendwann räusperte und mit ungewohnt kleinlauter Stimme sagte: »Wir, ähm ..., müssen euch was gestehen.«

Sämtliche Blicke fielen auf ihn.

»Also ..., eigentlich ist uns die Sache richtig peinlich. Aber wir haben vor, heute offen darüber zu reden.«

»Okay.« Finian warf einen erwartungsvollen Blick in die Runde. »Dann lasst mal hören.«

»Ihr erinnert euch doch sicher noch gut an den Tag unseres Kennenlernens, nicht wahr?«, fragte Horus. »Als wir euch nebenbei wissen ließen, dass wir keine Götter sind.«

»Ja, natürlich«, erwiderte Rafael. »Ich rätsele schon die ganze Zeit über, was ihr stattdessen seid.«

»Genau deshalb werden wir uns jetzt mal *outen*, wie ihr Menschen es heutzutage nennt«, sagte Anubis.

»Fakt ist: Die Menschen im Altertum haben uns für etwas gehalten, das wir nie waren.« Horus senkte den Kopf. Er wirkte beschämt. »Genauer gesagt, Anubis und ich sind wie Ammit. Genmanipulierte

Mischwesen, erschaffen von den Atlantern, im Besitz von Psi-Kräften und versehen mit einer enorm langen Lebensspanne.«

»Echt?«, staunte Rafael. Ein Funkeln trat in seine Augen. »Dann gibt es solche Mensch-Tier-Hybriden wie in den Science-Fiction-Filmen also in echt?«

Horus nickte, wobei ich mir nicht sicher war, ob er überhaupt wusste, was Science-Fiction-Filme waren. »Auch die meisten anderen Gestalten der altägyptischen ... ›Götterwelt‹ sind Wesen wie wir. Wobei längst nicht mehr alle von ihnen am Leben sind. Nur noch ein kleiner Rest ist übriggeblieben.«

»Außer Bastet, die ist kein Hybrid. Als Katzenmensch hat sie von Natur aus Ähnlichkeit mit uns, aber das wäre dann auch schon alles«, erinnerte Anubis an die Herkunft der Katzenkönigin.

»Uns jedoch«, fuhr Horus fort, »haben die Atlanter als Beschützer ihrer Nachfahren erschaffen, bevor sie zu ihrem Planeten zurückgekehrt sind, der übrigens den Namen Atlan trägt. Wer diese Nachfahren sind, könnt ihr euch sicher denken.«

»Die alten Ägypter?«, vermutete ich.

Anubis nickte. »Yep. Und das Volk, das in der Zeit zwischen den Atlantern und den alten Ägyptern gelebt hat.«

»Und nicht nur auf ihre Nachkommen sollen wir achtgeben, auch die Verantwortung für das alte Ägypten haben wir ›Götter‹ auferlegt bekommen. Dazu gehört auch die Mitverantwortung für die Halle der Aufzeichnungen und das Sternentor«, erklärte Horus. »Immer dann, wenn Gefahr in Verzug ist, werden wir erweckt und zur Verteidigung eingesetzt.«

»Erweckt? Aus diesem Eisigen Schlaf, den ihr mal erwähnt habt?«, fragte Rafael.

»Korrekt, junger Freund.« Anubis kratzte sich hinterm Ohr. »Der Eisige Schlaf, das ist nichts anderes als ein ewiger Kälteschlaf. Mit anderen Worten, wir steigen in unsere Kryotanks und werden eingefroren. So verpennen wir dann die Jahre und Jahrhunderte, bis wir wieder gebraucht werden.«

»Was für die heutige Menschheit noch in ferner Zukunft liegt, war den Atlantern bereits vor vielen tausend Jahren möglich. Ihre Technik war wesentlich weiterentwickelter als die der heutigen Zivilisation«, erläuterte Horus.

»Echt krass«, murmelte Rafael.

»Und grausam«, setzte ich schaudernd hinzu. Ich wollte mir lieber nicht vorstellen, wie es sich anfühlte, für eine so lange Zeit eingefroren zu sein.

»Und wenn bei euch mal der Strom ausfällt?«, fragte Finian mit nach oben gezogener Braue.

»Ha, das kann er gar nicht.« Anubis schüttelte den Kopf. »Wir Eingeweihten bekommen unsere Energie nämlich aus einer Quelle, die niemals versiegt. Sie ist unsichtbar, dafür aber überall um uns herum, und man kann sie jederzeit anzapfen – vorausgesetzt man weiß, wie das gemacht wird. Und das Beste daran: Sie hält die Technologie über Jahrtausende am Laufen.«

»Coole Sache«, meinte Finian. »Wenn wir so was daheim hätten, bräuchte Papa nie wieder Stromrechnungen zu bezahlen.«

»Ja, ich muss zugeben, so was ist echt praktisch«, fuhr Anubis fort. Seufzend blickte er zum Nachthimmel. »Wenn das Ganze nur nicht so frustrierend wäre … Kaum sind wir aus diesen arschkalten Kisten gestiegen, müssen wir nicht nur Ägypten retten, sondern die ganze Welt. Und das jetzt schon zum zweiten Mal. Eine verdammt harte Aufgabe, wenn ihr mich fragt.«

Bastets Blick wurde besorgt ob des spontanen Themenwechsels. »Wenn es dem Pharao wirklich gelingen sollte, die Menschheit zu unterwerfen, wären die Menschen nichts anderes mehr als eine wehrlose Schafherde. Die Nibirer würden sich immer neue Sklaven nehmen und sie zu ihrem Heimatplaneten bringen, um sie dort die Knochenarbeit verrichten zu lassen. Freiheit wäre dann ein Fremdwort.«

Bei diesen Worten wurde mir elend. Eine kalte Beklemmung stieg in mir auf und trieb mir einen Kloß in den Hals. *Nein. Das darf nicht passieren!* Meine Hände ballten sich zu Fäusten. Voller Sorge dachte ich an meine Eltern und Großeltern, an Kimberly und meine anderen Freunde, die den Nibirern dann ebenfalls in die Hände fallen würden. Das durften wir auf keinen Fall zulassen!

Einen Augenblick lang herrschte Schweigen.

Dann wandte Rafael sich an die beiden Hybriden: »Um auf das eigentliche Thema zurückzukommen … Warum ist es euch so peinlich, Mischwesen zu sein, dass ihr es uns bis jetzt verheimlicht habt?«

»Genau das hab ich mich auch gefragt«, sagte Finian.

Horus hüstelte, als würde ihn etwas im Hals kitzeln. Dann antwortete er mit freudloser Stimme: »Weil wir nicht im Mutterleib, sondern im Labor entstanden sind und dies ein unverzeihlicher Eingriff in die Natur ist. Und außerdem ...«

»... sind wir nicht die heldenhaften Götter, für die uns die alten Ägypter gehalten haben«, führte Anubis den Satz zu Ende. »Vor allem Horus schämt sich wegen seiner Herkunft.« Er schaute zu seinem sonst so stolzen Freund, der einen geknickten Eindruck machte.

»Ich konnte ihren Vorstellungen, einer der wichtigsten und mächtigsten Götter zu sein, in Wahrheit nicht entsprechen«, sagte Horus matt. »Nicht mal die Shemsu Hor wussten davon.«

»Also, ich kann nun wirklich nichts an euch entdecken, wofür ihr euch schämen müsstet«, hielt ich dagegen. »Wenn ihr mal so richtig bekloppte Gestalten sehen wollt, dann schaut euch doch mal bei uns in der Menschenwelt um. Da müsst ihr nicht mal lange suchen.«

»Vor allem an unserer Schule. Da werdet ihr so Einiges finden«, sagte Finian und grinste. Dann streckte er beide Daumen nach oben. »Ihr seid völlig in Ordnung so, wie ihr seid. Macht euch da mal keinen Kopf.«

Rafael schenkte ihnen ein aufmunterndes Lächeln. »Außerdem ist es doch gar nicht so wichtig, woher man kommt. Hauptsache, man ist ein guter Mensch, ... ähm, Hybrid.«

»Für mich werdet ihr immer Götter sein«, sagte ich, und ich meinte es auch so.

»Danke.« Horus lächelte. Auf ungewohnt süße Art wirkte er gerührt.

Ein Moment verging, in dem niemand etwas sagte.

Dann fragte ich: »Du hast vorhin die Shemsu Hor erwähnt. Sie waren ein Geheimorden, stimmt's?«

»Ja«, sagte Horus. »Und ihr wart einst ein Teil davon.«

Ich nickte. »Während meiner Rückführung hab ich mich an den Namen erinnert, doch über den Orden selbst weiß ich nichts Näheres. Gerade da lässt mich meine Erinnerung im Stich.«

»Ist ja auch schon eine Weile her«, meinte Anubis.

»Die Shemsu Hor waren die Hüter des heiligen Wissens von Atlantis, aber auch die Hüter des Sternentors und der Halle der Aufzeichnungen, und ihr wart drei ihrer wichtigsten Priester. Außerdem haben sie den Dunklen Pharao bekämpft«, erklärte Horus. Er hob bedeutungsvoll die Brauen. »Ihr werdet es selbst noch nicht bemerkt haben, aber wir haben uns zwischendurch schon mal auf Atlantisch unterhalten – und auf Altägyptisch.«

»Ist nicht wahr!«, rief Finian dazwischen.

»Oh doch«, sagte Anubis. »Euer Unterbewusstsein erinnert sich an jene Sprache, die eure Muttersprache gewesen ist, und ebenso an die Sprache eurer altägyptischen Nachfahren. Und da ihr so tief damit verwurzelt seid, ist es euch noch nicht mal aufgefallen, wenn wir in einer anderen Sprache gesprochen haben.«

Überrascht sog ich die Luft ein. Unglaublich ... Tatsächlich hatten weder ich noch Rafael oder Finian etwas davon gemerkt!

»Die alten Ägypter haben vieles aus Atlantis übernommen. Daraus ist im Laufe der Zeit die altägyptische Kultur entstanden. Ein ewiges Geheimnis der Menschheit«, schloss Anubis mit einem theatralischen Seufzen.

Ein ewiges Geheimnis ...

Ein Geheimnis!

Ja, da gab es noch etwas zu klären, bevor ich dem Pharao gegenübertrat ...

Mein Blick richtete sich auf Bastet. »Apropos Geheimnis ... Wann verrätst du mir endlich *deines*?«, kam es mir über die Lippen, bevor ich hätte darüber nachdenken können.

Die Katzenkönigin zuckte bei meiner Frage merklich zusammen. Offenbar hatte ich sie eiskalt erwischt.

»Ein ..., ein Geheimnis?«, stammelte sie. »Aber ich ..., ich ...«

Als sie nicht weitersprach, beschloss ich, ihrem Gedächtnis auf die Sprünge zu helfen. »Seit wir uns kennen, benimmst du dich mir gegenüber seltsam und verdächtig. Zum Beispiel redest du über irgendeine Schuld und gehst dauernd auf Abstand, obwohl du behauptest, dein Verhalten hätte nichts mit mir zu tun. Und außerdem«, ich schluckte, »hat Ammit diese komischen Sachen über dich gesagt. Da steckt doch mehr dahinter als nur Dummgelaber, oder?«

»Aber nein, natürlich nicht. Da ist nichts. Ich habe überhaupt kein Gehei –«

»Erzähl mir keinen Mist!«, raunzte ich sie an. Ihre gespielte Ahnungslosigkeit machte mich einfach nur wütend. »Ich weiß, dass du mir etwas verheimlichst. Und das betrifft *mich*!« Ich schluckte einen harten Knoten hinunter, der sich in meinem Hals gebildet hatte, und presste hervor: »Ich hab ein Recht darauf, es zu erfahren.«

Bastet schnaubte durch die Nase. »Na, hör mal! Wie redest du denn mit –«

»Hey, hey, hey! Ganz ruhig, ihr beiden.« Anubis machte eine beschwichtigende Geste – wobei ihm das schlechte Gewissen ins Gesicht geschrieben stand. Genau wie Horus.

»Warum sagst du es mir nicht einfach?«, fragte ich in erzwungen ruhigem Ton. In einer solchen Situation fiel es mir äußerst schwer, mein Temperament zu zügeln. »Ist es etwas so Schlimmes, dass –«

»Bitte, Emily. Beruhige dich.« Bastets Lippen verzogen sich zu einem verunglückten Lächeln. »Ich kann dich ja verstehen. Wirklich.«

»Ehrlich?« Verblüfft sah ich sie an. War sie nun etwa doch bereit, mir ihr Geheimnis mitzuteilen?

Ihre Antwort zerschlug meine vage Hoffnung. »Ja, ehrlich. Ich kann gut nachvollziehen, wie du dich gerade fühlen musst. In der kurzen Zeit, in der du hier bist, hast du schon unheimlich viel mitgemacht. Wahrscheinlich sogar mehr, als andere Menschen in ihrem ganzen Leben. Da ist es nun wirklich kein Wunder, dass du hinter allem etwas ... Ungutes vermutest. Aber keine Sorge, alles wird gut. Gemeinsam schaffen wir das.« Sie sah mir direkt ins Gesicht, und ihr Lächeln wurde selbstsicherer. »Doch erst mal musst du dich beruhigen, meine Liebe.«

Bastets Blick versenkte sich tief in meinen, und ich spürte, wie das bereits bekannte Wattegefühl von meinem Denken Besitz ergreifen wollte. Doch diesmal würde ich sie nicht damit durchkommen lassen. Bevor die Wärme mich einlullen konnte, beschwor ich mit aller Kraft eine innere Barriere herauf, die diesen Vorgang schneller beendete, als er begonnen hatte. Ein letztes klägliches Aufbäumen, als die unsichtbare Macht gegen meine Mauer prallte – dann brach Bastets Manipulationsversuch vollends in sich zusammen.

»Deine Hypnose kannst du dir in Zukunft sparen. Die wirkt bei mir nicht mehr.« Nun war ich diejenige, die lächelte.

Ungläubig starrte Bastet mich an. Sie bekam vor Erstaunen den Mund nicht mehr zu.

Mein Lächeln verbreitete sich. »Ich bin bekannt dafür, ein Sturkopf zu sein, und ich gebe nie vorschnell auf. Deshalb dachte ich mir: Wenn es mir schon gelungen ist, dich ohne den Skarabäus herbeizurufen, gelingt es mir vielleicht auch, deinen Hypnoseblick zu stoppen.« Ich verschränkte die Arme vor der Brust und bedachte Bastet mit einem unnachgiebigen Blick. »So. Und jetzt bist *du* dran.«

Ein unbehagliches Schweigen legte sich über die Runde.

Der Erste, der sich zu alldem äußerte, war Anubis. »Ähm, na ja ... Also, Bastet ... Ich will dir jetzt nicht in den Rücken fallen, oder so. Aber findest du nicht auch, du solltest es dem Mädchen endlich sagen?«

»Aber ..., Anubis.« Das Gesicht der Katzenkönigin verzog sich wie unter Schmerzen. Nun wirkte sie nicht mehr überrascht, sondern sehr, sehr traurig. Sie schien kurz davor, in Tränen auszubrechen. »Anubis ... Wie soll ich denn ... Wie kann ich denn nur ...«

»Anubis hat recht«, meinte Horus mit sanfter Stimme. »Indem du schweigst, machst du es nur noch schlimmer.«

Nun war es offiziell: Bastet verheimlichte tatsächlich etwas vor mir. Hatte ich es doch gewusst!

»Was hat Ammit damit gemeint, als sie sagte, du hättest mich schon einmal im Stich gelassen?«, bohrte ich nach. Ich atmete tief ein, bevor ich mit meinem Verdacht herausrückte: »Es hat was mit meinem früheren Leben zu tun, richtig?«

An Bastets Miene erkannte ich, dass ich damit ins Schwarze getroffen hatte. Und doch versetzte es mir einen Stich, als sie mich plötzlich so verzweifelt ansah. Ihre Lippen begannen zu zittern. Tränen lösten sich aus ihren großen grünen Augen, liefen über ihre Wangen und fingen sich in ihren Mundwinkeln. Mit einem Schluchzen sprang sie auf und lief davon.

Die anderen starrten ihr wortlos hinterher – dann fielen sämtliche Blicke auf mich.

»Ich hab's ja schon oft genug gesagt«, versetzte Anubis. »Irgendwann kommt alles ans Licht.«

Horus blickte zum Himmel und seufzte lautstark. »Bringen wir es hinter uns, mein Freund?«

Anubis warf mir einen mitleidigen Blick zu. Dann zuckte er mit den Schultern. »Was bleibt uns anderes übrig?«

Horus antwortete mit einem Nicken.

Dann wandten sie sich mir zu, und mein Herz begann schneller zu schlagen, als Horus mich zu sich winkte.

17. Kapitel

Nachdem die Nebelschlieren sich aufgelöst hatten, fand ich mich vor dem Eingang eines langgezogenen Gebäudes wieder, dessen cremeweiße Mauern das Licht der Abendsonne reflektierten. Es handelte sich um einen Tempel, flankiert von mannshohen Horus-Statuen.

Mein Blick blieb an einer zierlichen Gestalt hängen, die auf einer der Treppenstufen saß und schweigend vor sich hinstarrte. *Nefertiti?* Ich trat näher heran und bemerkte die Sorge im Gesicht der jungen Frau. *Was ist da passiert?*

Kaum hatte ich mir diese Frage gestellt, entstand ein unsichtbarer Sog zwischen uns beiden. Wie beim letzten Mal schwebte ich auf sie zu und verschmolz mit ihr zu einer Person. Ohne mein Zutun tauchte ich in Nefertitis Gedankenwelt ein. In *meine* Gedankenwelt. Ich verspürte eine große Unsicherheit in mir und die Angst davor, meiner Verantwortung als Hüterin nicht gerecht zu werden.

Kann ich das alles überhaupt bewältigen?

Bin ich wirklich würdig genug?

Meint Baniti tatsächlich mich?

Und wird es mir und den anderen gelingen, den Dunklen Herrscher zu besiegen?

Während meine Gedanken um die neue Aufgabe kreisten, bemerkte ich eine Bewegung aus dem Augenwinkel und drehte langsam den Kopf zur Seite. Ein schwaches Lächeln huschte über mein Gesicht, als Bastet sich neben mir niederließ und mein Lächeln erwiderte. Ein Gefühl von Erleichterung stieg in mir auf, als ich in ihre großen grünen Augen sah, die mir so vertraut waren. Ich spürte eine Wärme in mir, wie ich sie in meinem Leben nur selten erlebt hatte; die Wärme wahrer Freundschaft.

Als hätte Bastet meine trüben Gedanken gelesen, legte sie ihre Hand auf meine Schulter und sagte: »Mach dir nicht so viele Sorgen. Ich weiß, du kannst es schaffen. Denn ich glaube an dich, unerschütterlich.«

»Danke dir. Das weiß ich sehr zu schätzen.« Ganz selbstverständlich legte ich meinen Kopf an ihre Schulter, so als hätte ich in meinem Leben nie etwas anderes getan. Auf ihrem Heimatplaneten war Bastet eine große Königin und Kriegsherrin, doch hier auf Erden war sie meine beste Freundin.

»Du weißt, ich bin immer für dich da. Es gibt nichts, vor dem du dich fürchten müsstest«, vernahm ich Bastets Stimme über meinem Kopf. »Deine Kräfte sind enorm, und du weißt dich zu wehren. Alles wird gut.«

Ich ließ ihre Worte auf mich wirken. Dann antwortete ich: »Ja, ich weiß. Du hast recht, wie so oft. Ich sollte aufhören, an mir selbst zu zweifeln, und meiner Aufgabe mit Zuversicht entgegensehen.«

»So ist es richtig«, bekräftigte Bastet. »Lass die Zweifel ziehen und den Mut in dein Herz fließen. Du kannst das, und du bist nicht allein. Unsere Freunde sind stets an unserer Seite. Gemeinsam stehen wir das durch.«

Beruhigt schloss ich die Augen. »Das ist wahr. Ich kann mir keine besseren Gefährten wünschen.«

In jenem Moment spürte ich das tiefe Vertrauen, das ich Bastet entgegenbrachte, und die enge Freundschaft, die uns verband. Es fühlte sich an, als wären wir Schwestern.

»Du schaffst das. Ich glaube an dich«, wiederholte Bastet, als ich unvermittelt aus Nefertitis Körper gezogen wurde und sich erneut der Nebel vor meinem Blickfeld ausbreitete.

Voller Ungeduld wartete ich, bis die wattigen Gebilde zur Seite glitten und ein neues Bild freigaben – oder vielmehr eine Reihe von Momenten. Wie ein innerer Film, der mir Szenen längst vergangener Tage in Erinnerung rief.

Ich sah mich Seite an Seite mit Atum und Sekani. Gemeinsam mit den Göttern arbeiteten wir an unseren Psi-Kräften. All das wirkte so real, als würde es in genau diesem Moment geschehen. Ich spürte den warmen Sand unter meinen Füßen, durchzogen von spitzen Steinchen, die mir in die Sohlen piksten. Die breit gefächerten Palmwedel spendeten uns Schatten, so dass ich mich auf mein Training konzentrieren konnte, ohne zu sehr von der Hitze beeinträchtigt zu werden.

Zack! Ohne Vorwarnung löste ich mich in Luft auf, um Sekunden später hinter Bastet zu erscheinen und ihr grinsend auf die Schulter zu tippen. Es war mir gelungen, sie zu überraschen.

Die Katzenkönigin drehte sich zu mir um und nickte mir anerkennend zu. »Du wirst immer schneller, meine Liebe. Weiter so!«

Großer Stolz erfüllte mich. Ich befand mich auf dem richtigen Weg, so viel war sicher.

...

Im nächsten Moment fühlte ich kühles Wasser über mein Gesicht laufen. Ein vergnügtes Quietschen entfuhr mir, als ich von einem weiteren, noch größeren Schwall getroffen wurde und Bastets freches Lachen ertönte. Ich rieb mir das Wasser aus den Augen und lachte ebenfalls, ausgelassen und fröhlich wie ein Kind.

Drüben am Nilufer hockten Atum und Sekani auf einem flachen Felsen und winkten mir zu. Sie befanden sich gerade in einer wichtigen Besprechung mit Horus und Anubis. Bastet und ich waren mit unserer Unterredung früher fertig und gönnten uns ein erfrischendes Bad im Fluss. Bald schon würden wir gegen den Dunklen Herrscher in den Kampf ziehen, da konnte ein wenig Spaß nicht schaden. Schließlich wusste niemand, wie die Schlacht ausgehen würde.

...

Als nächstes fand ich mich in einer Wüste wieder, deren Dünen bis weit in die Ferne reichten. Wie zwei Krieger standen Bastet und ich in der Nähe einer felsigen Hügelkette. Es war unerträglich heiß, ich fühlte, wie der Schweiß über meinen Rücken lief und in meinem Leinengewand versickerte. Auch Atum und Sekani erging es nicht besser. Sie standen neben ihren Götterfreunden und wischten sich den Schweiß von der Stirn.

In geringer Entfernung gähnte uns der Eingang einer Höhle entgegen, gut verborgen hinter einer Reihe überstehender Felsen und ausschließlich von unserer Position aus einsehbar. Hätten die Götter uns nicht darauf aufmerksam gemacht, wären wir womöglich daran vorbeigelaufen.

»Dort liegt unser Ziel«, erwähnte Horus mit hartem Blick. »Dort müssen wir hinein.«

»Seid ihr bereit, Freunde?«, warf Anubis in die Runde. Auch seine Miene war äußerst angespannt.

Alle bejahten.

Ein mulmiges Gefühl breitete sich in mir aus und ließ mein Herz bis zum Hals schlagen. Nur noch dieser eine Gang, der uns tief unter die Erde führte, lag zwischen uns und dem Dunklen Herrscher!

Als hätte Bastet gespürt, was in mir vorging, legte sie ihre Hand auf meine Schulter und versicherte: »Keine Sorge. Ich bin bei dir und werde dich beschützen.«

Ich atmete tief ein. Dann fasste ich nach ihrer Hand und drückte sie. »Ja«, entgegnete ich. »Mit dir an meiner Seite kann ich alles schaffen.«

»Du bist sehr stark, vergiss das niemals«, sagte Bastet in eindringlichem Ton. »Glaub an dich, so wie ich an dich glaube. Dann wird dir alles gelingen.«

Wir sahen einander an, lächelten uns ein letztes Mal zu. Dann schritten wir gemeinsam dem Höhleneingang entgegen.

...

Ein Ruck ging durch mich hindurch, als ich mich inmitten eines erbitterten Kampfes wiederfand, der einfach kein Ende nehmen wollte. Mit dem Mut der Verzweiflung schlug ich mich durch eine Armee von Mumien, Ungeheuern und Nibirern, stets bemüht, nicht von ihren Waffen getroffen zu werden. Gemeinsam kämpften Atum, Sekani und ich uns durch das Gewimmel, dicht gefolgt von Bastet, Anubis und Horus, die uns Rückendeckung gaben. Gezielt steuerten wir auf ein großes steinernes Tor zu, das in einer hohen Felswand eingelassen war, und ...

... von da an nahm ich alles nur noch bruchstückhaft wahr, wie durch einen Schleier.

Irgendwie schafften wir es, das Tor zu öffnen ..., den Dunklen Herrscher zu besiegen ..., ihn in eine Kammer zu stoßen ...

Doch er kam zurück ..., zurück durch das beinahe geschlossene Tor. Ich stürzte mich auf ihn ..., mit einem wütenden Schrei ...

Stieß ihn zurück durch den Spalt, durch den er zu fliehen versuchte ..., als sich eine harte Hand um meinen Arm schloss und mich mit nach innen zerrte.

»Bastet! Hilf miiir!«, brüllte ich ..., in Todesangst ..., als mir eine entsetzliche Kälte entgegenschlug.

Ich schaute auf das halb geöffnete Tor, durch das Licht zu mir ins Dunkel fiel ... Ein entsetzter Schrei entrang sich mir ..., es begann sich wieder zu schließen.

Ein Schatten von menschlicher Gestalt, der versuchte, zu mir zu gelangen ..., Bastets Gesicht, vor Panik verzerrt ...

Dann folgte eine endlose Dunkelheit ... Angst und Verzweiflung blieben in meinem Innern zurück und ließen mich erstarren.

Bastet ... Wo bist du?

Eine alles tötende Kälte erfasste meinen Leib ..., gefror ihn zu Eis.

Bitte hilf mir ... Bastet ...

Doch sie kam nicht, und plötzlich ...

... war ich tot.

18. Kapitel

Schreiend fuhr ich hoch. Das Herz schlug mir bis zum Hals und schien dort steckenzubleiben. Mein verschwommener Blick richtete sich auf vier Gestalten, die im Schneidersitz vor mir saßen und mich allesamt anstarrten. Mir war kalt. *Sehr* kalt. Ich schlang die Arme um meinen Oberkörper und versuchte, ein Frösteln zu unterdrücken, was mir jedoch nicht gelang.

Der trübe Schleier in meinem Kopf wurde dünner und verflüchtigte sich schließlich ganz. Mein Blick klärte sich, und mir wurde bewusst, dass es sich bei den Gestalten um meine Freunde handelte.

Einen Moment lang saß ich einfach nur da und starrte vor mich hin. Dann stieß ich hervor: »Ich war in ... der Duat!«

Anubis sah mich schweigend an, dann nickte er. »Ja, Emily. Du warst im Reich der Toten.« Ein Schatten legte sich auf sein Gesicht. »Kein schönes Erlebnis, ich weiß. Aber Horus und ich wollten fair zu dir sein. Wie du bereits sagtest: Du hast ein Recht darauf, die Wahrheit zu erfahren.«

»Nun kennst du Bastets Geheimnis. Es tut mir leid, dass du es auf diese Weise erfahren musstest«, fügte Horus hinzu. Sein Blick war voller Mitgefühl.

Ich schüttelte den Kopf. »Nein, es muss euch nicht leidtun. Denn jetzt hab ich endlich Klarheit. Ich selbst wollte es so.« Ich hielt kurz inne, als mir etwas klar wurde. »Die Vision, die ich während dem Kampf mit der Mumie hatte, neulich bei der Sphinx ... Das war ...«

»... nicht einfach nur irgendeine Vision«, führte Horus meinen Satz fort, »sondern ein Erinnerungsfetzen. Deine letzten Augenblicke im Leben von Nefertiti, bevor du ...«

»Verstehe.« Ich senkte den Kopf und verschränkte die Finger in meinem Schoß. Noch immer hallten die Ereignisse in mir nach, als wären sie gerade erst geschehen.

»Ehrlich gesagt, hätten wir überhaupt nicht damit gerechnet, dass sich einer von euch ohne Hypnose an sein früheres Leben erinnern würde«, gestand Anubis.

»Und ich hab bis vor einer Woche nicht mal geahnt, dass ich früher schon mal irgendwo *existiert* haben könnte«, gab ich zurück.

»Ich weiß«, entgegnete Horus. »Das ist alles etwas viel für euch.«

Plötzlich hatte ich einen dicken Kloß im Hals. »Bastet war früher mal meine beste Freundin, stimmt's?«

»Ja, und ihr wart unzertrennlich.« Ein wehmütiges Lächeln erschien auf Anubis' Gesicht. »Wie Pech und Schwefel. Alles – egal, was es war –, hast du ihr anvertraut. Sogar dein Leben.«

Nachdenklich kaute ich auf meiner Lippe herum. »Dann liegt es wohl an meiner Vergangenheit, dass ich mich so stark mit Bastet verbunden fühle.«

»Richtig«, bestätigte Horus. »Deine Verbundenheit ist bis in deine heutige Inkarnation erhalten geblieben.«

»Arme Bastet«, flüsterte ich. »Wie mag sie sich nur fühlen nach allem, was damals passiert ist?«

»Beschissen, natürlich«, sagte Anubis geradeheraus. »Schließlich hat sie versprochen, dich zu beschützen ... Und dann ist dieses Unglück passiert, und sie konnte nichts mehr für dich tun. Da kann es einem nur dreckig gehen.«

»Bastet hat sich ihr Zuspätkommen nie verzeihen können. Bis heute macht sie sich bittere Vorwürfe«, erklärte Horus. »Ihren Schmerz hat sie nie verwunden. Seit damals läuft sie vor ihrer Vergangenheit davon ... Doch nun ist es an der Zeit, dass sie sich ihren Dämonen stellt. Der Moment dafür ist jetzt gekommen.«

»Arme Bastet«, wiederholte ich flüsternd und spürte, wie mein Herz sich vor Traurigkeit zusammenzog. *Sie wollte mich retten, aber sie kam zu spät.*

Ich sah zum Himmel hinauf, wo die Sterne funkelten wie Diamantensplitter. Eine starke Sehnsucht nach Bastet stieg in mir auf. Leise Schluchzer entrangen sich mir; ich konnte die Tränen nicht mehr zurückhalten.

Bastet ... Beste Freundin ... Seelenschwester. Wie sehr musst du unter deinen Schuldgefühlen leiden?

Es war, als zöge sich eine Wand aus Watte um mich zusammen, die mich von den anderen abschnitt. Ihre Stimmen nahm ich kaum noch wahr. Je dichter die Watte wurde, desto weiter traten sie in den Hintergrund.

Warum hast du es mir nicht einfach gesagt? Wir hätten doch über alles reden können, genau wie damals.

Ich biss die Zähne zusammen. Der Gedanke an meine Freundin schmerzte wie Nadelstiche in meinem Herzen.

Ja, damals haben wir über alles geredet. Du warst immer für mich da, und ich für dich. Wie Schwestern.

Kühler Nachtwind strich über mein Gesicht.

Ich will nicht, dass du leidest. Ich wünsche mir, dass du die Vergangenheit hinter dir lassen kannst und alles wieder so wird wie vorher.

Ich musste zu Bastet, so schnell wie möglich. Sonst würde es mich zerreißen.

Ganz egal, wo du jetzt bist, ich werde dich finden.

Wild entschlossen wischte ich mir die Tränen aus dem Gesicht. Ich erhob mich auf die Beine, richtete mich auf – und die betäubende Watte fiel von mir ab. »Ich muss los. Sofort. Ich muss das klären. Jetzt oder nie.«

»Was? Mitten in der Nacht?«, versetzte Finian. »Aber das ist doch viel zu gefährlich!«

»Und außerdem weißt du doch gar nicht, wo Bastet sich gerade aufhält«, bemerkte Rafael. »Theoretisch könnte sie überall sein. Und wenn du dann noch Ammit und den Nibirern in die Arme läufst ...«

»Bitte lass den Quatsch. Wenn dir was zustößt, dann ...« Finian sah mich flehend an.

»Wir kommen mit dir!«, sagte Rafael kurzentschlossen, doch ich schüttelte nachdrücklich den Kopf.

»Nein. Ich werde allein gehen.«

Die Sorge meiner Brüder rührte mich – und dennoch ließ ich mich nicht von meinem Plan abbringen. Mit energischer Stimme stellte ich klar: »Egal, wo sie ist, ich werde sie finden.«

»Aber Emily!«, rief Rafael. »Wir haben schon weit nach Mitternacht. Die Sonne wird bald aufgehen, und wenn unsere Eltern merken, dass wir nicht im Hotelzimmer –«

»Keine Bange. Die werden gar nicht merken, dass wir weg waren«, fiel ich meinem Bruder ins Wort. »Bis zum Frühstück bin ich wieder im Hotel, versprochen.«

Anubis legte seine Hand auf Rafaels Schulter und versuchte sich an einem Lächeln. »Mach dir da mal keine Gedanken, Bro. Das mit eurer Rückkehr regeln wir schon.«

»Und auch Bastet wird Emily rechtzeitig zurückbringen«, versicherte Horus.

Doch Rafael wirkte immer noch besorgt. »Aber wie willst du Bastet denn so schnell finden?«

»Lass das nur mal meine Sorge sein«, erwiderte ich mit einem leichten Lächeln. »Ich weiß, ich kann sie aufspüren. Das sagt mir meine Intuition.«

Mit diesen Worten drehte ich mich um und entfernte mich aus dem Kreis meiner Kameraden, von denen keiner Anstalten machte, mir zu folgen. Ich lief ein Stück am Nil entlang und ließ mir den kühlen Nachtwind um die Nase wehen. Nun gab es kein Zurück mehr, ich war ganz auf mich allein gestellt.

Mein Herz klopfte vor Aufregung, als ich auf einem flachen Uferfelsen haltmachte. Ein zartrosa Streifen war bereits über dem Horizont zu sehen; bald würde die Sonne aufgehen. Ich musste mich beeilen.

Ich atmete tief durch und überblickte die stille Wasseroberfläche, bevor ich die Augen schloss und nach der starken inneren Verbindung suchte, die in der Wüste zwischen Bastet und mir entstanden war.

Diesmal wird *mein Teleport funktionieren. Ganz ohne Fehler.* Einem inneren Impuls folgend, hob ich die Hände zum Himmel und spreizte die Finger. Kosmische Energie strömte in mich hinein, durchfloss meinen gesamten Körper von den Fingerspitzen bis in die Zehen. Eine ungekannte Kraft wuchs in mir heran, die immer stärker wurde, und das Band zwischen Bastet und mir straffte sich, um mich in eine bestimmte Richtung zu ziehen.

Mein Körper kribbelte, als bewegten sich tausende Ameisen darüber – dann riss es mich fort. Gleich einem Blatt im Wind wirbelte ich umher ...

... bis ich wieder festen Boden unter den Füßen hatte.

Ich öffnete die Augen – und blickte auf einen Berg tonnenschwerer Steinquader, der ein Stück von mir entfernt in den Himmel ragte. Ich hielt den Atem an, als mein Blick an der Cheops-Pyramide hinaufwanderte und schließlich an einer Person hängenblieb, die ganz oben auf der Spitze saß. Im Dämmerlicht des frühen Morgens war sie lediglich als Schatten erkennbar, trotzdem wusste ich sofort, um wen es sich handelte. Bald schon würden die letzten Sterne am Himmel verblassen; die Zeit lief mir davon.

Das ist verdammt weit oben, flüsterte mir meine Höhenangst zu, woraufhin ich am ganzen Leib zu zittern begann. Mein Magen verkrampfte sich, und mir wurde schlecht.

19. KAPITEL

Wie versteinert stand ich da, den Blick auf die riesige Pyramide gerichtet. Ich hielt meinen Oberkörper mit den Armen umschlungen. Als ob diese kindliche Geste mir Schutz bieten würde vor der gewaltigen Höhe des Bauwerks – lächerlich! Und dennoch verkrallten sich meine Finger schmerzhaft in meinen Oberarmen.

Doch so groß meine Furcht auch war, in diesem Fall spielte sie eine untergeordnete Rolle. Die Sache zwischen Bastet und mir war viel zu wichtig, als dass ich sie jetzt einfach fallenlassen konnte. Ich musste auf der Stelle mit ihr sprechen, sonst würde ich vor Anspannung platzen. Einen solchen Stau an Emotionen würde ich nicht länger ertragen können. Bloß wie sollte ich an Bastet herankommen? Sie saß dort oben in schwindelerregenden einhundertneununddreißig Metern Höhe, und ich stand hier unten und zitterte wie Espenlaub!

Der morgenkühle Wüstenwind wehte mir um die Ohren und löste ein paar Haarsträhnen aus meinem Pferdeschwanz. Die Beleuchtung der Pyramiden war inzwischen abgeschaltet worden, so dass mich ein mattes Zwielicht umfing. Ich flüsterte mir beruhigende Worte zu und versicherte mich, dass ich tatsächlich allein war auf dem Gizeh-Plateau. Bis kurz nach Sonnenaufgang würde ich hier sicher noch meine Ruhe haben – zumindest hoffte ich das.

Es kostete mich einige Überwindung, ein weiteres Mal an der Pyramide hinaufzusehen. Ausgerechnet jetzt kamen mir die Internetfotos der beiden Spinner in den Sinn, die *dort* hochgeklettert waren, was das Ganze noch verschlimmerte. *Ob Bastet auch da hochgestiegen ist? – Oder nein. Sie hat sich garantiert dorthin teleportiert. Das wäre naheliegender.*

Ich schluckte einen Knoten hinunter, der sich in meinem Hals gebildet hatte. Wie auch immer, mir blieb keine andere Wahl, als mich ebenfalls dort hinaufzuteleportieren. Ich *musste* zu Bastet gelangen, koste es, was es wolle!

Ich stieß zischend den Atem aus. Trotz meiner Angst kniff ich die Augen zusammen und versuchte, mich auf die Spitze der Cheops-Pyramide zu konzentrieren. Durch die Internetfotos wusste ich, dass sich dort oben ein kleines Plateau befand, auf dem einst das Pyramidion platziert gewesen war. In dessen Mitte konnte ich landen, ohne einen Absturz zu riskieren.

Doch so sehr ich mich auch bemühte, das Einzige, was ich zustande brachte, war ein sanftes Kribbeln, das für die Dauer eines Wimpernschlages meinen Körper erfasste und sich sogleich wieder zurückzog. Ich versuchte es ein zweites Mal, dann ein drittes ... Doch es schien, als wäre mir ein weiterer Teleport heute nicht vergönnt.

Zum dritten Mal wanderte mein Blick hinauf zur Pyramidenspitze. Was sollte ich nur tun? Ich konnte die Kletterpartie der beiden Internettypen wohl kaum nachahmen. Mit Sicherheit würde ich abrutschen und mir beim Absturz sämtliche Knochen brechen.

Oh doch, Emily. Du kannst das!, vernahm ich plötzlich eine Stimme in meinem Kopf. Sie schien aus meinem tiefsten Innern zu kommen – und sie klang zu allem entschlossen. Obwohl ich sie noch nicht oft zu hören bekommen hatte, erkannte ich sie sofort.

»Nefertiti?«, hauchte ich den Namen meines früheren Ichs. »Du bist ... immer noch hier?«

Ja. Tief in deiner Seele existiere ich noch immer, als das Bewusstsein deiner früheren Inkarnation, erwiderte die Stimme.

Mit einem Mal wurde mir warm, und ich fühlte mich von Nefertitis Energie, von ihrem Licht erfüllt. Ihre bloße Nähe schenkte mir neuen Mut, der mir stärkend durch Körper, Geist und Seele floss. *Du schaffst das, Emily. Glaub immer an dich, und alles wird möglich.*

»Ja, das werde ich«, versprach ich ihr leise. »Danke, Nefertiti.«

Doch Nefertiti war bereits wieder verschwunden. Sie hatte sich dorthin zurückgezogen, wo sie seit Jahrtausenden existierte: in die Tiefen meiner Seele.

Ich schloss die Augen und atmete tief durch, bis mein wilder Herzschlag sich beruhigt hatte. Dann steuerte ich auf die Pyramide zu. Wie von selbst griffen meine Hände nach der Kante der untersten Steinreihe und zogen mich mit einem Ruck hinauf.

Während ich Quader um Quader die Pyramide erklomm, legte sich ein stolzes Lächeln auf meine Lippen. Ich hatte es geschafft! Meine Verbindung zu Bastet, meine Freundschaft zu ihr – all das war stärker als meine Höhenangst!

Mit jedem Meter, den ich keuchend und schwitzend hinter mir ließ, fiel die verdammte Angst weiter von mir ab, stürzte in die Tiefe und zerschellte am Boden des Gizeh-Plateaus wie Porzellan. Ganz egal, wie viel Kraft mich der Aufstieg kostete und wie sehr ich nach Luft rang, ich würde nicht aufgeben. Niemals!

Immer verbissener kletterte ich empor und gelangte kurz darauf ins Licht der ersten Sonnenstrahlen, die über dem Horizont erschienen waren. Meine Arme und Beine zitterten, als wäre ich mehrere Tage hintereinander im Kickbox-Training gewesen. *Nur noch ein paar Quaderreihen, dann ...*

Mit letzter Kraft zog ich mich auf das Plateau und sank zitternd auf die Knie. Schweiß lief über mein Gesicht und tropfte auf die uralten Steine, und meine Arme fühlten sich an, als würden sie jeden Moment unter meinem Gewicht nachgeben. Mit rasselndem Atem wagte ich einen Blick nach unten – und erstarrte, als ich realisierte, in welch schwindelerregender Höhe ich mich befand.

»Emily?« Bastets Stimme wehte zu mir herüber. Sie klang äußerst überrascht. »Was tust du hier?«

Wie es aussah, hatte sie mich jetzt erst bemerkt. Sie musste tief in Gedanken versunken gewesen sein.

Stolz und erleichtert zugleich sah ich ihr entgegen. »Bastet ... Ich hab es ... geschafft. Ich bin wirklich ... zu dir hochgek –«

»Emily!« Bastet kam sofort zu mir. Sie fiel auf die Knie und streckte ihre Hand nach mir aus, die sie jedoch auf halbem Weg wieder zurückzog. »Ist alles in Ordnung mit dir? Kannst du aufstehen?«

Ich nickte und erhob mich auf meine wackeligen Beine. Um möglichst viel Abstand zwischen mich und den Abgrund zu bringen, schlurfte ich zur Mitte des kleinen Plateaus. Obwohl ich heute meine Höhenangst besiegt hatte, war mir die Tiefe noch immer nicht geheuer. Ich ließ mich auf den Boden plumpsen und wartete, bis Bastet sich zu mir setzte.

Nach minutenlangem Schweigen ergriff Bastet das Wort: »Ich hätte nie gedacht, dass du es bis hierauf schaffen würdest.« Sie warf mir einen undeutbaren Seitenblick zu. »Eigentlich hatte ich vor ..., allein zu sein. An einem Ort, an den mir niemand folgen würde, erst recht nicht du mit deiner Höhenangst.« Sie räusperte sich. »Ich dachte mir, die Große Pyramide wäre der ideale Ort dafür. Und jetzt tauchst du hier auf, wie aus dem Nichts, todesmutig und ... aus freien Stücken.«

»Ja«, versetzte ich. »Was dagegen?«

Bastet schlug die Augen nieder. »Womit habe ich das verdient?«

»Du bist meine beste Freundin, schon vergessen?«, erwiderte ich mit einem Gefühl von Wärme. »Das warst du schon damals, als ich noch Nefertiti war.«

»Oh ... Du weißt also inzwischen Bescheid, was damals –«

Ihre Stimme versagte. Sie verbarg das Gesicht in den Händen und begann haltlos zu schluchzen. »Ich habe etwas Schreckliches getan, Emily. Etwas Unverzeihliches. Und ich wünschte, ich könnte es rückgängig machen.«

»Aber Bastet.« So sanft wie möglich zog ich ihre Hände vom Gesicht. Darunter kam eine Miene zum Vorschein, die von großem Schmerz gezeichnet war. »Bitte, Bastet. Hör auf zu weinen. Das tut mir weh.« Tröstend strich ich ihr über den Arm. »Alles ist gut.«

»Nein. Das ist es nicht.« Ihre Augen blickten ins Leere. »Immerhin bin ich für deinen ..., für Nefertitis Tod verantwortlich.« Ihr tränennasses Gesicht verzog sich vor Gram. Sie presste die Lider zusammen, zwischen denen noch mehr Tränen hervorquollen. »Ich bin an allem schuld. Nur ich allein. Ich habe versprochen, immer für dich da zu sein. Dich zu beschützen. Doch ich habe versagt. Das werde ich mir nie verzeihen.«

»Oh, Bastet.« Nun kamen auch mir die Tränen. Ich rückte näher an sie heran und schlang fest meine Arme um sie. »Ganz egal, was damals passiert ist: Du bist immer noch meine beste Freundin ... Außerdem gibt es gar nichts zu verzeihen. Ich selbst bin damals einfach losgelaufen, um den Pharao zurück ins Sternentor zu stoßen. Weil ich die Erste von uns war, die seinen Fluchtversuch bemerkt hat. Es war meine eigene Schuld, denn ich hab gehandelt, ohne nachzudenken. Du hast nur deshalb zu spät reagiert, weil ich ein Stück hinter dir gestanden hab und du nicht sofort gesehen hast, wie ich losgerannt bin.« Ich zog die Nase hoch. »Deshalb trägst du für nichts die Schuld. Es war ein dummer Unfall, es ging alles viel zu schnell. Du *konntest* gar nicht früher bei mir sein, egal, wie sehr du dich beeilt hast.«

»Aber ich ..., ich –«

»Und außerdem«, sprach ich weiter, »bin ich jetzt ja wieder hier, bei dir.« Ich ließ sie los, nahm ihr Gesicht zwischen meine Hände und zwang sie, mich anzusehen. Ein Lächeln legte sich auf meine Lippen. »Der Tod ist nur ein Übergang, und nicht das Ende. Das hab ich hier in Ägypten gelernt. Genauer gesagt, bei euch dreien. Deshalb werden wir uns immer und immer wiedersehen, in unseren zukünftigen Leben. Da bin ich mir ganz sicher.«

Genauso sicher, wie ich nun wusste, woher meine Vertrautheit mit den Pyramiden stammte, und warum ich mich von Anfang an so stark zu Bastet hingezogen gefühlt hatte.

»Lass uns vergessen, was damals war. Das ist Vergangenheit und soll Vergangenheit bleiben.« Ich zog die Beine an meinen Körper und umschlang sie mit den Armen.

Einen Moment lang sah Bastet mich einfach nur an. Dann sagte sie: »Du hast eine hohe geistige Reife für dein Alter, weißt du das?«

Ein leises Lachen entfuhr mir. »Komisch. Meine Eltern sagen auch immer, ich wäre meinem Alter weit voraus ... Obwohl sie auf der anderen Seite behaupten, wie kindlich und verspielt ich oft noch wäre. Passt irgendwie nicht so ganz zusammen.«

»Klingt nach einer interessanten Persönlichkeit, findest du nicht?« Bastets Mundwinkel verzogen sich zu einem winzigen Lächeln. Es machte mich froh, sie wieder lächeln zu sehen.

Erneut hüllten wir uns in Schweigen. Die Sonne hatte sich inzwischen zu zwei Dritteln über dem Horizont erhoben, was bedeutete, dass uns nicht mehr viel Zeit blieb. Bis zum Frühstück musste ich wieder im Hotel sein, sonst würden meine Eltern mich noch als vermisst melden.

»Dann hast du mir also wirklich vergeben?«, fragte Bastet vorsichtig.

Ich sah ihr in die Augen und nickte bekräftigend. »Ja, natürlich. Sonst wäre ich jetzt nicht bei dir ... Nur eine Sache würde ich noch gern von dir wissen.«

»Und die wäre?«

»Warum habt ihr das ganze Wissen und die Rückführungen so lange vor uns geheimgehalten? Hättet ihr uns von Anfang an eingeweiht, dann glaube ich, wäre alles sehr viel einfacher gewesen, und wir hätten unsere Psi-Kräfte bestimmt schneller wiedererlernt.«

»Mhm. Ja, da hast du wohl recht.« Bastet blickte etwas zerknirscht drein. »Im Grunde war es nur deshalb, weil ..., na ja. Vielleicht war ich nur egoistisch. Ich wollte verhindern, dass mein Versagen ans Licht kommt und du mich hassen würdest. Horus und Anubis haben euch nur nichts verraten, um mich zu schützen. Das ist der Grund, warum ihr alles erst jetzt erfahren habt.«

»Ganz ehrlich, Bastet. Selbst dann, wenn ich früher von allem gewusst hätte, hätte ich dich garantiert nicht gehasst. Das damals war nicht deine Schuld und basta«, versicherte ich ihr mit Nachdruck. »Übrigens, ich vertraue dir immer noch. Genau wie früher.«

Bevor sie etwas entgegnen konnte, schlang ich erneut meine Arme um sie, und dieses Mal erwiderte sie meine Umarmung. Noch in derselben Sekunde spürte ich, wie sich die Distanz zwischen uns ein für allemal auflöste, was mich mit großem Glück erfüllte.

»Freundinnen für immer!«, sagte ich, woraufhin Bastet mich noch fester an sich drückte.

»Freundinnen für immer!«, wiederholte sie und lachte befreit.

20. Kapitel

Kaum war ich zurück, empfingen mich meine Brüder mit einer dicken Umarmung. Da es draußen bereits hell war, hatte Bastet mich direkt in unser Hotelzimmer teleportiert. Inzwischen wussten auch Rafael und Finian von den Ereignissen aus meiner Vergangenheit, was wohl der Grund dafür war, dass sie sich mir gegenüber besonders fürsorglich verhielten. Finian brachte mir eine eiskalte Limo und ein paar Kekse ans Bett, während Rafael einen Packen frische Kleidung an mein Fußende legte.

»Danke«, sagte ich und lächelte. So nervig die beiden manchmal auch sein konnten, so lieb und mitfühlend waren sie in Momenten wie diesen. Ich konnte mich glücklich schätzen, Brüder wie sie zu haben.

»Oh Mann, ich bin so was von müde«, gähnte ich. Mein Kopf fühlte sich total benebelt an. »Seid mir nicht böse, aber ich lege mich noch ein bisschen aufs Ohr. Nicht lange, nur bis zum Frühstück.« Erschöpft streckte ich mich auf meinem Bett aus, mein Kopf sank schwer in die Kissen. »Nur ein Stündchen, oder so.«

»Kein Problem«, meinte Finian. »Rafael und ich gehen in der Zwischenzeit duschen, dann hast du deine Ruhe.«

»Wenn wir fertig sind, wecken wir dich. Dann kannst du auch noch schnell unter die Dusche hüpfen.« Kritisch beäugte Rafael mich von oben bis unten. Meine Klamotten hatte ich mir beim Pyramidenklettern ziemlich eingesaut. »Mama und Papa sollen ja nicht merken, dass du eine illegale Nachtwanderung hinter dir hast.«

»Wie du dich so zugerichtet hast, kannst du uns ja nachher verraten. Jetzt penn erst mal 'ne Runde. Bis später!« Mit diesen Worten verschwand Finian im Bad.

»Bis später«, murmelte ich mit einem erneuten Gähnen. Alles, was ich jetzt wollte, war schlafen. Nur noch schlafen ...

Doch kaum hatte ich die Augen geschlossen, jagte ein Gedanke den anderen. Anstatt Ruhe zu finden, gingen mir eine Menge Dinge durch den Kopf.

Uns blieben nur noch wenige Tage in Ägypten. Würde ich die schwierige Aufgabe, die vor mir lag, überhaupt bewältigen können? Und würde ich jemals wieder nach Deutschland zurückkehren? Zu meiner Freundin

Kimberly, meinen Großeltern, meinem Kickbox-Verein? Sogar meinen Mini-Kaktus wollte ich wiedersehen, ebenso meine doofe Schule – die ich mittlerweile als das geringere Übel in meinem Leben ansah. Und natürlich wollte ich meiner Blöd-Cousine Vera noch einen hübschen kleinen Pharaonenfluch anhängen, und meinem Schwarm Silas gleich mit. Oder vielmehr: meinem *ehemaligen* Schwarm. Dass er sich mit Vera zusammen über mich lustig gemacht hatte, würde ich ihm bestimmt nicht verzeihen.

Es gab nur einen Weg, der mich zu meinem Ziel führte: Ich musste dem Dunklen Pharao in den Arsch treten, sonst würde ich alles, was mir im Leben wichtig war, niemals wiedersehen.

∗∗∗

Als ich erwachte, war es bereits später Nachmittag. Ich hatte geschlafen wie ein Stein. Das Frühstück hatte ich verpasst, ebenso das Mittagessen. Lediglich das Abendessen lag noch vor mir – und ein großer Teller voll Brötchen, Datteln, Butter, Honig und Käse aus dem Kühlschrank, den meine Brüder mir vom Frühstücksbuffet mitgebracht hatten.

Wie eine Verhungernde machte ich mich über das späte Frühstück her. Kein Wunder, schließlich hatte ich seit mehr als zwanzig Stunden nichts gegessen. Mit einem zufriedenen Rülpser begab ich mich ins Bad, um zu duschen und meine alten Klamotten gegen frische einzutauschen.

Nach dem Abendessen stand ein Treffen mit unseren Götterfreunden an, wie üblich in unserer geheimen »Götter-Oase«.

»Toll, dass ihr beide euch endlich wiedergefunden habt.« Anubis hielt beide Daumen nach oben, nachdem Bastet und ich uns zur Begrüßung umarmt hatten. Er hob einen imaginären Becher in die Höhe und prostete uns zu. »Auf die Freundschaft!«

»Auf die Freundschaft!« Mit unseren unsichtbaren Bechern stießen wir feierlich an.

»Eure Wiedervereinigung muss unbedingt gefeiert werden. Sobald der ganze Pharao-Nibirer-Scheiß vorbei ist, legen wir los, mit 'nem Fressgelage und cooler Musik. Ich kann's kaum erwarten, Leute!« Er warf sich in Pose und imitierte einen Headbanger.

»Ja«, entgegnete ich leise. »Wenn der ganze ... Scheiß ... vorbei ist.« Plötzlich hatte ich ein mulmiges Gefühl im Magen, und meine Hände begannen zu zittern. Ich schob sie rasch in meine Jeanstaschen, damit die anderen nichts davon mitbekamen.

Bald schon würde der Feind sich den Menschen zu erkennen geben, und es würde richtig ernst werden. Seite an Seite würden wir mit unseren Freunden in den Kampf ziehen – ohne jegliche Garantie, lebend da wieder rauszukommen.

»Jedenfalls bin ich froh, dass du nochmal auf die Erde gekommen bist, um mit uns die Nibirer zu verhauen.« Anubis sah lächelnd zu Bastet.

»Ihr müsst wissen, das Volk der Luyoniden bekriegt sich normalerweise nicht mit den Nibirern – obwohl die Nibirer auch Bastets Feinde sind –, und es mischt sich auch sonst nirgends ein. Doch in diesem besonderen Fall ist Bastet mit ihrem Heer auf die Erde gekommen, genau wie damals, als der Dunkle Pharao zum ersten Mal geplant hatte, seine Schreckensherrschaft auf die gesamte Welt auszuweiten. Auch dieses Mal will sie uns bei der Rettung unserer Erde unterstützen«, klärte Horus auf.

Dies warf eine neue Frage auf. »Aber das war vor Tausenden von Jahren. Wie kann es sein, dass Bastet noch genauso jung ist wie damals?«

Offen gestanden, war diese Frage gar nicht mal so neu, denn sie hatte mich schon mehr als einmal beschäftigt. Ich war lediglich davon abgekommen, sie zu stellen. Kein Wunder bei all dem Chaos in letzter Zeit.

Bastet bedachte mich mit einem Lächeln. »Das liegt daran, dass ich nach gewonnener Schlacht direkt zu meinem Heimatplaneten zurückgekehrt bin. Mit unserem Raumschiff ist es uns möglich, durch Energieportale und Gefilde zu reisen, die euch Menschen völlig unbekannt sind. Dadurch gelangen wir innerhalb kürzester Zeit von einem weit entfernten Ort zum anderen. Im Weltall herrschen andere Gesetze als auf der Erde. So ist auf dem Planeten Luyon-Bastis nur eine gewisse Anzahl an Jahren vergangen, während bei euch auf der Erde Jahrtausende ins Land gezogen sind ... Dazu kommt, dass wir Luyoniden eine wesentlich längere Lebensspanne haben als ihr Menschen. Deshalb sehe ich noch genauso jung aus wie damals, zu Nefertitis Zeiten.«

Wahnsinn!, dachte ich mir. Wie verrückt soll es denn noch werden? Wäre das hier ein Science-Fiction-Film, würde er mit Sicherheit ein Kassenschlager werden.

»Bevor wir uns dem Feind entgegenstellen«, unterbrach Horus meine Gedankengänge, »müssen wir unsere Schützlinge noch weiter vorbereiten. Das hat absolute Priorität.«

»Mhm ... Da muss unser Fressgelage leider noch ein bisschen warten«, meinte Anubis.

»Du sagst es, Horus. Fangen wir gleich mal mit dem Training an.« Bastet klatschte in die Hände wie meine Sportlehrerin vorm Lauftraining. »Na, dann mal los!«

»Obwohl ich am liebsten jetzt schon feiern würde«, murmelte Anubis mit bedauernder Miene. »Aber wie heißt es so schön? Erst der Pharao, dann das Vergnügen.«

Wie üblich teilten wir uns in drei Gruppen auf.

Diesmal konzentrierte ich mich auf eine winzige Palme, die etwas abseits der Oase stand und deren Wedel traurig zu Boden hingen. Ihre Entfernung schätzte ich auf ungefähr fünfzehn Meter, vielleicht etwas weniger. Ich atmete tief ein, schloss die Augen und visualisierte, wie ich mich dort hinüber teleportierte. Zu meiner Überraschung dauerte es diesmal keine zwei Sekunden, bis es mich von den Füßen riss – und ich mich direkt neben meinem Ziel wiederfand.

»Wie ...? Was ...?« Mein Blick löste sich von der Palme und wanderte hinüber zu Bastet, die mir vom Rand der Oase aus zuwinkte. Wie von selbst rutschten meine Mundwinkel nach oben. *Ich hab's geschafft!*

Angestachelt von meinem Erfolg, schloss ich ein weiteres Mal die Augen, und – *Wusch!* – stand ich auch schon wieder an meinem Ausgangspunkt. *Wow, krass!*

Ein weiteres Mal peilte ich die Palme an – und stand innerhalb von Sekunden wieder neben ihr.

»Reife Leistung!«, lobte Bastet, die mir per Teleport gefolgt war. »So schnell ist dir das noch nie gelungen.«

»Stimmt«, erwiderte ich, wobei ich stirnrunzelnd die Palme musterte. Ein spontaner Verdacht kam in mir auf, den ich prompt in Worte fasste: »Weißt du, irgendwie hab ich das Gefühl, dass meine Psi-Kräfte seit der Rückführung besser funktionieren.«

»Tatsächlich?« Interessiert sah Bastet mich an.

»Ja. Denn bevor ich wusste, wer ich wirklich bin – oder vielmehr *war* –, wollte es mir einfach nicht gelingen, mich fehlerfrei durch die Gegend zu teleportieren. Wenn es mir denn überhaupt gelungen ist ... Doch seit Anubis mich in mein früheres Leben zurückgeführt hat, schaffe ich es auf einmal, mich gezielt zu teleportieren.«

»Oh ja, und wie! Das habe ich gerade gesehen.« Bastets Augen funkelten vor Stolz. »Aber stimmt, an deiner Vermutung könnte wirklich was dran sein. Zumal du, als du noch Nefertiti warst, den größten Ehrgeiz von allen hattest.«

»Ja, ich erinnere mich. Damals war ich so fit, dass ich mich in wenigen Sekunden sogar mehrfach herumteleportieren konnte«, brachte ich stolz hervor. »Wenn meine Vermutung stimmen sollte, dann würde das bedeuten, dass auch Rafael und Finian sich nach ihrer Rückführung stark verbes –«

Ein lautes Zischen ließ mich zusammenfahren. Erschrocken schaute ich zum Rand der Oase, wo eine riesige Flamme in den Himmel schoss und alles, was in ihrer Nähe war, in Brand setzte.

»Boaaaah! Das ist der absolute Hammer!«, hörte ich Rafaels Stimme durch das Knistern des Feuers, worauf Finian einen Freudenschrei ausstieß und Anubis triumphierend die Faust zum Himmel reckte.

»Yeah, Kumpel. Gut gemacht!«

Als hätte Finians Fortschritt noch nicht ausgereicht, entwurzelte Rafael mit seiner Psychokinese eine stattliche Palme und ließ sie hoch durch die Luft schweben. Gezielt steuerte er sie auf den kleinen See zu und ließ sie mit einem satten Platschen ins Wasser fallen.

»Und du, Junge, hast es genauso drauf!«, rief Anubis. »Mensch, Horus, da haben wir aber richtige Vorzeigeschüler, was?«

Was Horus ihm antwortete, konnte ich leider nicht verstehen; seine Stimme war bei weitem nicht so durchdringend wie die von Anubis. Ich verfolgte lediglich, wie er auf Rafael zutrat und ihm lobend auf die Schulter klopfte.

Ich sah zu Bastet, die meinen verdutzten Blick mit einem Lächeln quittierte. »Da hast du deine Antwort, Emily Distler. Nicht zu fassen, was so eine kleine Rückführung alles bewirken kann.«

21. KAPITEL

»Du scheinst mit deiner Vermutung richtig zu liegen, Emily. Die Erinnerung an eure früheren Leben könnte tatsächlich der Grund dafür sein, weshalb eure Psi-Kräfte jetzt wieder so stark sind wie damals«, sinnierte Horus.

»Ja. Bei Amun.« Anubis schlug sich mit der flachen Hand gegen die Stirn. »Wie konnten wir nur so doof sein? Hätten wir die Rückführungen doch gleich am Anfang gemacht, anstatt zu warten, dann –«

»Dann hätte Emily vielleicht zu früh von Bastets Vergangenheit erfahren, und ihr Verhältnis zueinander wäre von der ersten Minute an beeinträchtigt gewesen«, gab Horus zu Bedenken. »So aber hatten die beiden Zeit, sich anzufreunden.«

»Mhm ... Ja, stimmt auch wieder«, meinte Anubis mit einem Blick auf Bastet und mich. »Sollte wohl alles so kommen.«

Ich gähnte hinter vorgehaltener Hand. Wir hatten unsere Übungen beendet und nach Einbruch der Dunkelheit ein Lagerfeuer entfacht. Erst jetzt wurde mir bewusst, wie müde ich war. Während des Trainings hatte ich mich mehrfach blitzartig hin- und herteleportiert, unter anderem zu den weiter entfernten Felsen außerhalb der Oase und wieder zurück, was mich Einiges an Kraft gekostet hatte. Bastet war sehr stolz auf meine Fortschritte, und auch von den anderen hatte ich ein dickes Lob bekommen.

»Wie auch immer«, sagte Bastet. »Als nächstes wirst du, Anubis, die drei noch mal zurück in die Vergangenheit schicken, damit sie die Formeln wiederholen und verinnerlichen können.«

»Okay, Boss. Kümmer ich mich morgen drum«, gähnte Anubis. »Aber jetzt wird erst mal gemampft. Ich hab Hunger wie ein Schwein, und ihr sicher auch.«

Er griff in einen Korb, der schräg hinter ihm stand, und zog einen dicken Fisch daraus hervor, den er auf einen angespitzten Stock spießte.

»Wo hast du die denn her?«, fragte Finian, als Anubis jedem von uns einen Fischspieß überreichte. »Warst du heute noch mal schnell auf dem Fischmarkt?«

»Nee.« Anubis schüttelte den Kopf. »Die hab ich hier im See gefangen, kurz bevor ihr kamt.« Er grinste. »Hatte etwas Hunger, und da dachte ich mir ...«

»War eine prima Idee von dir. Ich hab nämlich auch wieder Kohldampf.« Zufrieden hielt Rafael seinen Fisch über die knisternden Flammen.

»Und das, obwohl das Abendessen noch keine drei Stunden her ist.« Belustigt schüttelte ich den Kopf. »Du kommst ganz nach Papa, echt jetzt.«

»Ich weiß«, feixte Rafael. Er hatte noch nie ein Problem damit gehabt, seine Verfressenheit offen zuzugeben.

Die Fische waren außen knusprig und innen zart. Obwohl sie gänzlich ungewürzt waren, schmeckten sie total lecker.

Während des Essens unterhielten die Götter uns mit ein paar Anekdoten aus unseren früheren Leben, an die wir uns leider nicht mehr erinnern konnten. Am besten gefiel mir Anubis' Geschichte mit der Sphinx. Ursprünglich hatte sie einen Löwenkopf besessen, doch der Dunkle Pharao hatte ihn nach seiner Machtübernahme ummodellieren lassen, so dass die arme Sphinx von da an seine Visage trug. Anubis hatte das ganz und gar nicht gefallen. Er hatte sie unbedingt »verschönern« wollen, indem er ihr die Nase abgeschossen hatte, zusammen mit Atum.

»Das war ein Spaß!«, lachte er.

Leider war die Nase kurz darauf wieder angebracht worden, doch seitdem hatte sie nie für längere Zeit gehalten. In den vergangenen Jahrtausenden war sie wiederholt abgefallen. Noch heute war Anubis stolz auf sein Werk.

»Sag mal, Horus«, ergriff Rafael das Wort, nachdem er Spieß und Speisereste beiseitegelegt und einen Rülpser unterdrückt hatte. »Was ist der Pharao eigentlich für ein Typ? Ich meine, wenn wir ihn treffen, ist er ja quasi ein Fremder für uns.«

»Stimmt. Zumindest ich kann mich nicht daran erinnern, ihn in meinem früheren Leben persönlich gekannt zu haben. Von unserem Kampf gegen ihn mal abgesehen.« Finian lehnte sich gegen die Palme in seinem Rücken. Im Gegensatz zu Rafael rülpste er herzhaft, was ihm ein Daumenhoch von Anubis und einen empörten Blick von Horus einbrachte. »Das Einzige, was wir bis jetzt wissen, ist, dass wir als Auserwählte gegen ihn antreten sollen. *Wer* der Pharao ist, wissen wir aber immer noch nicht.«

»Mhm, na ja ...«, nuschelte Bastet, die gerade an einem Fischrest zwischen ihren Zähnen herumpulte. »Wo ihr recht habt, habt ihr recht. Je mehr man über seinen Gegner weiß, desto besser kann man ihn einschätzen.« Sie zog den Fetzen hervor und schnippte ihn ins Feuer.

Unsere Tischmanieren waren unter aller Sau.

»Gleich mal vorweg: Er ist 'n Arsch.« Anubis streckte sich ausgiebig, wobei seine Gelenke knackten. Mit einem ungenierten Gähnen meinte er: »Okay ... Wer von uns tut sich die Story von diesem Spinner an?«

»Mhm ... Da wüsste ich, ehrlich gesagt, nur einen.« Mit hochgezogener Braue sah Bastet zu Horus, der ihrem Blick zunächst tapfer standhielt, sich dann jedoch mit einem Seufzer geschlagen gab.

»Einverstanden«, sagte er und warf einen Blick in die Runde. »Wo soll ich beginnen?«

»Am besten, du erzählst uns alles von Anfang an, aber davon nur das Wichtigste«, schlug ich vor. Ich dachte an die letzte Deutscharbeit zurück, in der es darum gegangen war, aus einem ellenlangen Text nur die wichtigsten Informationen herauszupicken. Eine sehr praktische Methode, wie ich fand. Man konnte sich dadurch vieles besser merken.

»Nun gut, Emily. Genau das werde ich tun.« Einen Moment lang sah Horus wortlos in die Flammen, wohl um sich einen geeigneten Einstieg zu überlegen. Dann räusperte er sich und begann zu erzählen: »Der Dunkle Pharao war einst ein atlantischer ›Magiekundiger‹, ein Hohepriester des Thot. Seinen wahren Namen kennt heute niemand mehr, er ist mit der Zeit in Vergessenheit geraten. Gesichert ist jedoch, dass seine Vorfahren vor langer Zeit vom Planeten Atlan auf die Erde kamen, wo sie das Atlantische Imperium gegründet haben.«

»Mhm ... Der Kerl war also Atlanter«, warf Finian ein.

»Yep«, entgegnete Anubis. »Und die waren schon äußerst fortgeschritten. Allein ihre Raumschiffe müssen eine Wucht gewesen sein.«

»Der Pharao wurde nicht immer ›der Dunkle Pharao‹ genannt«, fuhr Horus fort, »sondern ›der Dunkle Herrscher‹, und zwar zu jener Zeit, als Ägypten noch keine Pharaonen hatte ... Er wurde von seinem Volk verbannt, da er ein unverzeihliches Verbrechen begangen hat. Er wollte den König stürzen, um selbst über Atlantis zu herrschen. Doch der Mordversuch ist fehlgeschlagen, und er wurde zur Sklavenarbeit in der neu gegründeten Provinz in Ägypten verurteilt. Dort wurden zu jener Zeit die Sphinx und die Thot-Pyramide erbaut.«

»Damit ist das große Teil gemeint, das die Menschen heute als Cheops-Pyramide kennen«, warf Anubis dazwischen. »Und an der Chefren- und der Mykerinos-Pyramide waren sie kurz darauf auch am Werkeln ... Damals war alles noch ganz anders. Die Pyramiden waren unter anderen Namen bekannt, und auch Ägypten hat damals noch nicht Ägypten geheißen.«

Horus nickte. »Der König von Atlantis hat die Priesterschaft des Thot damit beauftragt, das alte atlantische Geheimwissen in der Halle der Aufzeichnungen zu verstecken und es zu behüten. Thot war damals der stellvertretende Herrscher über das Land am Nil; ein von den alten Ägyptern vergöttlichter Atlanter, müsst ihr wissen ... Jahrelang musste der Pharao elende Sklavenarbeit verrichten, wodurch der Hass auf seine Landsleute immer größer wurde. Aus Rache hat er einen Pakt mit den Nibirern geschlossen und gemeinsam mit ihnen das allseits bekannte Ende des Atlantischen Imperiums herbeigeführt. Danach haben sie Thot bezwungen und die Macht über Ägypten an sich gerissen. Ihrem neuen Königreich gaben sie den Namen Nibiria, benannt nach dem Heimatplaneten der Nibirer. Doch das war ihnen noch lange nicht genug, und sie haben den Plan gefasst, die ganze Welt zu unterjochen.«

»Was sie zum Teil auch geschafft haben«, warf Bastet ein.

»Mithilfe des atlantischen Geheimwissens hat der Pharao letzten Endes Unsterblichkeit erlangt, was es noch viel schwerer machte, ihn zu besiegen. Lange Zeit ist es niemandem gelungen, seine Schreckensherrschaft zu beenden, und er regierte mit eiserner Hand«, erklärte Horus.

»Deswegen gibt es ihn auch heute noch«, merkte Bastet an. »Jede Rebellion gegen ihn ist fehlgeschlagen, und sämtliche Angriffe konnten ihm nichts anhaben, weshalb die Unterdrückten einen anderen Weg finden mussten, um ihn zu besiegen. Doch das war nicht einfach.«

»Jetzt unterbrecht mich doch nicht ständig! Sonst komme ich noch aus dem Konzept«, schimpfte Horus, woraufhin sich alle auf die Zunge bissen. Er wartete ein paar Sekunden, bevor er weitererzählte: »Irgendwann gründeten die Gegner des Pharaos, die den Nachfahren der Atlanter angehörten, den geheimen Orden der Shemsu Hor. Lange Zeit haben sie nach einem Weg gesucht, dem Feind Einhalt zu gebieten, doch es ist ihnen nicht geglückt. Bis ihm eines Tages drei mutige Ordenspriester entgegengetreten sind, denen es gelungen ist, ihn hinter ein Sternentor zu verbannen und seiner Tyrannei damit ein Ende zu setzen. Gleichzeitig wurden auch die Nibirer geschlagen, deren Überlebende entweder flüchten oder sich unterwerfen mussten.«

»Und diese drei Priester – ihr wisst es schon längst –, das wart ihr«, ergänzte Bastet, nachdem Horus seinen Bericht zu Ende geführt hatte. »Den Rest der Geschichte kennt ihr ja: Nach der Verbannung des Pharaos waren Atum und Sekani weiterhin die Hüter des Sternentors, das auch schon lange Zeit vor ihnen von vielen Hüter-Generationen streng bewacht worden ist.«

Und ich bin in der Duat gelandet, fügte ich in Gedanken fröstelnd hinzu.

»Das Sternentor ist nichts anderes als ein Wurmloch, das in eine andere Dimension führt«, erklärte Anubis, als hätte er meine düsteren Gedanken gelesen. »Das Tor befindet sich in einem streng geheimen unterirdischen Tempel in der Gegend von Memphis, dem Kultort der Shemsu Hor. Die Stadt wurde von Pharao Menes gegründet, den die Shemsu Hor damals zum ersten menschlichen Pharao bestimmt haben.«

»Es hat immer Hüter für das Sternentor gegeben – bis das alte Ägypten untergegangen und unter die Herrschaft anderer Völker geraten ist. Der Orden wurde restlos vernichtet, wodurch Tempel und Sternentor in Vergessenheit geraten sind.« Horus warf einen Blick in die Runde. »Habt ihr noch Fragen?«

Rafaels Hand schnellte in die Höhe, als säße er in der Schule. »Dann ist der Pharao also ein Zombie?«

Horus verzog das Gesicht. »Ja, und nein. So etwas in der Richtung, könnte man sagen. Eine Art Untoter – und doch wieder nicht. Eine genaue Bezeichnung für das, was er ist, gibt es wohl nicht.«

»Und wie soll man das jetzt verstehen?«, fragte Finian.

»Nun ja«, sagte Horus. »Am besten lässt es sich wohl so erklären: Laut der altägyptischen Mythologie besaß ein Mensch drei verschiedene Seelenarten, genannt Ka, Ba und Ach. Keines dieser drei Elemente durfte fehlen, denn ohne sie konnte der Mensch nicht existieren. Nach dem Tod stiegen sie aus dem Körper des Verstorbenen ... Doch hierbei möchte ich nicht weiter ausholen, denn in unserem Fall geht es speziell um den Ba.«

»Ah ja«, erwiderte Rafael. »Darüber hab ich neulich in Mamas Reiseführer gelesen.«

»Hätte mich auch gewundert, wenn du mal *nicht* darin gelesen hättest, du Streber.« Finians Mund verzog sich zu einem breiten Grinsen, woraufhin Rafael ihm die Zunge rausstreckte.

»Nach dem Tod eines Menschen bleibt der Ba normalerweise in der Nähe von dessen Mumie. Er ist dauerhaft mit ihr verbunden. Durch ihn kann eine Wiederbelebung des Toten erfolgen«, erklärte Horus weiter. »Nun ist es beim Pharao aber so geschehen, dass sein Ba sich von seinem Körper gelöst hat, während er durch das Sternentor gestoßen wurde, und in unserer Dimension zurückgeblieben ist. Trotz seiner Unsterblichkeit kann er ohne seinen Ba – der im Übrigen auch all seine Psi-Kräfte enthält –, nicht richtig existieren. Ohne diesen Seelenanteil ist er nur noch ein Schatten seiner selbst ... In diesem Jahr haben die Nibirer seinen Körper zurückgeholt und ihn mithilfe eines Rituals mit seinem Ba wiedervereint. Bis dahin war er weder tot noch lebendig.«

»Dann wurde der Kerl also wiederbelebt.« Mir schauderte. Ich konnte nicht anders, als mir den Pharao als eine Art Frankenstein-Monster vorzustellen.

Anubis nickte. »Und er ist so lange an den Tempel mit dem Sternentor gebunden, bis er seine vollen Kräfte zurückerlangt hat. Was bedeutet, dass wir ihn angreifen müssen, bevor er wieder ganz der Alte ist.«

»Deshalb müssen wir so schnell wie möglich in die Halle der Aufzeichnungen. Dort gibt es ein paar Dinge, die wir unbedingt für den Kampf brauchen«, sagte Bastet.

»Darüber sprechen wir morgen«, beendete Anubis das Thema. Mit einer gezielten Bewegung griff er hinter sich und brachte erneut einen Korb zum Vorschein, den er uns gönnerhaft entgegenhielt. »Und bis dahin lasst uns ein paar Datteln futtern.« Er grinste schelmisch. »Hab ich extra für uns geklaut. Ein paar Beduinen waren so freundlich, ihr Zelt für eine Weile unbeaufsichtigt zu lassen.«

Entgeistert sah Bastet ihn an. Dann aber erwiderte sie sein Grinsen und nahm sich eine Handvoll der leckeren Früchte. »Das ist mal wieder typisch. Kaum bist du aus dem Eisigen Schlaf zurück, mischst du wieder alles auf.« Sie zwinkerte ihm zu und ließ die erste Dattel in ihrem Mund verschwinden.

22. Kapitel

Nun standen wir hier, innerhalb der »Raumschiffbrücke«, nur wenige Meter vor der hohen Tür, die zur Halle der Aufzeichnungen führte. Es war derselbe Durchgang, vor dem ich schon einmal gestanden hatte, als Ammit und die Nibirer aufgetaucht waren, um mich wie ein Kaninchen durch das Labyrinth zu jagen. Nur dass ich zu jenem Zeitpunkt noch nicht gewusst hatte, wohin die Tür führte.

Meine Aufregung wuchs, als ich das Relief des hochgewachsenen Mannes betrachtete. Es kam mir so vor, als würde er meinen Blick erwidern; was natürlich Blödsinn war, schließlich bestand er aus Metall. Außerdem müsste er dann schon seit vielen Jahrtausenden auf jene Unglücklichen herabglotzen, die sich, genau wie ich neulich, hierher verirrt hatten. Falls in all der Zeit überhaupt jemand hiergewesen war?

Die Atlanter – und später auch die Shemsu Hor – hatten dieses Labyrinth bereits vor Jahrtausenden verlassen. Was das Rätsel um dessen Sauberkeit nur umso kniffliger machte.

Immerhin wusste ich inzwischen, wen der Mann auf der Außenseite der Tür darstellte: Es war Thot der Atlanter, die legendären Smaragdtafeln in Händen, die als das größte Vermächtnis von Atlantis galten. Die alten Ägypter hatten einen ibisköpfigen Gott in ihm gesehen, doch in Wirklichkeit war er ein normaler Mann gewesen, der auf den wenigen erhaltenen Atlantis-Reliefs mit zwei großen Ibissen abgebildet war. Was Thot ursprünglich mit den Vögeln zu tun hatte, wusste heute niemand mehr. Möglicherweise hatten sie zur atlantischen Religion gehört.

Finian trat vor und presste seine Hände gegen die beiden Türflügel, welche nahezu geräuschlos aufschwangen und den Blick auf eine größere Kammer freigaben. Ein Großteil von ihr lag im Dunkeln, so dass wir kaum etwas darin erkennen konnten. Was uns hinter der Thot-Tür erwartete, wussten weder wir noch unsere Götterfreunde. Auf jeden Fall nichts Angenehmes; der Weg zur Halle der Aufzeichnungen war mit Sicherheit bestens vor Eindringlingen geschützt.

Da die Nibirer ausgerechnet heute beschlossen hatten, mithilfe ihrer neuen Wettermanipulations-Technologie heftige Stürme durch Kairo zu jagen und einen Sturzregen über der gesamten Stadt niedergehen zu lassen, war es Bastet und den anderen leider nicht möglich, uns zur Halle der Aufzeichnungen zu begleiten, welche tief unter der Sphinx verborgen lag. Um sicherzugehen, dass der Pharao nicht jetzt schon unterwegs zu den Menschen war, um seine Machtübernahme bekanntzugeben, waren die drei nach Kairo aufgebrochen, um im Schutz der Nacht die Lage vor Ort zu klären. Genauso gut konnte es aber auch sein, dass die Nibirer nur ihr neues Spielzeug austesten wollten, bevor es richtig losging. Die Generalprobe, sozusagen. Oder aber das Unwetter war ein erneutes Machtspielchen des Pharaos, mit dem er seine Stärke demonstrieren und den Menschen zeigen wollte, wie viel Chaos und Zerstörung er verbreiten konnte. Keiner von uns hatte eine Ahnung, was momentan abging.

Wie auch immer, unsere Aufgabe bestand darin, unbeschadet in die Halle der Aufzeichnungen zu gelangen, um dort nach den mächtigen atlantischen Energiekristallen zu suchen, mit denen wir unsere Amulette zu Waffen umfunktionieren konnten. Zudem mussten wir nach einem seltenen außerirdischen Erz namens Amanit Ausschau halten, das vom Aussehen her unserem irdischen Buntkupfer ähnelte. Mit einem solch starken Energieträger, der gewaltige Energiemengen freizusetzen vermochte, wären wir in der Lage, das Sternentor zu öffnen. Alles in allem ein schwieriges Unterfangen.

»Okay ... Dann wollen wir mal«, sagte Finian und trat als Erster durch die Tür. Seine Stimme klang nervös, was bei ihm nur selten der Fall war.

Auch ich zitterte vor Aufregung. Mein Herz schlug so hart gegen den Brustkorb, als wollte es ihn sprengen. *Ganz ruhig, Emily. Bleib cool. Gaaanz cool.*

Seufzend dachte ich an Bastet, die gerade mit Horus und Anubis in der Zivilisation umherschlich und deshalb nicht an meiner Seite sein konnte. Nach drei Tagen wiederholten Trainings und zwei weiterer Rückführungen – so sagte sie –, seien wir nicht nur dazu fähig, uns unserer Haut zu erwehren, sondern hätten auch die »Zauberformeln« wieder so sicher verinnerlicht, dass wir problemlos das Tor zur Halle der Aufzeichnungen öffnen könnten ... Das wir allerdings erst einmal finden mussten.

»Bis später! Wir treffen uns vor der Sphinx!«, waren Bastets letzte Worte gewesen, bevor sich unsere Wege getrennt hatten.

Na, die hat vielleicht Nerven!, dachte ich, während ich meinen Brüdern in die dunkle Kammer folgte.

Die Luft roch muffig und abgestanden wie in einem Grab. Es war unerwartet kühl hier, so dass sich meine nackten Unterarme mit einer Gänsehaut überzogen. Was wir jetzt brauchten, waren Taschenlampen – die wir Dödel zwar gekauft, in unserer Aufregung jedoch im Hotel vergessen hatten.

»Schaut mal da!« Rafael zeigte auf eine bestimmte Stelle neben dem Türrahmen. »Ist das ein Lichtschalter, oder so was?«

»Sieht ganz danach aus.« Finian trat vor den kreisrunden Knopf. »Würde mich jedenfalls nicht wundern bei dem ganzen Technologiekram hier unten.« Er zögerte einen Augenblick, dann drückte er drauf.

Ich hielt den Atem an, als im gesamten Raum das Licht anging und alles, was darin war, von der Dunkelheit befreite. In warmem Gelb strahlte es von mehreren Scheinwerfern herab, die in regelmäßigen Abständen unter der Decke angebracht waren und nicht viel anders aussahen als die Lampen, die ich kannte.

Was mich verwunderte, waren nicht die Scheinwerfer, sondern das, was von ihnen angestrahlt wurde. Niemals hätte ich hinter dieser hochtechnologisierten »Raumschiffbrücke« eine uralte Grabkammer vermutet!

An den Seitenwänden reihten sich schwere Steinsarkophage aneinander, insgesamt zwölf an der Zahl. Ihre Oberfläche war mit denselben fremdartigen Hieroglyphen überzogen, wie sie auch am Rahmen der Thot-Tür zu finden waren. Atlantische Schriftzeichen, wie ich inzwischen wusste. Ein etwa drei Meter breiter Durchgang führte mittig durch die Kammer und endete vor der gegenüberliegenden Wand. Über den Sarkophagen befanden sich hohe Wandnischen, in denen jeweils eine lebensgroße Steinstatue eingelassen war. Jede Einzelne von ihnen wies unterschiedliche Gesichtszüge auf, so dass sie beinahe wie lebendige Menschen wirkten. Offenbar handelte es sich um steinerne Abbilder der Verstorbenen.

Dann dürften die Atlanter ungefähr so ausgesehen haben wie die alten Ägypter, vermutete ich.

Was mich zusätzlich irritierte, war, dass kein Einziger der Sarkophage von einer Grabplatte verschlossen war. Jeder von ihnen gewährte einen ungehinderten Blick in sein Inneres – das ich mir lieber nicht näher ansehen wollte. Die Erinnerung an Ammits untote Mumien-Gang war noch zu frisch.

Finian ließ seinen Blick durch die Kammer gleiten, woraufhin er die

Stirn in Falten legte. »Aber ... da ist ja überhaupt kein Ausgang! Wie sollen wir denn da ...«

»So ein Mist! Da stimmt doch was nicht!«, rief Rafael.

Ein kaltes Gefühl ballte sich in meinem Magen zusammen. Ich schluckte. »Ob das hier vielleicht ...«

»... eine Falle ist?«, ergänzte Rafael.

Kaum hatte er das getan, vernahm ich ein Rascheln irgendwo in der Kammer, wie welkes Laub, das vom Wind über die Straße geweht wurde. Mit jeder Sekunde, in der wir reglos dastanden, verteilte sich das Geräusch im gesamten Raum – bis es auch direkt vor uns zu rascheln und zu scharren begann.

»Heilige Scheiße!«, stieß ich hervor, als plötzlich ein Arm aus einem der Sarkophage schoss, der über und über mit schmutzigen Bandagen umwickelt war. Die Finger an der skelettierten Hand waren zu einer Klaue gebogen.

Ein mehrstimmiges Stöhnen erklang, und weitere grausig entstellte Arme reckten sich aus den Sarkophagen. Dürre Finger legten sich um die steinernen Ränder, und es dauerte nicht lange, da tauchte der erste bandagierte Kopf auf, der sich langsam, aber zielgerichtet in unsere Richtung drehte.

Das Herz rutschte mir in die Hose. Voller Grauen schüttelte ich den Kopf. »Oh nein! Bitte nicht schon wieder!« Ich dachte an die erdrückende Umklammerung der Mumie zurück, wegen der ich beinahe draufgegangen wäre, und mir wurde übel. »Wie sollen wir die alle schaffen?«

»Frag mich was Leichteres«, versetzte Rafael, der gerade damit beschäftigt war, einer Mumienhand auszuweichen, die vom benachbarten Sarkophag aus nach seinem Arm grapschte.

Finian dagegen rieb sich kampflustig die Hände. »Okay, dann lasst mich mal ran.«

Ohne zu zögern trat er einer der Mumien entgegen, die gerade ihren Sarkophag verlassen hatte und zielstrebig auf ihn zuschwankte. Er riss die Arme nach vorn, und eine Stichflamme schoss aus seinen Händen, die das Biest wie trockenen Zunder auflodern ließ.

Mit zufriedener Miene drehte er sich um. »Seht ihr? Das Ding hat sich in eine stinkende Fackel verwandelt und wird gleich umkippen wie ein Sack Bulgur. Da kommen wir völlig problemlos –«

»Achtung, pass auf!«, brüllte ich, als ein brennender Arm auf Finian zuschoss und ihn hart an der Schulter packte.

»Was ...?« Finian stieß die Mumie von sich weg und beschoss sie mit einer weiteren Stichflamme – die sie zwar traf, jedoch nicht verbrannte. Als wäre sie von einem unsichtbaren Schutzschild umgeben, wurden die Flammen immer kleiner, bis sie schließlich erloschen.

»Aber ... Das darf doch nicht wahr sein!«, entfuhr es Rafael. »Das Ding ist völlig unverletzt.«

Falls bei einer Mumie überhaupt von einer Verletzung die Rede sein konnte.

»Dann bleibt uns wohl keine andere Wahl.« Mit hämmerndem Herzen ging ich in Kampfstellung über. Ich hob die Hände und ballte sie so fest zu Fäusten, dass es wehtat. »Los, Jungs! Schlagen wir sie zusammen!«

»Alles klar, Schwesterchen.« Finian versetzte der Mumie einen harten Tritt, der sie meterweit durch die Luft schleuderte.

Den restlichen Mumien ließen wir gar nicht erst die Zeit, ihre Beine über den Sarkophagrand zu schwingen. Bevor sie aussteigen konnten, prügelten wir sie zurück in ihre Ruhestätten. Doch es waren zu viele, wir konnten sie nicht alle aufhalten.

Mit einem Kampfschrei riss ich steil das Bein nach oben und ließ die Ferse mit voller Wucht auf die Schulter einer Mumie niedersausen. Als mein Gegner daraufhin in die Knie ging, schickte ich einen weiteren kräftigen Tritt hinterher, der ihn gegen einen der Sarkophage prallen ließ.

Doch anstatt sich geschlagen zu geben, stieß die Mumie ein tiefes Grollen aus – und stand auf, als wäre nichts geschehen.

»Was? Aber wie kann das nur –«

Ich verpasste ihr einen Kinnhaken, der ihr den Unterkiefer hätte wegreißen müssen, doch noch immer war sie völlig unversehrt. Weder ihre Schulter noch ihr Kopf wiesen auch nur einen Kratzer auf.

Diese Mumien waren vollkommen anders als ihre Kollegen auf dem Gizeh-Plateau – und ungleich gefährlicher.

»Verdammt!«, gellte Rafaels Stimme durch den Raum. »Die Biester sind unverwundbar!«

Er stürzte sich auf eine Mumie, die mich von hinten attackieren wollte, und ließ seine Faust gegen ihren Schädel krachen.

Finian packte meinen Arm und zerrte mich in Richtung Tür. »Schnell, raus hier! Wir müssen weg, bevor die uns alle zusammen –«

Mitten im Satz brach er ab, um mit offenem Mund auf den Eingang zu starren. »Aber das ..., das ist ...«

»Das ist jetzt nicht wahr, oder?«, sprach ich Finians Worte aus. Fassungslos blickte ich auf den Durchgang, der mittlerweile von einem schweren Fallgitter blockiert wurde. Es musste heruntergerasselt sein, als wir mit Kämpfen beschäftigt waren.

»Das kann nur bedeuten, dass wir irgendeinen geheimen Mechanismus ausgelöst haben.« Mit fliegenden Fingern tastete Rafael die Wände ab. »Jedenfalls sitzen wir ziemlich tief in der Scheiße.«

»Was du nichts sagst«, versetzte ich. »Und was machen wir jetzt?« Zitternd drehte ich mich nach den Mumien um, welche unaufhaltsam näherrückten.

»Gute Frage.« Finians Stimme klang genauso hilflos, wie ich mich fühlte.

»Es muss doch irgendeinen Weg geben, sie zu stoppen«, mutmaßte Rafael. »Vielleicht ein Trick, mit dem sie zu besiegen sind ... Nur müssen wir den erst mal herausfinden.«

»Na, dann mal viel Spaß beim Rätselraten«, maulte Finian. »Bin mal gespannt, was dabei rumkommt.«

Rafael stieß ein gereiztes Schnauben aus. »Du könntest deinen Kopf ja genauso gut anschalten wie ich!«, schoss er zurück. »Dann kommen wir vielleicht schneller zu einer Lösung, als wenn nur ich meinen Grips anstrenge.«

»Fangt jetzt bloß nicht an zu streiten, ja?«, blaffte ich. Der Druck in meinem Innern hatte ungeahnte Ausmaße angenommen. Ich fühlte mich wie eine Granate kurz vorm Explodieren. »Wir müssen eine Lösung finden, und zwar dalli! Sonst werden wir gleich zu dritt eine Reise in die Duat machen, und zwar ohne Rückticket.«

»Du hast recht.« Finian trat nach einer der Mumien, die uns knapp erreicht hatte. »Leute, wir müssen schneller denken.«

Er stürzte sich ins Getümmel und brachte zwei Angreifer zu Fall, die ihre Hintermänner gleich mit sich zu Boden rissen. »Sobald ihr eine Lücke findet, lauft auf die andere Seite! Vielleicht kommen wir dort irgendwo weiter.« Er beförderte eine weitere Mumie zu Boden, dann wurde ein schmaler Durchgang frei. »Los! Lauft!«

Mit dem Mut der Verzweiflung rannten Rafael und ich an den umherkriechenden Mumien vorbei. Wir erreichten die gegenüberliegende

Wand, sahen uns hastig dort um und tasteten über die glatten Steine. Doch nirgends war ein geheimer Mechanismus zu finden – zumindest nicht auf den ersten Blick.

»Sie kommen!«, keuchte Finian, als er wieder zu uns stieß. Sein Gesicht war rot vor Anstrengung. »Ich schaffe es nicht allein, die alle aufzuhalten.«

Oh nein ...Was jetzt?

Einen Moment lang standen wir einfach nur da, den Blick starr auf die Mumien gerichtet. Dann stieß Rafael ein Zischen aus.

»Also gut. Dann lasst mich mal ran«, knurrte er, die Hände zu Fäusten geballt. »Ich hab eine Scheißwut in mir. Jetzt sind wir so nah am Ziel, und dann passiert so was hier? Nein, verdammt. Ohne mich!«

Meine Anspannung drohte mich innerlich zu zerreißen. Ich biss so fest die Zähne aufeinander, dass meine Kiefer schmerzten. Was hatte Rafael vor?

Ein lautes Krachen ließ mich zusammenfahren. Eine der Steinstatuen wurde von ihrem Sockel gerissen und gleich einem Geschoss durch die Kammer geschleudert. Ihr Aufprall war so hart, dass gleich mehrere Mumien von den Füßen gerissen wurden und meterweit über den Boden schlitterten. Eine weitere Statue brach in ihrer Mitte auseinander. Wie eine Kanonenkugel pflügte sie durch die Schar der Angreifer und hinterließ eine Schneise in ihren Reihen.

Zu meiner Überraschung stellte ich fest, dass zwei der Mumien am Boden liegenblieben, während sich die anderen wie üblich aufrappelten und weiter auf uns zuwankten. Einer von beiden fehlte ein Fuß, die andere war sauber in zwei Hälften geteilt.

Ich sog laut die Luft ein, als ein Gedanke in mir auftauchte. Mein Kopf ruckte zu den Nischen, in denen die beiden Statuen zuvor gestanden hatten. Von der einen war nur noch ein Fuß übrig, von der anderen die untere Körperhälfte. Was nur bedeuten konnte, dass –

»Rafael!« Ich zeigte auf die betreffenden Nischen. »Die Statuen! Zwei der Mumien sind K.o. gegangen, nachdem du zwei der Statuen gekillt hast. Das kann doch kein Zufall sein.«

»Echt jetzt?« Mit offenem Mund sah er zu den zerbrochenen Sockeln. Dann schien auch er zu begreifen. »Aber klar doch! Dass ich nicht selbst darauf gekommen bin.« Er schlug sich mit der flachen Hand gegen die Stirn. »Das sind Grabstatuen, laut Mythologie die Ersatzkörper für die

Verstorbenen. In Mamas Buch über Ägypten steht was darüber. Es heißt, in ihnen konnten sich die Seelen der Mumien niederlassen ... Ja, das ist es!«

»Das bedeutet, die Kräfte der Mumien werden vergehen, wenn man ihre Grabstatuen zerstört?« Neue Hoffnung stieg in mir auf. »Gut gemacht, Streber!«

»Schnell, Finian! Bombardiere die Biester mit einer großen Feuerwalze«, verlangte Rafael. »Ich muss da was austesten.«

»Klar, kommt sofort.« Finian mähte einen Gegner nach dem anderen mit einem Feuerschwall nieder.

Wie erwartet, verbrannten nur die zwei beschädigten Mumien zu Asche, während der Rest von ihnen munter weitermachte.

»Du hattest recht, Emily. Die Statuen sind die Schwachstelle dieser Dinger.« Ein teuflisches Grinsen erschien auf Rafaels Gesicht, das einem Angst einjagen konnte. »Na, dann wollen wir es doch mal richtig krachen lassen. Let's rock!«

Ein Schrei entfuhr mir, als ohne Vorwarnung das totale Chaos losbrach. Sämtliche Grabstatuen wurden aus ihren Nischen gerissen und flogen in rasendem Tempo durch die Luft, trafen auf Mumien, Wände und Sarkophage.

Dann wurde es still in der Kammer. Lediglich das Jammern einzelner Mumien war noch zu hören.

Mein Blick ruhte auf einem Haufen zerfetzter Bandagenbündel. Zwei der Biester versuchten, sich unter der Last ihrer Kumpanen zu befreien, doch vergeblich.

Mein Mund verzog sich zu einem triumphierenden Lächeln. »Und jetzt du, Finian.«

»Yep.« Mein Bruder ließ einen Feuerregen über den Mumien niedergehen, der sie innerhalb kürzester Zeit zu Asche verbrannte.

»Puh ... Das war's dann wohl.« Erschöpft ließ ich mich gegen die Wand sinken – als plötzlich ein Klacken ertönte und die Mauer in meinem Rücken verschwand.

Haltlos kippte ich nach hinten. Ich vernahm ein Zischen, begleitet von einem Luftzug, der mein Gesicht streifte. Dann kam ich hart auf dem Boden auf.

»Emily!«, hörte ich Rafael rufen. Er klang entsetzt.

»Alles gut. Mir ist nichts passiert.« Ich wollte mich aufrichten, doch ich spürte, wie mich etwas am Boden hielt. »Was ist los? Warum kann ich mich nicht mehr bewegen?« Ich versuchte mich dagegen zu wehren, doch der unsichtbare Widerstand hielt mich weiter in Schach.

Dabei fiel mir etwas Langes, Schmales auf, das sich eine Handlänge über meinem Gesicht befand, und ich hielt inne.

»Hör zu, Emily.« Finian klang angespannt. »Das, was dich da am Boden hält, ist Rafaels Psychokinese. Damit du dich bloß nicht bewegst.« Er sog hörbar die Luft ein. »Wenn Rafael seine Kraft zurücknimmt, rührst du dich keinen Millimeter und lässt dich von uns da rausziehen. Okay?«

»O ..., okay.« Mein Körper versteifte sich, als ich spürte, wie Rafael seine Psychokinese von mir nahm. Nun war es keine Energie mehr, die mich lähmte, sondern pure Angst.

»Gut so. Und jetzt auf gar keinen Fall bewegen.«

Jeweils zwei Hände umfassten meine Fußknöchel und zogen mich Zentimeter um Zentimeter in die Mumienkammer zurück. Von hier aus warf ich einen Blick in den verborgenen Gang, den ich gerade durch Zufall entdeckt hatte. Das Herz blieb mir stehen, als ich im Halbdunkeln einen Speer ausmachte, der aus der Wand ragte und mich um ein Haar aufgespießt hätte.

»Der kam aus der Wand geschossen, als du in den Gang gestürzt bist«, erklärte Rafael überflüssigerweise. »Du hast echt Glück gehabt.«

Ich betrachtete die scharfe Spitze, die mich locker hätte durchbohren können, und ein eisiger Schauer lief mir über den Rücken.

»Hier scheint es weiterzugehen«, sagte Finian mit matter Stimme. »Fragt sich nur, wie wir hier lebend durchkommen sollen.«

Er hob das abgerissene Bein einer Grabstatue auf und schleuderte es in den zwielichtigen Gang hinein, dessen Ende von hier aus nicht auszumachen war. Prompt stießen weitere Speere aus den Wänden hervor. Einer erwischte das Bein und rammte es gegen die Wand, wo es mit einem hässlichen Geräusch zersplitterte.

Ich schlug die Hand vor den Mund, als Finian sich vor dem Eingang niederließ, um vorsichtig zu dem vordersten Speer zu kriechen. Er strich mit der Hand darüber, ruckelte und zerrte daran, doch die tödliche Falle ließ sich nicht mehr ins Mauerwerk zurückschieben.

Mit einem Seufzen zog er die Hand zurück und sah uns über die Schulter hinweg ratlos an. »Das Ding ist aus massivem Metall, und es lässt sich keinen Millimeter bewegen.«

»Mit anderen Worten: Du kannst die Speere nicht einfach abfackeln«, sagte Rafael und ließ die Schultern hängen.

»Und zum Umkehren ist es auch zu spät«, murmelte ich mit einem Blick auf das schwere Fallgitter, das unseren Rückweg blockierte.

»Umkehren wäre eh keine Option«, meinte Finian. »Schließlich müssen wir die Welt retten, schon vergessen?«

»Ja, du hast recht. Wie dumm von mir«, erwiderte ich, während mein Magen sich mehr und mehr verkrampfte. Unglücklich blickte ich in das Halbdunkel. »Jetzt geht es nur noch vorwärts.«

23. Kapitel

Eine Zeitlang standen wir da und zerbrachen uns den Kopf darüber, wie wir die Todesfalle überwinden konnten. Mithilfe seiner Psychokinese ließ Rafael eine Feuerkugel durch den Gang schweben, der sich als recht lang entpuppte und zudem einen Knick nach rechts machte, so dass wir nicht einsehen konnten, wohin er führte – und was uns an seinem Ende erwartete. Allein das machte es unmöglich, einen Teleport zu wagen; schließlich konnten wir überall landen, in einer mit Stacheln gespickten Fallgrube zum Beispiel.

Da schnipste Rafael mit den Fingern und rief: »Aber natürlich! Ich hab's!« Er warf einen prüfenden Blick in den Gang, verzog dann aber das Gesicht. »Doch zugegeben, so ganz ungefährlich ist es nicht.«

»Jetzt sag schon«, versetzte ich. In meinem Magen kribbelte es wie in einem Ameisenhaufen.

Er räusperte sich. »Also, mein Plan wäre: Ich versuche, die Speere mit meiner Psychokinese zurück in die Wände zu drücken und sie dort drinnen zu halten, während wir so schnell es geht den Gang durchqueren und«, er schluckte, »*hoffentlich* sicher am anderen Ende ankommen.«

»Was auch immer uns da erwartet«, fügte ich grimmig hinzu.

Finian beäugte kritisch das Kreuz-und-Quer an Speeren. Dann brummte er: »Tja, anders wird es wohl nicht gehen. Wir haben keine Wahl.« Mit gestrafftem Oberkörper trat er unter den steinernen Durchgang. »Na, dann leg mal los, Bruderherz. Ich gehe zuerst.«

Das Herz schlug mir bis zum Hals, als ich mich hinter unserem großen Bruder aufstellte. Wie so oft bewunderte ich ihn für seinen Löwenmut, der schon immer typisch für ihn gewesen war.

»Ich vertraue dir«, ließ er Rafael wissen, bevor dieser seine Gedanken auf den Gang konzentrierte.

Unser Plan schien aufzugehen. Mit einem schabenden Geräusch zogen sich die Speere ins Innere der Wände zurück.

Finian atmete noch einmal tief durch, dann wagte er den ersten Schritt in die Gefahrenzone. Er huschte an dem Speer vorbei, der mich fast das Leben gekostet hätte, und winkte mich heran. »Schnell, wir müssen uns beeilen! Keine Ahnung, wie lange Rafael das durchhält.«

»Okay.« Mit zusammengebissenen Zähnen lief ich los und kam unbeschadet bei ihm an.

Über seiner Handfläche ließ Finian eine fußballgroße Flamme entstehen, die unsere nähere Umgebung ausleuchtete. Sekunden später stieß Rafael zu uns, den Blick in höchster Konzentration auf den Gang gerichtet.

Tapfer schritten wir voran. Speer um Speer wich vor uns zurück, was ein zaghaftes Gefühl von Zuversicht in mir aufkommen ließ.

Während Rafael und ich hinter Finian hergingen, betrachtete ich aufmerksam die Gangwände. Dabei stellte ich fest, dass sich zwischen den Speeröffnungen Lücken auftaten, in denen problemlos drei oder vier Personen Platz finden konnten – vorausgesetzt, sie hatten nicht die Statur von Sumoringern und standen nebeneinander in einer Reihe. Eine Erkenntnis, die uns das Leben retten konnte.

Kaum hatten wir die erste Biegung hinter uns gelassen, als Rafael hörbar die Luft ausstieß. »Oh nein! Ich glaub, ich ... schaff's nicht mehr lange!«

Mein Herz setzte für einige Schläge aus – dann ging alles ganz schnell. Innerhalb von Sekunden schätzte ich den Abstand ein, packte meine Brüder an den Armen und riss sie hart zurück.

Nur zwei Sekunden später schoss hinter mir ein Speer aus der Wand und streifte mein T-Shirt mit einem hörbaren *Ratsch!*. Ein weiterer zischte direkt vor meiner Nase vorbei und bohrte sich ins gegenüberliegende Mauerwerk.

Mit aufgerissenen Augen stand ich da, erstarrt wie ein Kaninchen vor der Schlange, und wagte kaum zu atmen.

Ich ließ einige Sekunden verstreichen, bevor ich einen Blick auf meine Brüder riskierte. Ich drehte den Kopf zu Rafael, der stocksteif zu meiner Rechten stand. Sein Atem ging stoßweise, doch ihm schien nichts zu fehlen.

Anders sah es bei Finian aus. Er hielt seine Hand gegen den rechten Unterarm gepresst. Ein leises Stöhnen entfuhr ihm, als ich seinen Arm zu mir heranzog, um mir die Wunde anzusehen. Ich schlug die Hand vor den Mund, als ich das Blut sah, das in einem schmalen Rinnsal seinen Arm hinablief und auf den staubigen Boden tropfte.

»Glück gehabt. Der Speer hat mich nur gestreift«, presste er zwischen zusammengebissenen Zähnen hervor. »Blutet zwar und tut sauweh, ist aber nicht weiter tragisch.«

»Emily ... Woher konntest du wissen, dass wir an dieser Stelle sicher sind?« Rafaels Stimme zitterte. Dann verzog er das Gesicht. »Oh, mein Gott. Es tut mir so leid! Das ist alles meine Schuld. Fast wären wir draufgegangen, und alles nur, weil ich zu schwach b –«

»Blödsinn!«, schnitt ich ihm das Wort ab. »Das hier ist nicht deine Schuld. Es ist die Situation. Immerhin hast du uns sicher bis hierher gebracht, und das kostet nun mal 'ne Menge Kraft. Und sowieso ist das hier der einzige Weg, den wir gehen können. Uns bleibt doch gar nichts anderes übrig!«

Ich fuhr mit der Hand über meinen Rücken. Erleichtert stellte ich fest, dass der Speer lediglich mein T-Shirt erwischt hatte. Die Haut darunter brannte zwar ein wenig, doch ich hatte kein Blut an meinen Fingern. Da hatte ich nochmal Schwein gehabt.

»Um deine Frage zu beantworten: Ich hab die Abstände zwischen den Speeren im Auge behalten, und da ist mir aufgefallen, dass die alle gleich sind«, sagte ich. »Nach dem, was gerade passiert ist, wäre es vielleicht besser, wenn wir uns vorsichtig von Lücke zu Lücke vorarbeiten. Wir gehen nebeneinander in einer Reihe, und falls Rafael dann wieder die Puste ausgeht, stehen wir sicher zwischen den Speeren.«

»Verstehe«, entgegnete Finian, der ein Stück Stoff aus seinem T-Shirt gerissen hatte und seine Wunde damit umwickelte. »Klingt nach einem guten Plan.«

»Falls ihr mir nach *dieser* Aktion noch vertrauen könnt«, jammerte Rafael.

»Jetzt red mal nicht so einen Quatsch, Junge. Natürlich vertrauen wir dir«, bekräftigte Finian. »Ohne dich wären wir aufgeschmissen.« Er beschwor eine neue Flamme herauf und schenkte Rafael ein Lächeln.

Die Coolness, die er trotz der schwierigen Situation an den Tag legte, beeindruckte mich. Andere an seiner Stelle hätten sich schon längst in die Hose gemacht.

Rafael zuckte mit den Schultern. »Na gut, probieren wir es. Aber erst mal brauch ich 'ne Pause, sonst schaffe ich das nicht.«

»Geht in Ordnung, Bruderherz«, sagte Finian mit einem Daumen nach oben.

Nachdem Rafael sich einen Moment lang ausgeruht hatte, ging die Mission weiter. Speer für Speer hielt er zurück, so dass wir uns von einer Lücke zur nächsten bewegen konnten. Zweimal ging ihm erneut die

Kraft aus, doch wir hatten mehr Glück als Verstand und blieben unverletzt. Es dauerte eine Weile, bis wir den Gang endlich hinter uns ließen und uns vor einer massiven Tür wiederfanden, die der Thot-Tür bis aufs Haar glich.

Erleichtert sog ich die Luft ein. Allem Anschein nach ging es hier zur Halle der Aufzeichnungen.

Finian trat vor die beiden Türflügel und strich mit der Handfläche über das Thot-Relief. »Na, dann mal los!«, meinte er und stieß kräftig dagegen.

Anstatt sich zu öffnen, gab die Tür einen verdächtigen Klackton von sich – und der Boden unter unseren Füßen kippte blitzschnell nach vorn. Schreiend fiel ich in die Tiefe und kam hart auf einer Rampe auf, die im steilen Winkel nach unten führte. Auf dem Hintern rutschte ich über den glattgeschliffenen Stein, wurde mit jeder Sekunde schneller. Mehrmals versuchte ich, mit den Füßen Halt zu finden, doch vergebens.

Die steinerne Rutsche machte einen Knick nach rechts, dann einen nach links und wieder nach rechts, wobei ich jedes Mal an der Wand entlangschrappte und mir schmerzhaft den Kopf stieß. Modrige Luft schlug mir entgegen, als es wieder geradeaus ging – und mit einem Schlag heller wurde.

Wie aus dem Nichts sauste das Ende der Rampe auf mich zu. Kreischend flog ich durch die Luft und landete auf hartem Untergrund, wo ich mich zweimal überschlug, bevor ich endlich zum Stillstand kam und mit ausgestreckten Gliedern auf dem Rücken liegenblieb. Einen Atemzug später registrierte ich, wie auch meine Brüder eine unsanfte Landung hinlegten – Gott sei Dank neben und nicht auf mir.

Eine Minute lang blieben wir erschöpft am Boden liegen. Dann rappelten wir uns auf und sahen uns um. Wir befanden uns in einer rechteckigen Kammer, deren glattpolierte Wände dasselbe blaue Dämmerlicht ausstrahlten wie die im Labyrinth. Mit Ausnahme der quadratischen Öffnung am Ende der Rampe gab es hier keinen weiteren Ausgang. Mir wurde heiß und kalt zugleich, als ich realisierte, dass wir in der Falle saßen.

»Endstation«, seufzte Rafael und ließ die Schultern hängen. »Das war's dann wohl. War schön, euch gekannt zu haben.«

Finian schnaubte. »Endstation. Pah! Das hier kann doch nicht schon alles sein.«

Er durchmaß die Kammer mit schnellen Schritten, blickte dabei abwechselnd nach links und rechts und machte an der hinteren Wand kehrt, um zu uns zurückzukommen. »Nichts«, grollte er. »Die Scheißwände sind aalglatt.«

Ich legte meine Handfläche auf das uralte Gestein und atmete tief durch, um meine aufgepeitschten Nerven zu beruhigen. Dann ließ ich langsam den Blick durch die Kammer gleiten. »Das kann unmöglich schon alles gewesen sein. Hier muss es doch noch irgendetwas geben. Irgendeinen verborgenen Mechanismus, einen geheimen Ausgang, oder sonst was.«

»Ach, Emily. Du siehst doch selbst, dass die Kammer dort hinten zu Ende ist«, meinte Rafael resigniert. »Und wenn Finian sagt, die Wände sind alle glatt ...«

Doch damit wollte ich mich nicht zufriedengeben. Trotzig stemmte ich die Hände in die Hüften. »Er ist aber nur husch-husch da durchgelaufen. Wir sollten den Raum noch mal genauer untersuchen, und wenn es jeder einzelne Zentimeter sein muss.«

Frustriert ließ Finian sich auf dem Boden nieder. »Und alles nur, weil ich Depp so voreilig war, die Tür zu öffnen. Wegen mir sitzen wir jetzt hier fest.« Er fuhr sich mit der Hand übers Gesicht, wo seine Finger dunkelgraue Schmutzstreifen hinterließen.

Rafael blickte auf seine eigenen Hände hinab und meinte: »Ganz schön dreckig hier unten.« Er setzte sich neben Finian, zog die Beine an den Körper und umschlang sie mit den Armen. »So dreckig, wie ich mich gerade fühle.«

»Nee, oder?« Genervt sah ich von einem zum anderen. »Ihr wollt jetzt nicht wirklich hier rumsitzen und euch selbst bejammern?«

»Keine Ahnung«, murmelte Finian mit gesenktem Blick. »Ich bin so ein Vollpfosten.«

»Und ich gleich mit«, setzte Rafael hinzu.

Ich rollte mit den Augen. Wie, zum Teufel, konnte man nur so schnell den Kopf in den Sand stecken? »Na gut. Dann bleibt ihr mal hier sitzen und heult weiter rum. Wenn ihr nichts dagegen habt, werde ich die Kammer auf eigene Faust untersuchen.«

Mit diesen Worten drehte ich mich um und steuerte die rechte Wand an. Sorgfältig tastete ich mich von oben nach unten voran, wobei meine Finger ausschließlich auf festen Untergrund trafen. Meine Augen scannten jeden Zentimeter der massiven Wand, doch nirgendwo fanden sich Hinweise auf einen versteckten Mechanismus.

Ich war in der Mitte der hinteren Wand angelangt, als mir dann doch etwas Ungewöhnliches ins Auge fiel: Ein winziger, in den Stein gravierter Ibis, nicht größer als mein halber Daumen und daher leicht zu übersehen. Er befand sich in Höhe meiner Schultern und unterschied sich kaum von seinem Untergrund.

Ich strich mit dem Finger über das Minirelief, als plötzlich eine Hand aus dem Gestein hervorschoss und mein Handgelenk umfasste. Sie war kalt wie gefrorener Marmor und sandte prickelnde Schauerwellen durch meinen Körper.

Erschrocken starrte ich auf die Hand, dann auf das Gestein, das Wellen zu schlagen begann, als wäre es aus Wasser. Mit klopfendem Herzen wich ich vor einem Mann zurück, der aus der Wand hervortrat und einen Schritt vor mir stehenblieb. Er war in ein langes weißes Gewand gekleidet und wirkte auf den ersten Blick wie ein ganz normaler hochgewachsener Mensch. Erst bei näherem Hinsehen erkannte ich, dass sein Gesamtbild äußerst blass wirkte und ich obendrein durch ihn hindurchsehen konnte. Was nur einen Schluss zuließ ...

»Was ist los, Emily? Warum stehst du da und rührst dich nicht?«, hörte ich Rafaels Stimme in meinem Rücken, wagte es jedoch nicht, mich nach ihm umzudrehen.

»Du bist Thot der Atlanter, hab ich recht?«, sprach ich den Geist an. Er war das genaue Ebenbild des Mannes auf den beiden Türreliefs; ich hegte nicht den leisesten Zweifel an seiner Identität.

Sein Blick ruhte auf meinem Gesicht, bevor er nickte und freundlich lächelte.

»Was machst du da an der Wand? Und mit wem redest du?«, fragte Finian, als er neben mich trat.

»Dasselbe frage ich mich auch.« Rafael sah erst mich an, dann die Wand. Er runzelte die Stirn, während sein Blick über Thot hinwegwanderte, als wäre dieser gar nicht da.

Offenbar konnten weder er noch Finian den alten atlantischen Herrscher wahrnehmen.

»Wir stehen gerade vor Thot dem Atlanter«, erklärte ich. »Weil er ein Geist ist, kann nur ich ihn sehen.«

»Oh, wirklich?« Finian bekam große Augen.

»Ähm ... Hallo, Thot.« Mit einem unsicheren Lächeln hob Rafael die Hand.

Der Blick des Geistes wanderte von einem zum anderen und verharrte dann erneut auf mir. Auf Atlantisch sagte er: »Singt.«

Im ersten Augenblick wusste ich nicht, was er meinte. Doch dann verstand ich.

»Wir sollen die ›Zauberformeln‹ singen, die wir beim alten Baniti gelernt haben«, sagte ich an meine Brüder gewandt.

Mit großen Augen sah Rafael mich an. Seine Wangen röteten sich vor Aufregung. »Aber ... Das würde ja bedeuten, dass ...«

»... wir hier direkt vor dem Eingang zur Halle der Aufzeichnungen stehen«, beendete ich seinen Satz.

»Was vermuten lässt, dass die Atlanter den Eingang mit irgendeiner Technologie verschleiert haben, die außer ihnen niemand kannte. Und die scheint auf unsere ›Zauberformeln‹ zu reagieren, die in Wirklichkeit eine Art Zugangscode sind«, schloss Finian. »Ganz schön raffiniert. Ein besseres Versteck kann man gar nicht erfinden.«

Ich nickte. »Ja, das klingt logisch.«

Leider kam ich nicht mehr dazu, mich bei Thot für seine Hilfe zu bedanken; er war schneller wieder durch die Wand verschwunden, als ich den Mund aufmachen konnte.

Einen Moment lang starrte ich auf die Stelle, an der er gerade noch gestanden hatte. Dann wandte ich mich an meine Brüder. »Alles klar, Jungs. Versuchen wir es.«

Wie unser Lehrer im alten Ägypten es uns beigebracht hatte, stellten wir uns im Halbkreis vor die Wand und stimmten die passende Formel an. Unser Gesang war volltönend und jagte sanfte Vibrationen durch meinen Körper, versetzte mich bald schon in Trance. In perfektem Zusammenspiel hoben und senkten wir die Stimmen, wobei einer den anderen ergänzte. Wir platzierten die heiligen Worte an den richtigen Stellen, dann beendeten wir die Formel mit einem tiefen Atemzug.

Ich hielt die Luft an, als sich wie aus dem Nichts eine Tür in der Wand manifestierte. Sie glich den beiden Thot-Türen bis ins Detail, mit dem einzigen Unterschied, dass sie mit einer metallisch-grünen Farbe überzogen war und geheimnisvoll glitzerte.

»Okay«, flüsterte ich. »Jetzt wird's spannend.«

Ich atmete tief ein. Dann trat ich vor und drückte meine Hände gegen das kühle Metall. Die Türflügel schwangen lautlos nach innen und gaben den Blick frei auf eine riesige Halle, die von einem milden gelben Licht erhellt wurde. Die Decke war hoch wie ein Kirchturm, der Raum größer als eine Fußballarena. In der Mitte reihten sich eine Menge technischer Geräte in allen Formen und Größen aneinander, über deren Zweck sich nur rätseln ließ. Jeder noch so kleine Fleck zwischen den unzähligen Wandregalen war mit atlantischen Hieroglyphen übersät. Seltsamerweise waren die Wände mit einem Material überzogen, das an grau-bläuliches Metall erinnerte. Würde es hier nicht aussehen wie im Innern eines Raumschiffes, hätte man das Gefühl haben können, am Eingang einer weitläufigen Bibliothek zu stehen. Wie auch im »Raumschiffbrücken«-Labyrinth war hier alles sauber und aufgeräumt, als hätte der gesamte Komplex ein Heer unsterblicher Haushälterinnen.

»Da haben wir ja Einiges zu tun, mhm?«, meinte Finian. Er betrat die Halle der Aufzeichnungen als Erster, und wir folgten ihm.

Nach einem kurzen Überblick beschlossen wir, uns aufzuteilen. Jeder von uns erhielt eine gleichgroße Fläche, was uns bei der Suche schneller voranbringen würde.

Staunend blickte ich auf hochmoderne Monitore mit flachen Tastaturen in atlantischer Schrift, die sich in regelmäßigen Abständen mit den hohen Regalen abwechselten. Neben zahlreichen technischen Gerätschaften, deren Funktionszweck sich mir nur teilweise erschloss, enthielten sie Unmengen an länglichen kleinen Gegenständen, die eine frappierende Ähnlichkeit mit Datensticks aufwiesen und in schmalen Fächern angeordnet waren. Ein Stück weiter stieß ich auf eine Reihe von Nischen, die Wesen in Glasbehältern beherbergten, welche in einer bernsteinfarbenen Flüssigkeit konserviert waren. Ein paar von ihnen identifizierte ich als einheimische Tierrassen wie Löwen, Schakale, Krokodile oder Ibisse, während andere mir vollkommen unbekannt waren oder aus anderen Ländern der Erde stammten. Sogar Tiere der letzten Eiszeit gab es hier, wie beispielsweise ein Mammutbaby und ein Säbelzahntiger. Was mir allerdings einen Schauer über den Rücken jagte, waren die vielen Hybridwesen, deren Behälter sich bis zum Ende der Halle erstreckten. Es waren Kreaturen wie die Sphinx und der Minotaurus, Wesen wie Harpyien, Satyrn, Meermenschen, ägyptische »Götter« ...

Wesen wie Horus und Anubis ...

Mitleid stieg in mir auf, während ich an all den genmanipulierten Kreaturen vorüberging.

Es dauerte eine gefühlte Ewigkeit, bis Rafael uns zu sich rief und auf eine Ansammlung milchig blauer Kristalle zeigte, die weit oben in einem der Regale untergebracht waren. Durch unsere Rückerinnerung konnten wir sie zweifellos als die gesuchten Energiekristalle identifizieren.

Mithilfe einer Räuberleiter krallten wir uns drei dieser akkurat geschliffenen, unterarmlangen Edelsteine. Die Dinger waren so dick wie mein Handgelenk, mit einem spitz zulaufenden Ende. Wir führten sie mit unseren Amuletten zusammen, indem wir diese in einen Schlitz an der Kristallunterseite hineinschoben, wie Munition in eine Pistole. Ein kurzes energetisches Aufleuchten bestätigte uns, dass wir alles korrekt ausgeführt hatten. Wie man sich damit wohl zur Wehr setzte?

Wir suchten weiter. Das Amanit hatten wir bisher noch nicht ausfindig gemacht. Laut unseren Götterfreunden wurde es in einem Spezialtresor aufbewahrt, der ausschließlich mit jenen Formeln zu öffnen war, die wir beim alten Baniti gelernt hatten.

Es dauerte eine Weile, bis wir besagten Tresor gefunden und geöffnet hatten. Ein paar Brocken des seltenen buntkupferfarbenen Erzes bargen wir in unserem Rucksack.

Erleichtert atmete ich auf. Unser Auftrag hier war erledigt. Jetzt wollte ich nur noch eins: Nichts wie raus!

Als Rafael und Finian ihre Hände auf meine Schultern legten und ich mich auf den Teleport vorbereitete, fiel mein Blick auf eine Gestalt neben einem der Regale. Es war Thot der Atlanter, die Hand zum Gruß erhoben.

Ich erwiderte seine Geste und sandte ihm ein wortloses *Danke für alles!*. An seinem Lächeln erkannte ich, dass meine Worte ihn erreicht haben mussten.

Passt auf euch auf!, vernahm ich seine Stimme in meinem Kopf, und er löste sich in Luft auf.

Ein Lächeln huschte über mein Gesicht. *Zur Sphinx!*, visualisierte ich – und unsere Rückreise begann.

24. Kapitel

Kaum waren wir an unserem Treffpunkt bei der Sphinx angelangt, begann es in der Erde zu rumoren, als würde ein gewaltiger Wurm darunter wühlen.

»Es hat begonnen«, verkündete Bastet mit düsterer Stimme. Ihr Blick war zum Nachthimmel gerichtet, der von einer schweren Wolkendecke überzogen war. Tückische blaue Blitze zuckten hervor, die so fehl am Platz wirkten wie ein Goldfischbassin in der Sahara.

Ich hatte gehofft, es würde noch ein wenig Zeit bleiben, um uns in Ruhe auf den Kampf vorzubereiten, doch mein Wunsch hatte sich soeben in Luft aufgelöst. *Immerhin sind unsere Eltern in Sicherheit. Gut, dass Bastet und die anderen auf dem Rückweg nach ihnen gesehen haben.*

»Das Unwetter über Kairo ist nur ein Vorgeschmack auf das, was noch folgen wird. Der Dunkle Pharao ist nun bereit, sich der Menschheit zu präsentieren«, sprach Horus die Worte aus, vor denen ich mich am meisten gefürchtet hatte.

Ich schluckte. »Und das bedeutet ...«

»... dass wir heute Nacht in den Kampf ziehen werden.« Bastet sah mir fest in die Augen. »Und ich dich mit meinem Leben beschützen werde.«

Ich sah hinüber zu meinen Brüdern; ihre Gesichter waren weiß wie Kreide. *Wenigstens bin ich nicht die Einzige von uns, die Schiss hat. Auch wenn mich das nicht wirklich trösten kann.*

»Eure Waffen ...«

»... sind startklar«, beendete Rafael Anubis' Satz. Er präsentierte den Göttern seinen Kristall mit dem Horusauge, und auch Finian und ich zeigten unsere Waffen vor.

»Gut.« Es war das erste Mal, dass ich Anubis so angespannt erlebte. Seine Augen wanderten nervös über die Umgebung, wobei er fest die Lippen aufeinanderpresste.

»Wann geht's los?«, fragte Finian.

»Jetzt gleich«, erwiderte Anubis.

Das Herz hämmerte gegen meinen Brustkorb, als wir uns zum Teleport bereitmachten und einander an den Händen nahmen ...

Kaum hatten wir unseren Bestimmungsort erreicht, nahm ich einen tiefen, langen Atemzug und öffnete die Augen. Eine kleine Hügelkette schälte sich immer dann aus der Dunkelheit, wenn das Licht der Blitze aufflackerte, was in dichtem Abstand geschah. In dieser Nacht wirkte sie scharfkantig und abweisend, als befände sich dort die Grenze zu einem verfluchten Land.

Ich kannte die Gegend bereits. Hier war der verborgene Höhleneingang, der uns tief unter die Erde in den Tempel mit dem Sternentor führte.

»Wir dürfen keine Zeit verlieren«, knurrte Anubis. »Der Mistkerl könnte den Tempel jeden Moment durch einen geheimen Zugang verlassen und in Richtung Kairo ziehen. Dann haben wir ein Problem.«

»Hoffen wir, dass er sich noch nicht von seiner Bindung befreien konnte«, erwiderte Bastet und warf sich herum. »Es ist Zeit zum Angriff.«

Sie trat ein paar Schritte in die Dunkelheit hinein. In einem überraschend herrischen Tonfall, den ich von der Katzenkönigin nicht gewohnt war, rief sie ein paar Dinge, die ich nicht verstand. Vermutlich war dies ihre Muttersprache.

Ich versuchte etwas zu erkennen, doch um uns herum war es viel zu dunkel. Erst als ein neues Blitzgewitter die Landschaft erhellte, sah ich, dass wir nicht alleine waren. Ein ganzes Heer verbarg sich hinter uns, so diszipliniert und still, dass ich seine Anwesenheit bisher gar nicht wahrgenommen hatte. Schlanke, großgewachsene Krieger mit spitzen Katzenohren standen in Reih und Glied, um die Befehle ihrer Königin entgegenzunehmen.

Nach der Unterweisung kehrte Bastet zu mir zurück und legte die Hand auf meine Schulter. Im Licht der Blitze flackerten ihre Augen auf. »Ihr wisst, was zu tun ist«, sagte sie an meine Brüder und mich gewandt. »Sobald wir im Tempel sind, lauft ihr zu dem großen Steintor und öffnet es. Mit dem Amanit aktiviert ihr das Sternentor im Innern der Kammer dahinter. Wir geben euch Deckung, damit keiner euch an eurer Aufgabe hindern kann.«

»Und dann nehmen wir uns den Pharao vor«, ergänzte Finian.

»Gut.« Mit erhobenem Haupt ging Bastet voraus.

Nachdem wir den versteckten Höhleneingang passiert hatten, entzündeten Finian und Anubis jeweils eine Flamme über ihrer Handfläche und leuchteten uns den Weg. Die Luft hier drinnen war heiß und stickig, was das Atmen zur Tortur werden ließ. Obendrein war der steil nach unten führende Tunnel an manchen Stellen so eng, dass nur eine einzelne Person seitlich hindurchpasste. Ein Sumoringer hätte hier schlechte Karten gehabt.

Ich spürte, wie der Schweiß in Rekordzeit mein T-Shirt durchnässte. Als ich vor Jahrtausenden zum ersten Mal hiergewesen war, hatte die Hitze mich genauso gequält. Doch meine Erinnerung sagte mir auch, dass es im Tempel selbst kühl gewesen war. Amun sei Dank, einen Kampf unter solch einer Hitze hätte ich wohl kaum überstanden!

Der Tunnel führte immer steiler bergab, so dass wir aufpassen mussten, wohin wir unsere Füße setzten. Doch dann – mir war von der schlechten Luft schon ganz schwindelig geworden –, mündete er in einen langgezogenen Raum, an dessen Ende sich eine massive Flügeltür aus Metall befand. Atlantische Hieroglyphen überzogen die Wände und wirkten im tanzenden Licht der Flammen besonders mystisch.

Gemeinsam mit den Göttern traten wir vor die Tür, die eine starke Ähnlichkeit hatte mit jenen Flügeltüren, die zur Halle der Aufzeichnungen führten. Mit dem Unterschied, dass hier anstelle von Thot dem Atlanter der vergöttlichte Horus auf uns herabblickte. Über seinem Kopf schwebte das Horusauge; das Symbol der Shemsu Hor.

Auch dieser Durchgang war durch einen Mechanismus geschützt, der nur mithilfe eines Codes zu überwinden war, doch dieses Problem hatten wir mit unseren »Zauberformeln« schnell gelöst.

Mit einem mahlenden Geräusch bewegten sich die Türflügel nach innen und gaben den Blick frei auf eine Tempelhalle, die der Größe der Halle der Aufzeichnungen in nichts nachstand. Der Boden war mit einer knöchelhohen Schicht Wüstensand überzogen, und ein schwefelgelbes Licht herrschte vor, das mir den Eindruck vermittelte, jeden Moment die Schwelle zur Unterwelt zu übertreten.

Glücklicherweise war es genauso kühl, wie ich es in Erinnerung hatte. *Na, wenigstens das!*

Als wir das Schlachtfeld betraten, war weit und breit niemand zu sehen. Misstrauisch überblickte ich die weitläufige Halle mit ihren Säulen, die so dick waren wie Mammutbäume. Ich erkannte alles sofort wieder: die Horus-Reliefs an den Wänden, die Hieroglyphen an den Säulen, die wuchtigen Steinaltäre, die sich in gleichmäßigen Abständen mittig durch den Tempel zogen, und die Decke, die so hoch über mir lag, dass sie mit den Schatten verschmolz. Nichts hatte sich verändert, seit ich das letzte Mal hiergewesen war. Selbst die Trümmerstücke von der damaligen Schlacht lagen noch dort, wo wir sie zurückgelassen hatten.

Es kostete mich einige Überwindung, den Blick nach rechts zu wenden. Zu der glatten Felswand mit dem Portal, hinter dem sich das Sternentor verbarg. Zu jener Stelle, wo ich einst mein Leben ausgehaucht hatte ...

Allein der Anblick jagte mir einen Schauer über den Rücken. Rasch wandte ich mich ab und musterte stattdessen Bastets Heer. Wie viele Krieger es zählte, konnte ich nicht ausmachen. Ihre Anzahl schätzte ich auf mindestens hundert. Die meisten von ihnen waren männlich, doch es fanden sich auch einige Frauen darunter. Sie alle trugen geschmeidige Rüstungen aus einem silbrig schimmernden Metall, das ich noch nie zuvor gesehen hatte. Mit Sicherheit war es von außerirdischer Herkunft, ebenso die langen Schwerter, die von innen heraus in einem warmen Goldton glommen. Einer der Krieger, ein verwegen aussehender Kater mit einer langen wulstigen Narbe über der Nase, zwinkerte mir freundlich zu.

Neben mir begannen Horus und Anubis vor sich hinzumurmeln. Sie breiteten ihre Arme aus und vollführten einige Handbewegungen, als würden sie an unsichtbaren Fäden ziehen, die mit dem sandigen Boden verknüpft waren. Sekunden später schossen überall Sandfontänen in die Höhe, die sich rasch verfestigten und menschliche Umrisse annahmen. *Was ...?* Verblüfft sah ich dabei zu, wie sich Reihen mit neuen Gestalten bildeten. Soldaten in goldenen Rüstungen, bewaffnet mit Was-Zeptern. Kriegerische Ausgaben von Horus und Anubis, gewoben aus Psi-Energie und Wüstensand.

Der Sandteppich am Boden war restlos verschwunden, und ich erinnerte mich wieder daran, das gleiche Schauspiel schon einmal beobachtet zu haben, als ich noch Nefertiti gewesen war. Nach und nach brachen immer mehr Erinnerungen durch die Oberfläche meines Unterbewusstseins, führten mir die damalige Schlacht vor Augen. Ergriffen hielt ich den Atem an.

Eine Zeitlang blieb alles still, so dass ich mich ernsthaft fragte, ob der Pharao und sein Heer vielleicht wirklich längst losgezogen waren. Doch dann wurden die Schatten zwischen den Säulen lebendig.

Mein Magen krampfte sich zusammen, als plötzlich Massen an Mumien zwischen den Säulen hervortraten. Knarzend und stöhnend bewegten sie sich auf uns zu und blieben schließlich stehen, um Platz für dämonische Kreaturen zu machen, die sich unter sie mischten. Mit ihren kantigen Körpern und den schweren Keulen in den Pranken ähnelten sie Gargylen, die von einer harten Sandkruste überzogen waren.

Zum Schluss tauchte ein Trupp gepanzerter Nibirer-Soldaten mit Langstäben auf, und dazwischen ...

Das Heer bildete einen Durchgang in seiner Mitte, an dessen Ende ein hochgewachsener Mann mit der Statur eines Footballers erschien. Erhobenen Hauptes stolzierte er auf den vordersten Altar zu, stieg darauf und bedachte uns alle mit einem arroganten Blick.

In diesem Moment erinnerte ich mich wieder an ihn, den Dunklen Pharao. An sein Auftreten, seine Aura und sein Aussehen. Er hatte eine gewisse Ähnlichkeit mit Imhotep, dem bösen Priester aus dem Film »Die Mumie«. Sein Haar war kurzgeschoren, so dass er beinahe eine Glatze hatte. Harte, kohlschwarze Augen schienen jeden zu durchbohren, den sie ansahen. An seinem muskulösen Körper trug er nichts weiter als einen Lendenschurz aus Leopardenfell und einen klobigen Goldreif an jedem Handgelenk. Am auffälligsten war jedoch die lange knotige Narbe, die sich quer über sein Gesicht zog. Die hatte ich, oder vielmehr Nefertiti, ihm damals im Kampf mit dem Messer zugefügt.

Ihm schien ein ähnlicher Gedanke gekommen zu sein, denn sein Blick suchte gezielt den meinen. Einen Moment lang sah er mich schweigend an. Dann verzog er den Mund zu einem herablassenden Lächeln.

»Was soll das denn werden?«, rief er mit seiner viel zu hellen, näselnden Stimme, die so gar nicht zu seiner übrigen Erscheinung passen wollte. »Das sind ja noch Kinder! Kleine, schwache Kinderlein – wie ... *niedlich!*« Er stieß ein meckerndes Lachen aus, für das ich ihm am liebsten eine reingezogen hätte. »Dann ist es also tatsächlich wahr. Ammit hat mir keinen Schwachsinn erzählt.«

Ein demonstratives Räuspern ertönte im Hintergrund. »Aber Meister, so etwas würde ich doch niemals tun.« Prompt erschien das Krokodilsmonster neben dem Altar und sah wimpernklimpernd zum Pharao auf.

Ammits Stimme triefte vor Schleim. Angewidert verzog ich das Gesicht.

Der Pharao würdigte seine Untergebene kaum eines Blickes. Stattdessen wandte er sich an die Götter und schüttelte langsam den Kopf. »Ihr wollt mich wohl verhöhnen, was? Nicht mal in anständige Körper konnten sich eure drei Priester reinkarnieren. Mit diesen Bälgern wollt ihr mich allen Ernstes angreifen?«

»Wart's nur ab!«, knurrte Anubis, der ein paar Schritte neben mir stand.

»Er unterschätzt die drei, das könnte ihm übel aufstoßen«, hörte ich Horus flüstern und spürte, wie sich ein gewaltiger Druck in mir aufbaute. Ich konnte nur hoffen, dass Rafael, Finian und ich ihren Erwartungen gerecht wurden.

»Ihr wisst, was zu tun ist.« Bastet bedachte erst meine Brüder, dann mich mit einem eindringlichen Blick.

Ich nickte.

»Weißt du was, du Möchtegern-Pharao? Ich hab keine Lust, dir länger zuzuhören. Wir sollten besser mal loslegen, bevor ich noch Kopfschmerzen von deinem Gelaber bekomme«, hallte Anubis' Stimme durch den Tempel. Er klang äußerst genervt. Die Hände in die Hüften gestemmt, starrte er dem Pharao kampflustig entgegen.

»Ohooo! Ganz schön mutig für einen Straßenköter.« Der Pharao lachte auf. »Du glaubst doch nicht ernsthaft, ihr könntet mich ein zweites Mal überlisten?«

»Und warum nicht?«, rief Bastet.

Unser Gegner rollte übertrieben mit den Augen, als wären wir irgendwelche Dummbratzen, denen man alles zehnmal erklären musste. »Weil ich eure Kräfte kenne und weiß, wie ihr vorgehen werdet.« Er stieß ein theatralisches Seufzen aus. »Deshalb solltet ihr am besten gleich aufgeben. Ich habe keine Lust, mich mit euch zu langweilen, und würde gern endlich nach draußen gehen und die Welt regieren – wenn es der großen Königin der Luyoniden denn genehm ist.«

Allmählich hatte auch ich die Nase voll von seinen großkotzigen Reden. Es machte mich wütend, wie respektlos er mit Bastet sprach.

Ohne eine Antwort abzuwarten, wandte sich der Pharao an sein Heer und hob die Hand. »Angriff!«, brüllte er mit einer Inbrunst, die mich erzittern ließ.

»Los, Freunde! Auf geht's!«, schrie Anubis nicht weniger einschüchternd – und bevor ich auch nur irgendeinen weiteren Gedanken fassen konnte, bewegten sich beide Heere aufeinander zu. Erst langsam, dann im Laufschritt.

Wie angewurzelt stand ich da und sah mit an, wie sich unsere Soldaten auf die des Pharaos stürzten.

»Vorsicht!« Ein Feuerball traf einen der Sanddämonen, der sich mit erhobener Keule an mich herangepirscht hatte. Er wankte und kippte zur Seite wie ein übergroßer Mehlsack.

»Das war knapp.« Finian griff nach meinem Arm und zerrte mich in Richtung Sternentor. Dicht gefolgt von Rafael und den Göttern liefen wir mitten durch das Schlachtfeld, wichen grapschenden Mumienhänden aus und duckten uns unter mehreren Keulen hinweg, bevor sie uns die Köpfe von den Schultern hauen konnten.

Kaum hatten wir das Steintor erreicht, bildeten Anubis, Bastet und Horus einen schützenden Halbkreis, um uns die Gegner vom Hals zu halten, so dass wir uns voll auf unsere Aufgabe konzentrieren konnten. Der Zugang erinnerte an ein Schlossportal, wie ein in die Felswand gemeißeltes Kunstwerk. Tausende Hieroglyphen verliefen senkrecht über die glatte Oberfläche, hoben sich in violetten, grünen und blauen Farbtönen von dem anthrazitfarbenen Untergrund ab. Schon auf den ersten Blick wurde klar, dass es sich hierbei um etwas Besonderes, fast schon Heiliges handelte.

»Seid ihr bereit?«, fragte ich meine Brüder mit leicht zittriger Stimme.

Rafael und Finian nickten.

»Dann mal los.«

Gemeinsam streckten wir die Hände nach dem Steintor aus. Doch im selben Moment, in dem wir es berührten, schoss eine wogende schwarze Masse aus dem Gestein hervor, die sich über das gesamte Tor ausbreitete.

Mit einem Aufschrei zog ich die Hände zurück und machte einen Satz nach hinten. Angst floss durch meinen Körper, ein Wechsel aus heißen und kalten Schauerwellen. Denn das, was ich zunächst für eine teerartige Flüssigkeit gehalten hatte, waren in Wirklichkeit Tausende pechschwarze Spinnen.

25. Kapitel

»Oh, verdammt! Das ist eine Falle!« Rafaels Stimme klang um einige Tonlagen höher. Seit ich denken konnte, hatte er eine Phobie gegen Spinnen. Was er gerade erlebte, musste für ihn der Albtraum seines Lebens sein.

Auch mir wurde kalt beim Anblick der umherwuselnden Biester, die jeden Millimeter des Steintors mit ihren Leibern bedeckten. Die Furcht drückte mir auf die Kehle.

Neben mir traf ein Feuerball auf die schwarze Masse, dann ein weiterer. Finian war der Einzige, der sich von Krabbeltieren nicht weiter beeindrucken ließ.

»Weiter so! Fackel sie alle ab!« Mit jeder Attacke lockerte sich der Druck auf meinen Hals. Gott sei Dank hatten wir einen Pyrokineten unter uns.

Ich wollte ihn noch mehr anfeuern, als mir die Worte im Hals steckenblieben. Ungläubig starrte ich auf das spinnenüberzogene Steintor. Keine einzige Spinne war von Finians Feuer niedergebrannt worden. Als könnten die Flammen ihnen nicht das Geringste anhaben!

Finian zielte auf ein einzelnes Tier, das von der Wand abgefallen war und nun über den Boden krabbelte, doch auch bei ihm zeigte das Feuer keinerlei Wirkung. Anstatt zu verbrennen, lief die Spinne munter weiter, als sei überhaupt nichts geschehen.

Ein Schrei entfuhr mir, als mehrere Schlangen unter der Felswand hervorgekrochen kamen und direkt auf mich zuhielten. Es waren Kobras, die angriffslustig die Köpfe hoben, sobald sie in meine Nähe kamen.

»Basteeet!«, rief ich mit schriller Stimme.

Einen Moment lang stand ich einfach nur da und sah in die tückischen schwarzen Augen der Schlangen, die nur auf eine falsche Bewegung zu warten schienen. Dann tauchte Bastets Gesicht neben mir auf.

»Erinnerst du dich, was ich dir über den Dunklen Pharao erzählt habe?« Der ruhige Tonfall der Katzenkönigin passte überhaupt nicht zu unserer brenzligen Situation.

Langsam drehte ich den Kopf, um ihr ins Gesicht zu blicken. Es dauerte einen Moment, bis es *Klick!* bei mir machte.

»Er ist ein Meister der Illusionen, und ihr seid ihm gerade auf den Leim gegangen«, fuhr Bastet fort. »Er wird nichts unversucht lassen, euch von eurem Vorhaben abzuhalten.«

Ein Ächzen entrang sich mir. »Dann ..., dann ist das hier nur ... eine von seinen *Illusionen*?«

»Ja. Die Spinnen und Schlangen gibt es in Wirklichkeit gar nicht.« Sie tätschelte meine Schulter und schenkte mir ein ermutigendes Lächeln. »Auch wenn die Schrecknisse des Dunklen Pharaos noch so real aussehen: Ihr müsst seine Barriere durchbrechen und das Tor öffnen. Ich weiß, ihr werdet es schaffen.«

»Soll das heißen, der Kerl hat uns gerade komplett verarscht?« Rafael biss sich auf die Unterlippe. Sein Gesicht war puterrot.

In Finians Augen funkelte es. »Von so einem blöden Mistkerl lassen wir uns nicht unterkriegen!«

Trotz Bastets Entwarnung schnappte ich nach Luft, als er die Arme ausstreckte und seine Hände in dem Teppich aus Spinnen vergrub. Eine Sekunde lang glaubte ich, er würde aufschreien und nach hinten kippen, doch es geschah rein gar nichts. Das hier war tatsächlich nur eine Illusion. Wir durften den Pharao auf keinen Fall unterschätzen.

Ich biss die Zähne zusammen, während ich mich auf die Schlangen zubewegte. Das Herz schlug mir bis zum Hals, als meine Beine sie berührten – und ich einfach durch sie hindurchgehen konnte.

Ein erleichtertes Lachen verließ meinen Mund. Ich warf einen Blick über die Schulter, doch Bastet hatte sich inzwischen wieder in den Kampf gestürzt. Tapfer hielt sie uns die Mumien und Sanddämonen vom Leib, die zu uns vorzudringen versuchten, um unsere Pläne zu vereiteln.

Vor dem Steintor hielt ich inne und starrte auf das Gewimmel aus Spinnenleibern. Auch wenn diese nur ein Trugbild waren, kostete es mich Überwindung, meine Hände auszustrecken und sie auf das Gestein zu legen. Wie schon bei den Schlangen, war auch bei den Spinnen nicht der geringste Widerstand zu spüren.

»Bereit?«, fragte Finian, und ich nickte.

Wir begannen, unsere »Zauberformel« zu intonieren, was vor dem Hintergrund eines Kriegsgefechts nicht einfach war. Mehr als einmal irrte sich einer von uns in der Tonlage oder sprach eines der Worte falsch aus, so dass wir mehrmals von vorn beginnen mussten. Mir war bewusst, dass uns nicht viel Zeit blieb, und so rief ich mich zu noch höherer Konzentration auf und versuchte, alles um mich herum auszublenden.

Wir probierten es erneut, dann noch einmal, bis das Tor unter der schwarzen Spinnenschicht endlich aufleuchtete und die Illusion des Pharaos in sich zusammenfiel. Wir traten beiseite und warteten, bis sich das Portal mit den glimmenden Hieroglyphen langsam und knirschend öffnete.

»Geschafft! Die erste Hürde haben wir genommen!«, rief Rafael und reckte die Faust in die Luft.

»Und jetzt kommt die Zweite.« Finian betrat als Erster den Raum.

Ein Schauer lief mir über den Rücken, als auch ich die rechteckige Kammer betrat, in der es dunkel war wie in einem Grab. Modrige kalte Luft schlug mir entgegen und ließ mich frösteln. Ich warf einen Blick auf die Einrichtung, bestehend aus einem einzigen hüfthohen Kasten, der mit diversen Knöpfen bestückt war. In dessen Mitte befand sich ein Behältnis, in das man den passenden Energieträger einlegen konnte, um so die Anlage zum Laufen zu bringen. Ein Häufchen zerbröckelten Gesteins lag darin; die Überreste des Amanits, das wir beim letzten Mal verwendet hatten.

Finian stellte den Rucksack ab, entfernte die verbrauchten Brocken und füllte den Behälter mit frischem Amanit auf. Die bunten Lichter der Bedienknöpfe sprangen an, und genau wie damals hackte mein Bruder auf den Tasten herum.

»Gleich geht's los. Sobald wir hier raus sind, nehmen wir uns den Pharao vor, okay?« Finian sah uns noch einmal an, bevor er den finalen Knopf drückte.

Ein elektrisches Knistern ertönte, dann ein scharfes Zischen, als das kreisrunde Sternentor vor der Felswand aufriss und einen Blick in sein Inneres gewährte, in dem es unaufhörlich waberte. Sämtliche Farben vermischten sich ineinander wie flüssiger Regenbogen, und eine Eiseskälte strömte in den Raum, die den hinteren Teil der Wände mit Raureif überzog. Dies also war der Weg durchs All, in eine andere Dimension.

Die Falle für den Pharao war gestellt.

Eine eisige Hand griff nach meinem Herzen. Angst und Kälte lähmten meine Glieder, als ich in das hypnotische Wabern blickte, das meinem früheren Leben ein frostiges Ende gesetzt hatte. Die Erinnerung an meinen Tod drohte mich beinahe zu ersticken. Als ich mit ins Wurmloch gezogen worden war, waren sämtliche Farben auf einen Schlag verschwunden und hatten einer erdrückenden Schwärze Platz gemacht, in der es nichts gab als Kälte, Furcht und Leere.

Und wieder war es Finian, der mich aus meiner Starre holte, indem er mich mit sich zerrte. »Ich kann mir vorstellen, wie dir gerade zumute ist, aber du musst tapfer sein. Wir werden gemeinsam kämpfen. Dann wird alles gut, du wirst schon sehen.« Er lächelte.

»Das Amanit hält leider nicht ewig. Wir dürfen keine Zeit verlieren«, erinnerte Rafael.

»Ich weiß«, seufzte ich. »Ich werde mein Bestes geben.«

Seite an Seite mit den Göttern kämpften wir uns durch das Gewirr an Soldaten, wichen den Angriffen unserer Feinde aus und steuerten den Altar an, auf dem der Pharao stand und das Schlachtfeld überblickte. Auch jetzt hielten sie uns den Rücken frei, damit wir uns ganz auf unseren Hauptgegner konzentrieren konnten. Wie nicht anders zu erwarten, stürzte sich Ammit direkt auf Bastet, die sie sogleich mit einem Schlag mit dem Was-Zepter begrüßte.

»Oh, was sehe ich denn da?«, rief der Pharao mit einem gemeinen Grinsen. »Die drei kleinen Helden, die tatsächlich versuchen, den mächtigsten Mann der Welt in die Verbannung zu schicken. Wie ... nett. Haben euch meine possierlichen Haustiere gefallen?«

»Klar. Die waren so süß und kuschelig. Schade, dass die nicht echt waren, ich hätte mir am liebsten eins mitgenommen. Ich wäre auch jeden Tag mit meiner Spinne Gassi gegangen, versprochen.« Finian erwiderte sein Grinsen.

»Und was wollt ihr jetzt tun?«, fragte der Pharao mit schiefgelegtem Kopf. »Etwa mit mir Fangen spielen? Oder Verstecken?«

»Nö. Aber Festnageln.« Rafael zog seine Kristallwaffe aus der Gürteltasche und hielt sie auf den Gegner gerichtet, worauf Finian und ich es ihm gleichtaten.

Doch anstatt die Kristalle zu fürchten, warf der Pharao seinen Kopf in den Nacken und stieß ein schallendes Lachen aus. »Was wollt ihr denn mit diesen Spielzeugen? Glaubt ihr wirklich, ihr könnt mir damit schaden?«

»Das werden wir ja sehen«, knurrte Rafael. An Finian und mich gewandt sagte er: »Los – aktivieren!«

Ich konzentrierte mich so intensiv wie möglich auf den Skarabäus, der meinem Kristall als Waffenantrieb diente. Ein blauer Energiestrahl schoss aus der Spitze des Steins hervor und berührte die Schulter des Pharaos. Zeitgleich trafen die Energiestrahlen meiner Brüder ihn jeweils an der anderen Schulter und in der Körpermitte.

Einen Augenblick lang schien es so, als würde unser Gegner in der Bewegung erstarren. Dann aber holte er tief Luft, spannte seine Muskeln an und schleuderte die Paralyse wie einen unsichtbaren Mantel von sich fort.

»So eine Scheiße!«, entfuhr es mir.

Dass der Pharao so kurz nach seiner Wiederbelebung noch ausreichend geschwächt sein könnte, um sich von uns lähmen und einfangen zu lassen, war wohl ein Trugschluss gewesen. Offenbar mussten wir zuerst einen Weg finden, ihn müde zu machen.

»Ja, was sollte das denn werden?«, rief der Pharao mit gespielter Bestürzung. »Ihr wolltet mich doch nicht etwa ...«

Er hob die Arme und ließ einen blauen Feuerball zwischen den Handflächen entstehen, den er spielerisch von der einen Hand zur anderen springen ließ. Dann holte er aus und zielte auf Finian.

Während er den Arm nach vorne warf, änderte er jedoch blitzschnell den Kurs – und feuerte die Kugel stattdessen auf mich ab.

Im letzten Moment warf ich mich zur Seite, und das Geschoss verfehlte mich um wenige Zentimeter. Mit einem Knall schlug es auf dem steinernen Tempelboden auf und hinterließ dort eine Rauchfahne.

»Du feiger Mistkerl!«, schrie Finian. »Wie kannst du es wagen, dich an meiner kleinen Schwester zu vergreifen?«

Sein Gesicht verzerrte sich vor Wut. Er ließ eine Flamme zwischen den Händen auflodern und schleuderte sie auf den Pharao, der den Angriff mit einer lockeren Handbewegung beiseitefegte, als sei er nur eine lästige Fliege.

»Aber selbstverständlich galt mein Angriff *ihr*.« Sein Blick fiel auf mich. Er betrachtete mich, als sei ich Abschaum. »Immerhin ist dies die kleine Ratte, die mir einst zum Verhängnis wurde. Sie hat den Tod verdient. Nicht wahr, *Nefertiti*?« Er spuckte den Namen aus, als wäre er Gift.

Ich hatte mich kaum aufgerappelt, als der Pharao mich erneut bombardierte. Diesmal blieb mir keine Zeit zum Ausweichen. Ich schloss die Augen und betete, dass der Aufprall mich nicht umbringen würde.

Doch nichts geschah. Ich öffnete die Augen und starrte auf das Geschoss, das eine Armlänge vor meinem Gesicht in der Luft schwebte und dann von einer unsichtbaren Macht zurückgedrängt wurde.

»Gut gemacht, Rafael!«, sagte Finian, der rasch an mich herangetreten war, um mich aus der Gefahrenzone zu ziehen.

Rafael riss den Arm zur Seite und lenkte die Kugel in eine andere Richtung. Mit einem Knall traf sie auf eine der baumdicken Säulen.

Als der Pharao erneut angriff, feuerte auch Finian eine Flamme auf ihn ab. Wie ein Wahnsinniger jagte er ein Geschoss nach dem anderen auf ihn los. Doch ganz gleich, wie oft Finian ihn bombardierte, es schien den Pharao kaum zu beeinträchtigen. Meist fing er die Attacken mit seinen eigenen Feuerbällen ab, oder er wich ihnen so geschickt aus, dass sie nutzlos an ihm vorbeizogen. Seine Schnelligkeit war erstaunlich.

Ich schreckte zusammen, als schwere Trümmerstücke so dicht an mir vorbeiflogen, dass ich einen kalten Luftzug auf dem Gesicht spürte. Dem Pharao gelang es zunächst, ihnen auszuweichen – bis eines davon ihn an der Schulter traf und seinen Oberkörper brutal nach hinten riss. Mit zusammengebissenen Zähnen presste er seine Hand auf die tiefe Wunde, die Rafael ihm zugefügt hatte. Blut quoll darunter hervor und lief an seinem Körper hinab.

»Ihr verfluchten Bälger! Was habt ihr getan?«, krähte eine hysterische Stimme hinter mir.

Ammit hatte den Kampf mit Bastet unterbrochen und stürzte sich stattdessen auf uns. »Das werdet ihr bereuen! Ich werde euch alle –«

Weiter kam das Krokodilsmonster nicht. Eine blaue Feuerkugel schlug direkt vor seinen Füßen ein und ließ es erschrocken zurückweichen. »Aber Meister! Warum –«

»Hinfort mit dir, Ammit!«, donnerte die Stimme des Pharaos über uns hinweg. »Diese drei gehören *mir*!«

Mit offenem Maul starrte sie ihn an. Dann zog sie sich schleunigst zurück. »Wie du befiehlst, Meister, wie du befiehlst. Es wird nie wieder vorkommen.«

Ammits Aufmerksamkeit konzentrierte sich wieder auf Bastet, die mit erhobenem Was-Zepter auf sie wartete. Ein Knurren drang aus ihrer Kehle, und der Kampf zwischen den beiden Erzfeindinnen ging in die nächste Runde.

»Und nun zu euch.« Mit hassverzerrtem Gesicht reckte der Pharao uns die blutverschmierte Faust entgegen. »Jetzt mache ich ernst mit euch.«

»Ach, wirklich?«, brummte Rafael und ließ die umherliegenden Trümmer erneut aufsteigen.

Die steinernen Geschosse rasten dem Pharao entgegen – und blieben eine Armlänge von ihm entfernt in der Luft stehen. Er verzog hämisch das Gesicht, als er seine Faust erhob und sie ruckartig öffnete. Im selben Moment flogen die Trümmerstücke zu uns zurück.

Sie hätten uns glatt zermalmt, hätte Rafael nicht in letzter Sekunde einen Schutzschild um uns errichtet. Mit einem Krachen trafen die Geschosse auf die unsichtbare Barriere, bevor sie wie harmlose Wattebälle zu Boden fielen.

»Ha! Dachtest wohl, ich passe nicht auf, wie?«, keuchte Rafael. Die enorme Anstrengung hatte ihm den Schweiß ins Gesicht getrieben.

Der Pharao presste die Lippen aufeinander und durchbohrte uns mit seinen dunklen Kohlenaugen. Dann aber lächelte er, warf ruckartig die Arme nach oben ...

... und es riss uns von den Füßen.

Schreiend flog ich durch die Luft und prallte gegen etwas, das sich hinter mir befand. Ich landete unsanft am Boden und blieb benommen liegen. Sternchen tanzten vor meinen Augen, das Herz schlug mir bis zum Hals. Mir blieb die Luft weg, als zwei harte Hände mich unter den Achseln packten und mit einem Ruck auf die Beine zogen.

Verwirrt blickte ich in ein Paar blaugrüner Augen, das sich direkt vor mir befand. Kurzes graues Fell bedeckte das dazugehörige Gesicht. Erleichtert atmete ich auf. Einer der Luyoniden-Krieger hatte sich nach meinem Sturz um mich gekümmert.

»Danke«, sagte ich und warf einen Blick in die kämpfende Menge. Hoffentlich war meinen Brüdern nichts passiert!

Meine Sorge erwies sich jedoch als unbegründet. Rafael und Finian kämpften sich soeben durch das Schlachtgeschehen auf mich zu. Fast hatten sie mich erreicht.

»Was ein Glück, euch ist nichts passiert!« Ich wollte ihnen gerade entgegenlaufen, da sah ich die langen Dolche in ihren Händen. Ich stutzte.

»Hä? Wo habt ihr die denn auf einmal –«

Mitten im Satz brach ich ab. Mein Herz setzte für einige Schläge aus, als Rafael mit einem boshaften Grinsen auf mich zuhielt. »Rafael! Was ..., was tust du da?«

Ohne mit der Wimper zu zucken erhob er den Dolch zum Stoß – als er von einem brutalen Schlag getroffen wurde, der ihn zu Boden sandte. Vor mir tauchte der graue Luyoniden-Krieger auf und drosch mit seinem Was-Zepter hart auf Finian ein.

»Nein, stopp!«, schrie ich ihn an. »Das sind keine Feinde, das sind meine Brüder!«

Doch der Krieger schlug weiter auf Finian ein und beförderte ihn mit einem kräftigen Stoß zu Boden, wo er direkt neben dem reglos daliegenden Rafael landete.

»Was ... hast du getan?« Außer mir vor Wut stürzte ich mich auf den Luyoniden und packte ihn an der Schulter. »Warum hast du meine Brüder –«

»Es ist nicht so, wie es scheint, Priesterin Emily«, unterbrach er mich. »Der Pharao ... Er hat aus euch –«

»Emily! Alles in Ordnung mit dir?«, vernahm ich eine Stimme, und mein Kopf ruckte nach links, wo ich Rafael mit hochrotem Gesicht auf mich zukommen sah.

Ich stand da und glotzte ihn einfach nur an. »Rafael? Aber wie ..., wie kann es sein, dass du –«

Mein Blick wanderte zu der Gestalt, die neben Finian am Boden lag. Das war ganz eindeutig Rafael, den der Luyoniden-Krieger kurz zuvor niedergeschlagen hatte!

Doch wenn Rafael dort am Boden lag, wer war dann der Typ, der da auf mich zukam?

»Vorsicht!«, rief der Luyonide und erhob sein Was-Zepter. »Auch dieser ist nicht das, was er vorgibt zu sein.«

Völlig irritiert starrte ich ihn an. »Aber was –«

Doch da sah ich den Dolch in der Hand des zweiten Rafaels aufblitzen, und ich wich zurück.

»Der Pharao hat Doppelgänger von euch erschaffen. Perfekte Illusionen, die haargenau so aussehen wie ihr. Und das Schlimmste daran: Sie bestehen aus verdichteter Materie, und das bedeutet, sie können euch verletzen oder sogar töten.« Der Luyonide rammte dem falschen Rafael den Stiel seiner Waffe in den Magen, so dass dieser umkippte wie ein Sandsack.

»Verdammt!« Wie vor den Kopf geschlagen stand ich da, den Blick auf den zweiten Fake-Rafael gerichtet.

Der Luyonide ging in die Knie, krallte sich dessen Dolch und warf ihn außer Reichweite. »Finde deine wahren Brüder, und kämpft gemeinsam weiter. Ihr seid die letzte Hoffnung für den Planeten Erde.«

Mit diesen Worten lief er los und warf sich wieder ins Gefecht.

Bevor ich einen klaren Gedanken fassen konnte, packte mich jemand am Arm und riss mich hart herum.

26. Kapitel

»Hallo«, grinste mir mein Spiegelbild entgegen. »Geht's dir gut, Priesterin Emily?«

Ich sog scharf den Atem ein und ging unverzüglich auf Abstand. Denn das, was da vor mir stand, sah mir zum Verwechseln ähnlich. Eine tödliche Kopie von mir ... Hoffentlich hatten Rafael und Finian rechtzeitig durchschaut, was hier vor sich ging!

Meine Reaktion war blitzschnell. Bevor meine Doppelgängerin mit ihrem Dolch auf mich losgehen konnte, prügelte ich wie eine Irre auf sie ein. Dann packte ich sie am Arm und schleuderte sie zu Fake-Rafael und Fake-Finian. Nun war das Doppelgänger-Trio komplett.

Ich überblickte das Kampfgeschehen, stets auf der Hut vor weiteren Billigkopien. Stellte sich die Frage, wie viele davon der Pharao erschaffen hatte, und wie ich die Echten von den Falschen unterscheiden konnte.

Da kam mir eine Idee. Ich würde mich gezielt auf die Suche nach meinen Brüdern machen und dabei jeden Rafael und Finian, den ich traf, nach einem speziellen Codewort fragen, das nur wir drei kannten. Damit würde ich die beiden Richtigen sicher finden. Und was die Emilys betraf: Die würde ich eine nach der anderen ausschalten – ganz einfach.

Ich hatte auch schon einen passenden Code gefunden, und der war bombensicher. Auf den lustigen Satz, den unsere Eltern uns in der frühen Kindheit beigebracht hatten, würde keiner der Fakes antworten können: *Wenn Fliegen hinter Fliegen fliegen, fliegen Fliegen Fliegen nach.*

»Und los geht's.« Verbissen bahnte ich mir einen Weg durch die Kämpfenden, von denen bereits einige am Boden lagen. Während ich über die leblosen Körper hinwegstieg, betete ich inständig, dass die Zahl der Opfer sich in Grenzen halten würde.

Nachdem ich eine weitere Emily aus dem Weg geräumt hatte, blieb ich vor einem Finian stehen und rief: »Wenn Fliegen hinter Fliegen fliegen ...«

Als dieser jedoch mit regloser Miene und gezücktem Dolch auf mich zukam, war mir klar, dass er mir keine Antwort geben würde. Trotzdem kostete es mich einige Überwindung, ihn mit einer harten Abfolge von Haken kampfunfähig zu machen.

Ich kämpfte mich weiter durch das Getümmel, wich mehreren Angriffen aus und hielt immerzu Ausschau nach meinen Brüdern. Plötzlich stand ich vor einem Rafael, der genau wie ich in Kampfstellung ging. Misstrauen funkelte in seinen Augen, während er mich schweigend musterte. Im selben Moment war ich mir sicher, dass er der Echte war.

Bevor er mich angreifen konnte, sagte ich: »Wenn Fliegen hinter Fliegen fliegen ...«

Einen Augenblick lang zögerte er. Dann aber nickte er und antwortete: »... fliegen Fliegen Fliegen nach.«

Ich nickte.

»Emily! Du bist es wirklich! Endlich hab ich dich gefunden.«

Erleichtert atmete ich aus. »Was ein Glück! Jetzt fehlt nur noch Finian.«

Gemeinsam machten wir uns auf die Suche.

»Ein echt toller Trick, das mit den Fliegen«, lobte Rafael. »Ich weiß nicht, ob mir das auch auf die Schnelle eingefallen wäre.«

Zwei Finians weiter trafen wir auf einen weiteren – und der war endlich der Richtige. Er hatte meinen Satz korrekt beendet.

Während wir uns zum Pharao durchkämpften, schafften wir noch zwei Emilys und einen Rafael aus dem Weg, bis wir uns sicher waren, alle Fakes erledigt zu haben.

Kaum waren wir zurück, attackierte der Pharao uns mit seinem blauen Feuer. Eine Flamme nach der nächsten schoss er auf uns ab und verfehlte uns jedes Mal um Haaresbreite.

»Es ist euch also gelungen, euren Ebenbildern zu entkommen.« Der Pharao rümpfte die Nase. »Und was habt ihr jetzt vor, mhm?«

»Dich weiter zu bekämpfen, was denkst du denn?« Rafaels Stimme klang fest und selbstbewusst. Was immer dann der Fall war, wenn er sich mit einer Sache wirklich sicher fühlte.

Ich überlegte gerade, was er im Schilde führen könnte, da entdeckte ich den Grund für seine Selbstsicherheit. Hinter dem Pharao erhoben sich lautlos Trümmerstücke in die Luft. Ein Grinsen stahl sich auf meine Lippen, das ich jedoch schleunigst unterdrückte.

»So, so. Du fette Made willst mich also weiter herausfordern? Dass ich nicht lache!«, stieß er hervor. »Oh nein, du wirst mit deinem Können niemals an mich heranreichen. Niemals, hörst du?«

Drei – zwei – eins –

Der Pharao war so sehr in seine Hetztiraden vertieft, dass er Rafaels Vorhaben erst im letzten Moment durchschaute – und da war es schon zu spät. Er drehte sich um und versuchte zur Seite zu hechten, schaffte es jedoch nicht mehr, dem Trümmerbombardement zu entkommen. Eines der Geschosse traf ihn am Bein, ein weiteres rammte ihn in den Magen, so dass er vom Altar gerissen wurde und keuchend am Boden lag.

Das war unsere Chance. Kaum hatte sich der Pharao aufgerappelt, beschoss Finian ihn mit Feuerbällen, die ihn gegen den Altar taumeln ließen. Doch trotz seiner Verletzungen wollte der Mistkerl einfach nicht aufgeben: Mit zusammengebissenen Zähnen ignorierte er die versengten Körperstellen und schleuderte uns mehrere seiner blauen Brandgeschosse entgegen.

Ich wurde getroffen und schrie gellend auf. Ein glühender Schmerz tobte durch meinen linken Unterarm und zog bis in meine Schulter hinauf. Tränen schossen mir in die Augen, als ich meine Hand auf den gezackten Riss drückte. Nur ein Streifschuss, ich hatte Glück gehabt.

»Oh nein!« Finian unterbrach seine Attacken und rannte zu mir. Er griff nach meinem Arm und sah sich die Wunde an. »Verdammt!«

Ein Trümmerteil flog uns entgegen, doch Finians Reaktion war schneller. Er riss mich aus der Schusslinie, indem er sich gegen mich warf. Hart kamen wir auf dem Boden auf.

»Scheiße!« Ein weiteres Geschoss sauste direkt auf uns zu – und prallte gegen eine unsichtbare Barriere.

Mein Kopf ruckte nach links, wo Rafael mit erhobenen Händen dastand und einen Schutzschild aufrechterhielt.

»Wir müssen uns schnell was einfallen lassen«, presste er zwischen zusammengebissenen Zähnen hervor. »Ich weiß nicht, wie lange ich das hier durchhalte!«

»Wir brauchen einen neuen Plan«, erwiderte Finian. »Die Barriere hat zwar den Vorteil, dass nichts von außen zu uns durchkommt. Gleichzeitig hat sie aber den Nachteil, dass wir die Hackfresse nicht angreifen können. Mein Feuer würde innerhalb der Barriere bleiben und uns selbst erwischen ... So ein Mist!«

Ich sah in das triumphierende Gesicht des Pharaos und schnaubte. Mein Blick wanderte zu meiner schmerzenden Wunde hinab, um die sich bereits dicke Brandblasen gebildet hatten. Das würde eine stattliche Narbe geben.

Ich biss so fest die Zähne aufeinander, dass es knirschte. Eine heiße Wut loderte in mir auf, die sich durch nichts und niemanden zurückdrängen ließ. Sie verbrannte den Schmerz in meinem Arm zu Staub.

Genauso zornig musste sich Bruce Lee in seinen Filmen gefühlt haben, nachdem er am Blut seiner eigenen Verletzungen geleckt hatte.

Ich erhob mich vom Boden, stellte mich aufrecht hin. Meine Wunde machte sich pochend bemerkbar, doch das war mir egal. Der Zorn floss wie Lava durch meine Adern und stählte meine Muskeln. »Das wirst du nicht noch einmal tun!«, zischte ich, während ich meine Hände zu Fäusten ballte.

»Ohooo!«, machte der Pharao. Er trat einen Schritt zurück und hob in gespieltem Entsetzen die Hände. »Ich bekomme ja richtig Aaangst!«

Finian flüsterte neben mir: »Emily ... Was ist los mit dir? Dein Blick ... Du siehst aus wie Hannibal Lecter kurz vorm Zubeißen ...«

»Ich werde uns da rausholen, verlasst euch drauf!«, raunte ich, so dass nur mein Bruder es hören konnte.

»Emily ... Was hast du vor?« Sein Gesicht verlor an Farbe.

Die Antwort darauf blieb ich ihm schuldig. Den Blick fest auf den Pharao gerichtet, spannte ich sämtliche Muskeln an. »Wenn Fliegen hinter Fliegen fliegen ... dann starten die Fliegen ihren Raketenangriff!«, flüsterte ich.

Dann hob ich die Fäuste und machte einen Satz nach vorn, bevor Finian mein Vorhaben durchschauen und mich aufhalten konnte.

Jetzt oder nie!

Mitten im Sprung verschwand ich – und tauchte unmittelbar vor dem Pharao wieder auf. Für den Bruchteil einer Sekunde sah ich in sein überraschtes Gesicht, bevor mein Kinnhaken ihn mit voller Wucht traf und nach hinten taumeln ließ. Ich ließ ihm keine Zeit zum Reagieren, sondern teleportierte mich blitzschnell hinter ihn und versetzte ihm einen harten Tritt in den Rücken, der ihn in die Knie zwang. Ein weiterer Teleport, und ich rammte ihm meinen Ellenbogen in den Nacken. Die entsetzten Komm-zurück-Rufe meiner Brüder beachtete ich kaum.

»Bleibt genau da, wo ihr seid!«, rief ich ihnen zu. »Vertraut mir!«

»Du miese kleine Ratte!«, grollte der Pharao. Seine tiefschwarzen Augen flackerten vor Zorn.

Er erhob sich auf die Beine und baute sich vor mir auf. Aus der Nähe betrachtet, wirkte er noch furchteinflößender. Er überragte mich um mindestens eineinhalb Köpfe und hatte Muskeln wie ein Kraftsportler. Ich kam mir verflucht klein gegen ihn vor ...

Doch ich durfte mich jetzt nicht einschüchtern lassen. Aufgeben kam nicht infrage, auf gar keinen Fall! Schließlich verfügte ich, Emily Distler, über zwei Dinge, die Nefertiti ihrerzeit noch nicht besessen hatte: Fähigkeiten im Kampfsport und körperliche Schnelligkeit. Dies musste ich mir zunutze machen.

Ich wich zurück, als der Pharao einen Gegenangriff startete. Ein Luftzug streifte mein Gesicht, seine Faust verfehlte mich um Haaresbreite. Zwei weitere Fauststöße folgten, unter denen ich ebenfalls wegtauchte. Blocken oder gar kontern wäre in diesem Fall reiner Selbstmord gewesen, dessen war ich mir bewusst. Aus diesem Grund musste ich meine Angriffe weiterhin mit meiner Psi-Kraft kombinieren.

Ich teleportierte mich erneut hinter ihn, um ihm einen Tritt in den Rücken zu verpassen, als er sich so blitzartig zu mir umdrehte, dass ich ins Stocken geriet. Mit erhobener Faust sprang er auf mich zu. Gleich würde er mich K.o. schlagen, und alles wäre aus ...

Ein dumpfes Geräusch ertönte, dann ein Zischen, gefolgt von einem Schmerzensschrei.

Erleichtert atmete ich aus. Hätte Finian den Pharao nicht mit einem Feuerball abgelenkt, wäre dessen Fauststoß mitten in mein Gesicht gegangen. Rasch ging ich auf Distanz.

Der Pharao hielt die Hand gegen seine rechte Wange gepresst. Als er sie wegnahm, kam eine hässliche Brandwunde zum Vorschein. Wenigstens war ich jetzt nicht mehr allein, was Brandwunden betraf.

»Das ist für Emily!«, brüllte Finian mit erhobener Faust. »Du kannst gern noch mehr davon haben, wenn du es darauf anlegst!«

»Du ...!«, keifte der Pharao zurück. Wenn Blicke töten könnten, wäre gerade die gesamte Tempelhalle in Lebensgefahr.

Ohne Vorwarnung ging er auf mich los und versuchte, mich zu packen. Ich teleportierte mich schleunigst aus der Gefahrenzone, hinauf auf den Altar, womit ich den Platz des Pharaos einnahm.

»Na, du Grillfleischfresse? Wieder danebengegriffen?« Ein böses Grinsen huschte über mein Gesicht. Ich stemmte die Hände in die Hüften und blickte von oben auf ihn herab.

Nichts auf der Welt hasste der Pharao mehr als die Tatsache, dass ein anderer sich über ihn stellte. Nefertiti hatte genau gewusst, wie man ihn zur Weißglut bringen konnte, damit er seine Selbstbeherrschung verlor.

»Was ...? Du ...!« Mit zornesrotem Gesicht sprang er auf den Altar – während ich mich bereits wieder aus dem Staub gemacht hatte.

Ständig entwischte ich ihm. Ich hetzte ihn durch die Tempelhalle, wich seinen Feuerangriffen aus und teleportierte mich immer dann woandershin, wenn er mich fast erreicht hatte. Blind vor Raserei merkte er nicht, dass er zunehmend langsamer und schwächer wurde.

Genau da wollte ich ihn haben.

Ich lockte ihn in die Nähe meiner Brüder, teleportierte mich hinter eine der Säulen und rief aus voller Kehle: »Wenn Fliegen hinter Fliegen fliegen ...«

»... dann starten die Fliegen ihren Raketenangriff!«, beendeten die beiden meinen Satz – und es knallte.

Aus sicherer Entfernung beobachtete ich, wie Rafael und Finian den Pharao mit voller Power bombardierten. Trümmerbrocken und Feuerbälle flogen gleichzeitig durch die Luft und zwangen den Feind zu Boden, dem es inzwischen nicht mehr gelang, die Attacken abzuwehren.

Am Ende des Bombardements stand er mit zahlreichen Wunden und Schrammen vor dem Altar und wankte wie ein Betrunkener hin und her.

Ich trat aus meiner Deckung heraus und hob lächelnd den Daumen. »Gut gemacht, Jungs!«

Im selben Moment drehte der Pharao sich zu mir um. »Stirb endlich, du Ratte!« Er hob seinen zitternden Arm und schoss einen Feuerball auf mich ab. Doch da hatte ich mich längst wegteleportiert ...

... um direkt vor seiner Nase wieder aufzutauchen und ihm den Mittelfinger zu zeigen. Blitzschnell trat ich zu – und traf ihn mit voller Wucht zwischen den Beinen.

Mit einem unterdrückten Schmerzenslaut verdrehte der Pharao die Augen und kippte wie ein gefällter Baum nach vorn. Ich trat ein Stück zurück und wartete einen Moment lang ab, bevor ich mir sicher war, ihn tatsächlich kampfunfähig gemacht zu haben.

»Tja. So ein Tritt in die Eier lässt sogar die Härtesten zu Pussys werden.« Ich lächelte.

Als ich zu meinen Brüdern zurückkehrte, wurde mir zum ersten Mal bewusst, wie viel Kraft mich der Kampf gekostet hatte. Meine Glieder fühlten sich an wie mit Blei gefüllt, und meine Muskeln zuckten und schmerzten unter der kleinsten Belastung. »Es kann losgehen«, seufzte ich.

»Ich halte ihn fest. Nur zur Sicherheit.« Rafael zeigte auf den Pharao, der stöhnend und auf die Knie gesunken dasaß und sich kaum bewegte.

»Ihr ..., ihr –«

Seine Worte nahmen ein abruptes Ende, als Rafael seine Psychokinese auf ihn anwandte. Mit aufgerissenen Augen starrte er uns an, musste hilflos mit ansehen, wie Rafael, Finian und ich unsere Kristallwaffen auf ihn richteten.

Anfangs hatte ich gedacht, die Dinger seien dazu da, um Laserstrahlen abzuschießen. Doch Nefertiti hatte mich daran erinnert, dass sie eine andere Funktion hatten.

»Drei ..., zwei ...« Ich mobilisierte meine restlichen Kräfte und konzentrierte sie auf die Kristallwaffe in meiner Hand. Mein Arm zitterte dabei wie ein Aal, doch ich würde auf keinen Fall nachlassen. »Eins!«

Ich brüllte das Wort heraus, woraufhin ein leuchtender blauer Energiestrahl aus meiner Kristallspitze trat und den Pharao erwischte. Mit vereinten Kräften hüllten wir ihn in ein pulsierendes blaues Licht. Unaufhaltsam absorbierten die Kristallwaffen seine verbliebenen Kräfte und wandelten sie in eine Art Traktorstrahl um, der den Besiegten vom Boden abheben ließ.

»Nein!«, würgte er hervor. »Das könnt ihr nicht –«

Aber natürlich können wir. Und wie!

Hoch über dem Kampfgetümmel ließen wir ihn auf das offene Sternentor zuschweben, das ihn in wenigen Momenten verschlingen würde.

»Meister! Oh nein, Meisteeer!« Ammit versuchte, sich aus dem Zweikampf mit Bastet zu befreien, um ihrem Gebieter zu Hilfe zu eilen, doch die Katzenkönigin war schneller. Ein gezielter Schlag auf den Schädel ließ das Krokodilsmonster umkippen wie einen fetten Mistkäfer.

Auch die restlichen Kämpfenden hielten inne, und es wurde still. Jeder im Tempel wurde Zeuge, wie Rafael, Finian und ich durch die Menge traten und den Pharao seinem Schicksal überantworteten.

»Auf Nimmerwiedersehen!«, zischte ich, als sich das Steintor langsam, aber sicher zu schließen begann.

27. Kapitel

»Und euch würde ich raten, schleunigst das Weite zu suchen, bevor wir euch eurem Meister hinterherschicken! Als kleines PS, sozusagen ...« Anubis' Stimme klang furchteinflößend. Seine Augen loderten wie die eines Kriegsgottes.

Die verbliebenen Nibirer wichen vor ihren Gegnern zurück, als sie realisierten, dass diese plötzlich in der Überzahl waren. Kaum hatte der Pharao seine Kräfte eingebüßt, waren dessen Sanddämonen einfach in sich zusammengefallen. Auch Ammits Mumien hatten ihr untotes Leben ausgehaucht und lagen nutzlos über den Boden verstreut.

Die Luyoniden-Krieger schritten mit erhobenen Waffen auf die Handvoll Nibirer zu, welche sich herumwarfen und davonliefen.

»Alles Blödmänner, diese Möchtegern-Weltbeherrscher.« Finian schnaubte.

»Da sieht man, dass der Pharao ein Mittel zum Zweck für sie war«, fügte Bastet hinzu. »Sie haben ihm den Vortritt gelassen.«

»Und nun ist er weg«, murmelte ich.

Ein letztes Mal drehte ich mich nach dem Steintor um – und sog scharf den Atem ein. Ein kräftiger Arm hatte sich durch den schmalen Spalt geschoben und drückte mit aller Kraft gegen das Tor, das sich Zentimeter um Zentimeter wieder öffnete!

Oh nein! Das darf nicht passieren! Ich musste handeln, bevor es zu spät war!

Mit erhobenen Fäusten sprang ich auf den Pharao zu, der gerade im Begriff war, sich zu befreien, und trat ihm so fest auf die Finger, dass es knackte. Doch seine Hand blieb genau dort, wo sie war.

Stattdessen erschien sein Gesicht im größer werdenden Spalt. »Nicht so voreilig!«, presste er zwischen zusammengebissenen Zähnen hervor.

Dann ging alles ganz schnell.

Seine Hand schnellte nach vorn und packte mein rechtes Bein, während ich ein zweites Mal nach ihm trat. Mit einem Ruck brachte er mich aus dem Gleichgewicht und zerrte mich mit unerwarteter Kraft durch den Türspalt.

Ein Schrei entfuhr mir. Automatisch streckte ich die Arme aus. Während sich meine Finger um den steinernen Türrahmen krallten, riss der Pharao wie ein Wahnsinniger an meinen Beinen.

»Basteeet! Hilf mir!«, brüllte ich aus vollem Leib. Todesangst stieg in mir auf, wie eine eiserne Faust, die meine Lunge zusammendrückte. Die übernatürliche Kälte des Wurmlochs sickerte in meine Füße, in meine Beine und meinen Unterleib. Innerhalb weniger Sekunden hatte sie sich durch mein Fleisch gefressen und meine Knochen erreicht, die sich anfühlten, als würden sie jeden Moment auseinanderbrechen. Immer höher tastete sich die frostige Strahlung des Sternentors an meinem Körper hinauf, griff erbarmungslos nach meinem Herzen.

Genau wie damals!, schoss es mir durch den Kopf. Bei Amun, ich hatte denselben Fehler erneut begangen!

Meine linke Hand rutschte vom Türrahmen, bekam ihn nicht mehr zu fassen. Inzwischen war es nicht mehr der Pharao, der an mir zerrte, sondern der gierige Sog des Wurmlochs.

Neeein! Die Kälte jagte durch meinen Oberkörper und breitete sich in meinen Armen aus – bis auch meine rechte Hand vom Türrahmen abrutschte. Ich machte die Augen zu und schrie.

Im selben Moment packte mich jemand am Handgelenk und zog mich in seine Richtung. Der Griff war fest wie ein Schraubstock und tat weh, doch das war mir jetzt egal.

Ich öffnete die Augen und sah geradewegs in Bastets Gesicht. Sie hatte die Zähne zusammengebissen, und ihre Augen waren so weit aufgerissen, dass das Weiße um die Iris zu sehen war. Mit aller Kraft umfasste auch ich ihr Handgelenk.

»Halte durch!«, schrie sie mir entgegen. »Egal wie stark der Energiestrudel ist, du darfst auf keinen Fall loslassen. Hast du mich verstanden?«

»Ja«, krächzte ich. Auch wenn meine Kräfte mich nahezu vollständig verlassen hatten und ich mich fühlte wie ein Blatt im Orkan, ich würde niemals aufgeben.

Zentimeter um Zentimeter zog Bastet mich zu sich heran, die Augen voller Willenskraft. »Diesmal werde ich dich retten, Emily. Das verspreche ich dir!«, keuchte sie – und zerrte mich mit einem Ruck nach draußen.

Mit ungebremstem Schwung prallte ich gegen ihren Körper und riss sie nach hinten. Gemeinsam gingen wir zu Boden und rollten uns auf den Rücken.

Vollkommen erschöpft verfolgten wir, wie sich das Steintor schloss und die Hieroglyphen ein letztes Mal aufleuchteten, bevor Tor und Rahmen wieder wie in den Fels gemeißelt wirkten.

»Geschafft!«, seufzten wir im Chor und fielen einander lachend in die Arme.

Epilog

Der Morgen dämmerte, als wir mit unseren Götterfreunden auf der Spitze der Cheops-Pyramide zusammensaßen und eiskalte Cola tranken. Nicht mehr lange, und die Sonne würde ihr Antlitz über den Horizont schieben.

Diesmal war ich diejenige, die uns hinaufteleportiert hatte.

Wie sehr wünschte ich mir, dass unsere Treffen niemals enden würden. Dass wir alle bis an unser Lebensende zusammen sein konnten. Doch ...

Eine Träne lief über mein Gesicht und verfing sich in meinem Mundwinkel. Das Herz wurde mir eng, als ich in die ersten Sonnenstrahlen blickte, die den neuen Tag ankündigten.

Den Tag unserer Abreise aus Ägypten. Unser Moment des Abschieds.

»Sei nicht traurig, Emily«, sagte Bastet mit sanfter Stimme. »Du weißt, ich werde immer deine Freundin sein, auch wenn wir viele Lichtjahre voneinander getrennt sein werden.«

Ich schniefte. »Oh Mann, ich vermisse dich jetzt schon.«

»Ich weiß. Mir geht es genauso«, seufzte sie und legte ihre Hand auf die meine. »Doch ich muss zurück zu meinem Planeten. Zurück zu meinem Volk. Wenn ich keine Königin wäre, könnte ich mir durchaus vorstellen, ein paar Jahre hierzubleiben und mit euch zu ... *chillen*.« Sie lächelte.

Auch ich musste schmunzeln. Wenn unsere jahrtausendealten Freunde Wörter aus der modernen Jugendsprache benutzten, klang das schon ziemlich cool.

»Ach übrigens, bevor ich es vergesse«, warf Anubis in die Runde. »Bastet hat sich was Geniales für Emily ausgedacht. Wird bestimmt interessant.« Ein schiefes Lächeln erschien auf seinem Gesicht.

»Oh ja, das wird es ganz sicher.« Sogar Horus grinste – ein seltener Anblick. »Wie bedauerlich, dass wir wieder unseren Platz in Amuns Tempel einnehmen müssen. Ich wäre gern dabei gewesen, wenn Emily Bastets Idee umsetzt.«

»Du sagst es, mein Freund. In ein paar Stunden müssen wir wieder in unsere arschkalten Tanks steigen und 'ne Weile pennen.« Anubis rollte mit den Augen. »Aber du weißt ja, wie Amun so ist. Wir als seine besten Männer müssen immer zur Stelle sein, falls mal wieder jemand auftaucht und die Welt untergehen lassen will.«

»Was hast du dir denn ausgedacht?«, fragte ich Bastet.

»Ja, raus damit!«, riefen Rafael und Finian wie aus einem Mund.

Die Katzenkönigin warf einen verschwörerischen Blick in die Runde, bevor sie schließlich rausrückte: »Okay, Emily. Ich habe mir etwas Schönes für deine doofe Cousine ausgedacht. Schließlich hast du ja noch ein Hühnchen mit ihr zu rupfen.«

»Für Vera?« Was mochte das wohl sein? Ein netter kleiner Pharaonenfluch vielleicht?

Bastets Mund verzog sich zu einem frechen Lächeln, das ihre spitzen Zähne freigab. »Ich könnte mir gut vorstellen, dass es ein riesiges Palaver gäbe, wenn du ein paar richtig gruselige Geister zu deiner Cousine nach Hause schicken würdest, und das vorzugsweise nachts.« Sie kicherte. »Der eine schubst ein paar Bücher aus dem Regal, der andere atmet ihr eiskalt ins Gesicht, und ein dritter streicht ihr mit den Fingernägeln über den nackten Unterarm ...«

Da prustete ich auch schon los. »Oh, Bastet! Ich wusste ja gar nicht, dass du so gemein sein kannst.«

»Natürlich nicht als Königin«, setzte Bastet mit einem Räuspern hinzu, »sondern als beste Freundin.«

»Das wird bestimmt ein Riesenspaß.« Rafael klatschte in die Hände.

»Oh ja. Bei der Ziege würde ich echt gern mal Mäuschen spielen«, kicherte Finian. »Wenn sie wie von der Tarantel gestochen aus dem Bett hüpft und kreischend durchs Zimmer rennt.«

»Nun ja ... Wenn ich meine Geisterfreunde am letzten Ferientag zu ihr schicke, werden wir es ihr am nächsten Tag in der Schule bestimmt ansehen«, gluckste ich.

Wir nahmen einen großen Schluck Cola und rülpsten ungeniert über das Gizeh-Plateau. Die Sonne war bereits halb über dem Horizont aufgestiegen.

Erneut wurde ich von Wehmut ergriffen. Nur noch wenige Minuten, und unsere Wege würden sich für immer trennen – zumindest in diesem Leben. Gleich mussten wir zurück ins Hotel, damit Mama und Papa nicht bemerkten, dass wir schon wieder fort waren. Als sie uns vorgestern während des schlimmen Unwetters nicht in unserem Zimmer vorgefunden hatten, waren sie vor Angst beinahe umgekommen.

Ich wünschte, uns würden noch ein paar Tage in Ägypten bleiben ...

Unsere letzten gemeinsamen Momente verbrachten wir in einträchtigem Schweigen. Bis Horus sich als Erster erhob.

»Es ist Zeit«, sagte er. »Wir müssen los.«

Mein Herz fühlte sich an wie ein Stein. Plötzlich hatte ich einen dicken Kloß im Hals. Noch nie in meinem Leben war mir ein Abschied so schwergefallen wie dieser. Ein Blick auf meine Brüder zeigte mir, dass es ihnen nicht besser erging. Finian hatte die Augen geschlossen, während Rafaels Mundwinkel traurig nach unten hingen.

Nun stand auch ich auf. Ein tiefer Atemzug, ein Blick in Bastets Augen – und ich fiel ihr in die Arme, drückte sie fest an mich.

»Freundinnen für immer!«, flüsterte sie an meinem Ohr.

Ein tapferes Lächeln stahl sich auf meine Lippen. »Freundinnen für immer!«

»Also dann«, sagte Anubis, als sich die drei zum Teleport bereitmachten. »Bis im nächsten Leben!«

Er zwinkerte uns zu.

Ein Wimpernschlag, und sie waren verschwunden.

»Bis im nächsten Leben!«, murmelte ich und blickte noch lange auf die Stelle, an der unsere Freunde gerade noch gestanden hatten.

Silke Alagöz, Jahrgang 1982, hat eine Ausbildung zur Lektorin und Drehbuchautorin absolviert. Die ehemalige Verlegerin ist Autorin mehrerer Fantasy-Romane und eines Kinderbuchs. Als Mitherausgeberin von Anthologien ist sie in den Verlagen Torsten Low, Saphir im Stahl und Arcanum Fantasy vertreten und hat zudem zahlreiche Kurzgeschichten veröffentlicht.

In den letzten Jahren hat sie sich zudem spezialisiert auf Audiodeskriptionen von Kino- und TV-Filmen. So hat sie z.b. die Audiodeskription für den Kino-Film »JOMI – lautlos aber nicht sprachlos« speziell für Blinde erstellt.